NÃO CHORE, NÃO

NÃO CHORE, NÃO

MARY KUBICA

Tradução
Fal Azevedo

Planeta

Título original: *Don't You Cry*

Esta é uma obra de ficção. Nomes, personagens, lugares e incidentes são produto da imaginação do autor ou são usados de forma ficcional e qualquer semelhança com pessoas reais, vivas ou mortas, estabelecimentos comerciais, eventos ou lugares é mera coincidência.

Preparação: Opus Editorial
Revisão: Alice Camargo e Olívia Tavares
Diagramação: Abreu's System
Capa: Harlequin Books S.A.
Imagens de capa: Greta Tuckute / Millennium Images, UK

Dados Internacionais de Catalogação na Publicação (CIP)
Angélica Ilacqua CRB-8/7057

Kubica, Mary
Não chore, não / Mary Kubica; tradução de Fal Azevedo. – São Paulo: Planeta do Brasil, 2018.
304 p.

ISBN: 978-85-422-1305-8
Título original: Don't you cry

1. Ficção norte-americana I. Título II. Azevedo, Fal

18-0696 CDD 813.6

Índices para catálogo sistemático:
1. Ficção norte-americana

2018

EDITORA PLANETA DO BRASIL LTDA.
Rua Padre João Manuel, 100 – 21º andar
Ed. Horsa II – Cerqueira César
01411-000 – São Paulo-SP
www.planetadelivros.com.br
atendimento@editoraplaneta.com.br

Para Pete

DOMINGO

QUINN

Em retrospecto, eu deveria ter adivinhado logo que algo não estava certo. O estrondo no meio da noite, a janela aberta, a cama vazia. Mais tarde, culpei uma porção de coisas por minha indiferença, desde uma dor de cabeça, passando pela fadiga até a estupidez galopante.

Mas ainda assim.

Eu deveria saber no mesmo instante que algo não estava certo.

É o despertador que me acorda. O despertador de Esther, urrando a duas portas de distância.

— Desligue isso — resmungo, cobrindo a cabeça com o travesseiro. Rolo de bruços e me enterro sob um segundo travesseiro para abafar o som, jogando as cobertas sobre a minha cabeça também.

Não adianta. Ainda ouço o barulho.

— Droga, Esther — rosno enquanto chuto as cobertas para a beira da cama e me levanto. Ao meu lado, grunhidos de reclamação, mãos buscando o cobertor às cegas, um suspiro irritado. O gosto de bebida da noite passada se arrasta dentro de mim, coisas como cranberry smash, bourbon sour e Tokyo iced tea. A sala roda à minha volta como um bambolê e tenho a súbita lembrança de girar em torno de uma pista de dança imunda com um cara chamado Aaron ou Darren, ou Landon ou Brandon. O mesmo cara que pediu para dividir um táxi comigo de volta para casa, aquele que ainda está deitado na minha cama quando eu o sacudo e digo que ele precisa ir embora, arrancando o cobertor de suas mãos.

— Minha colega de apartamento está acordada — digo, cutucando-o nas costas. — Você precisa ir.

— Você divide o apartamento? — pergunta ele sentando-se na cama, ainda zonzo de sono. Ele esfrega os olhos, e quando um feixe de luz da rua atravessa a janela, seguindo até o outro lado da cama bagunçada, eu me dou conta: o cara tem o dobro da minha idade. O cabelo que parecia castanho na tênue iluminação do bar – e sob a influência de uma saudável quantidade de álcool – agora é prateado. As covinhas no rosto dele não são covinhas de jeito nenhum, são linhas de expressão. Rugas.

— Merda, Esther — murmuro mais uma vez, sabendo de antemão que a velha senhora Budny, do andar de baixo, vai bater no teto com o cabo do esfregão para silenciar a barulheira.

— Você precisa ir — repito, e ele afinal se vai.

Sigo a trilha do barulho até o quarto de Esther. O despertador, um zumbido interminável, como a canção de uma cigarra. Praguejo ao entrar, arrastando uma das mãos pela parede enquanto percorro o cômodo escuro. O sol não nascerá por mais uma hora. Ainda não são nem seis horas. O alarme de Esther grita para chamá-la, como acontece todos os domingos de manhã. Tempo para se preparar para a igreja. Esther, com sua voz aguda e gentil, canta todos os domingos no coro da igreja católica em Catalpa desde que consigo me lembrar. Santa Esther é como eu a chamo.

Quando entro no quarto de Esther, a primeira coisa que noto é o frio. Uma corrente do ar gelado de novembro invade o cômodo pela janela. As folhas de uma pilha de papel sobre a escrivaninha de Esther – mantidas no lugar por um livro grosso: *Introdução à terapia ocupacional* – se agitam na brisa, fazendo um barulho irregular e irritante. O interior da janela está coberto por uma fina camada de gelo que se condensa e escorre pelo vidro. A janela está completamente aberta. A tela de fibra de vidro foi removida e colocada no chão intencionalmente.

Eu me debruço na janela para ver se Esther está na saída de incêndio, mas lá fora – em nosso pequeno bloco residencial de Chicago – o mundo está silencioso e escuro. Os automóveis estacionados em fila estão cobertos pela última leva de folhas caídas das árvores próximas. Gelo cobre os carros e o gramado amarelado, que murcha rapidamente e logo estará morto. Colunas de fumaça escapam das chaminés das casas vizinhas, flutuando pelo céu matinal. Toda a avenida Farragut está dormindo, exceto eu.

A saída de incêndio está vazia, Esther não está lá.

Eu me afasto da janela e vejo as cobertas dela caídas no chão, um edredom laranja brilhante e um cobertor turquesa.

— Esther? — pergunto enquanto atravesso o quarto estreito, que mal acomoda a cama de casal dela. Tropeço em uma pilha de roupas jogadas no chão e meus pés ficam presos em um jeans. — Tá na hora de acordar — digo, enquanto dou um tapa no despertador para que cale a boca. Em vez disso, ligo o rádio e uma cacofonia de ruídos invade o quarto, as notícias da manhã duelando com a sirene do alarme. — Merda — praguejo, e depois, perdendo a paciência: — Esther!

Então, com os olhos ajustados à escuridão, percebo: Santa Esther não está em sua cama.

Finalmente consigo desligar o despertador e acender a luz, fazendo uma careta quando a claridade faz minha cabeça doer, efeito secundário de uma noite de farra. Checo de novo para ter certeza se, de alguma maneira, não consegui perder Esther, verificando embaixo do monte de cobertas no chão. Eu percebo que isso é ridículo enquanto procuro, mas continuo mesmo assim. Checo o armário, checo o banheiro e meus olhos examinam a abundante coleção de cosméticos caros que compartilhamos, espalhados aleatoriamente na bancada.

Mas Esther não está em lugar algum.

Decisões inteligentes não são mesmo o meu forte. São o forte de Esther. E, talvez por esse motivo, eu não ligue imediatamente para a polícia. Porque Esther não está aqui para me dizer para fazer isso. Com toda a honestidade, meu primeiro pensamento não é o de que *aconteceu* alguma coisa com Esther. Também não é meu segundo, terceiro ou quarto pensamento. Então, permito que a ressaca leve a melhor, fecho a janela e volto para a cama.

Quando acordo pela segunda vez, passa das dez da manhã. O sol está alto e, ao longo da avenida Farragut, pessoas correm indo e vindo de cafeterias e padarias em busca do café da manhã, ou do almoço, ou de seja lá o que for que as pessoas comam e bebam às dez da manhã. Todo mundo está coberto por jaquetas forradas e casacos de lã, com as mãos enfiadas nos bolsos, gorros e chapéus na cabeça. Não precisa ser um gênio para saber que está frio.

No entanto, eu me sento no pequeno sofá cor-de-rosa na sala de estar, esperando que Santa Esther chegue com um café aromatizado de avelã e um *bagel*. Porque é o que ela faz todos os domingos depois de cantar no coro da igreja. Ela vem para casa com um café e um *bagel* para mim, nos acomodamos à mesinha da cozinha e comemos falando sobre tudo, das crianças que choraram durante a missa até a partitura perdida do regente do coro, e sobre qualquer coisa maluca que eu tenha feito na noite anterior: beber demais, trazer para casa um cara que mal conheço, um homem sem rosto que Esther nunca vê, apenas escuta através das paredes finas como papel do nosso apartamento.

Ontem à noite eu saí, mas Esther não foi comigo. Tinha planos de ficar em casa e descansar. Estava cuidando de um resfriado, disse ela, mas agora que penso nisso, não notei sintomas visíveis de doença, sem tosse, nem espirros, nem olhos lacrimejantes. Ela estava no sofá, enfiada debaixo do cobertor, usando seu confortável pijama de algodão. *Venha comigo*, implorei. Havia um bar novo na Balmoral que estávamos morrendo de vontade de conhecer, um daqueles bares tipo *lounge*, chiques e pouco iluminados, que só servem martínis.

Venha comigo, implorei, mas ela disse não.

Eu seria uma estraga-prazeres, Quinn, disse ela. *Vá sem mim. Você vai se divertir mais.*

Quer que eu fique em casa com você?, pergunto, mas não foi uma pergunta sincera. *Vamos pedir comida*, digo, mas não quero pedir comida. Eu estava usando um vestido baby-doll novo e salto alto, tinha arrumado o cabelo, estava bem maquiada. Tinha até depilado as pernas para sair; sem chance de eu ficar em casa. Mas pelo menos me ofereci.

Esther disse que não, que eu deveria sair sem ela e me divertir.

E foi exatamente o que fiz. Saí sem ela e me diverti. Mas não fui ao bar que serve martínis. Não, guardei aquele lugar para ir com Esther. Em vez disso, acabei em um caraoquê bem ordinário, bebendo demais e indo para casa com um estranho.

Quando cheguei, Esther estava na cama e a porta de seu quarto estava fechada. Ou foi isso que pensei naquela hora.

Agora não posso fazer nada a não ser me perguntar, enquanto fico aqui, sentada no sofá, considerando tudo o que aconteceu essa manhã: o que neste mundo faria Esther fugir pela janela da saída de incêndio?

Eu penso e penso, mas meus pensamentos acabam sempre voltando para uma lembrança: uma imagem de *Romeu e Julieta*, a famosa cena em que Julieta declara seu amor por Romeu do balcão de sua casa (que é mais ou menos a única coisa de que eu me lembro do ensino médio, isso e o fato de que o corpo de uma caneta é a melhor arma para soprar projéteis de papel nos colegas).

Foi isso que fez Esther sair pela janela no meio da noite: *um cara*?

Claro que, no fim da peça, Romeu toma veneno e Julieta se apunhala com uma adaga. Li o livro. Melhor ainda, vi o filme, a adaptação dos anos 1990 com Claire Danes e Leonardo DiCaprio. Sei como termina, com Romeu tomando veneno e Julieta disparando a arma dele contra a própria cabeça. Penso comigo mesma: só espero que a história de Esther tenha um fim melhor do que a de Romeu e Julieta.

Por ora não há nada a fazer senão esperar, e então me sento no pequeno sofá cor-de-rosa, olhando para a mesa de cozinha vazia, esperando que Esther chegue em casa, tenha ela passado a noite em sua cama ou escapulido pela janela de seu quarto no segundo andar. Não importa. Ainda usando minhas roupas de dormir – camiseta de malha de mangas compridas e shorts de flanela, um par de meias de lã com sola enfeitando meus pés – eu espero que meu café e meu *bagel* cheguem. Mas hoje eles não aparecem e culpo Esther por isso, pelo fato de que vou ficar sem café da manhã e sem cafeína.

Por volta do meio-dia, faço o que qualquer adulto que se dê ao respeito pode fazer: peço comida no Jimmy John's. São necessários uns bons quarenta e cinco minutos, durante os quais chego à conclusão de que meu estômago começou a se autodigerir para meu sanduíche Turkey Tom chegar. Passaram-se implacáveis catorze horas desde que comi alguma coisa, e, com o excesso de álcool, tenho certeza de que meu estômago está se distendendo como acontece com aquelas crianças famintas que você vê na televisão.

Não tenho energia. A morte é iminente. Vou morrer.

E então a campainha toca no primeiro andar; eu me levanto no mesmo instante. Entrega! Saúdo o cara do Jimmy John's na porta e lhe entrego a gorjeta, alguns dólares miseráveis que consigo encontrar em um envelope que Esther colocou dentro de uma das gavetas da cozinha, na qual se lê: *Aluguel*.

Devoro meu almoço debruçada sobre a mesa de centro, feita de ferro batido, e depois faço o que qualquer ser humano que se dê ao respeito faz quando sua colega de apartamento some sem dar satisfação. Dou uma bisbilhotada. Eu me enfio no quarto de Esther sem um pingo de remorso, sem um sopro de culpa.

O quarto de Esther é o menor dos dois quartos da casa, quase do mesmo tamanho de uma caixa grande de geladeira. Sua cama de casal ocupa todo o espaço, de uma parede com textura de pipoca à outra, e quase não há lugar para andar. É isso que mil e cem dólares por mês compram em Chicago: paredes com textura de pipoca e uma caixa de geladeira.

Desvio dos pés da cama, tropeçando na pilha de cobertas que ainda está sobre o piso de madeira riscado, e espio a saída de incêndio, uma estrutura de degraus e plataformas em grades de aço junto à janela de Esther. Fazíamos piada sobre isso quando me mudei anos atrás, sobre como ela, apesar de ter ficado com o menor quarto, seria a única a sobreviver em um incêndio se o edifício fosse um dia tomado pelas chamas, graças à saída de emergência do lado de fora de sua janela. Para mim estava tudo bem. Ainda está, para falar a verdade, porque não apenas tenho espaço para uma escrivaninha e uma cômoda, como tenho uma cadeira estilosa de vime. E o prédio nunca pegou fogo.

Mais uma vez, eu me pergunto: o que diabos faria Esther fugir pela saída de incêndio no meio da noite? O que há de errado com a porta da frente? Não é como se eu estivesse preocupada, porque, na verdade, não estou. Esther já usou aquela saída de incêndio. Costumávamos nos sentar lá o tempo todo para olhar a Lua e as estrelas, bebendo coquetéis como se estivéssemos em uma varanda, nossos pés pendurados sobre um beco repugnante de Chicago. Era uma espécie de *coisa nossa*, nos espalhar naquelas desconfortáveis plataformas de aço da saída de incêndio suja, compartilhando segredos e sonhos, sentindo as grades de metal espetarem nossa pele até nossas costas ficarem adormecidas.

Mas mesmo que tivesse ido até lá na noite passada, Esther certamente não está na saída de incêndio agora.

Onde ela poderia estar?

Espio dentro de seu armário. Suas botas favoritas desapareceram, como se ela as tivesse calçado, aberto a janela e ido lá para fora de propósito.

Sim, eu digo. Foi exatamente isso o que ela fez, uma suposição que me garante que Esther está bem. *Ela está bem*, digo a mim mesma.

Mas ainda assim. Por quê?

Pela janela, observo a tarde tranquila. O vaivém do café da manhã deu lugar a uma depressão pós-cafeína; não há uma alma à vista. Imagino metade da Chicagolândia prostrada diante da TV, observando os Bears sofrerem outra derrota colossal.

E então eu me afasto da saída de incêndio e começo minha busca pelo quarto de Esther.

O que encontro é um peixinho faminto. Uma pilha de roupa suja acumulada sendo cuspida de uma cesta de plástico dentro do armário. Jeans *skinny*. *Leggings*. *Jeggings*. Sutiãs e calcinhas enormes. Uma pilha de camisolas brancas, dobradas e colocadas com cuidado ao lado do cesto. Um vidro de ibuprofeno. Uma garrafa de água. Os livros da faculdade formando uma pilha alta ao lado de sua escrivaninha IKEA, além do volume que já estava sobre o móvel mantendo as folhas avulsas no lugar. Minha mão alcança o puxador de uma gaveta, mas não olho lá dentro. Isso seria grosseiro; de alguma forma, mais grosseiro do que xeretar nas coisas que estão sobre a escrivaninha: o notebook dela, o iPod dela, os fones de ouvido dela e outras coisas.

Fixada à parede, encontro uma fotografia minha e de Esther tirada no ano passado. Era Natal e nos sentamos diante do nosso pinheiro artificial para uma *selfie*. Sorrio ao me lembrar de que percorremos juntas montes de neve para buscar essa árvore. Na imagem, Esther e eu estamos sentadas bem juntas, os galhos da árvore pinicando nossas cabeças e suas agulhas se enroscando em nossas roupas. Estamos rindo; eu exibo um sorriso complacente e Esther seu sorriso convidativo. A árvore é a árvore de Esther, que ela mantém em um depósito aqui na nossa rua, um espaço de três metros por um metro e meio onde, por sessenta dólares por mês, ela guarda velhos violões, um alaúde e tudo o mais que não consegue guardar em seu quarto minúsculo. A bicicleta dela. E, claro, a árvore. Fomos ao depósito em dezembro passado, com a missão de encontrar a árvore de Natal. Enfrentamos montes de neve recente acumulada nas ruas com nossos pés afundando a cada passo, como se caminhássemos sobre areia movediça. Ainda estava nevando, o tipo de neve que cai do céu em flocos como bolas de algodão grandes, gordas e macias. Os carros estacionados estavam soterrados e os donos precisariam cavar para alcançá-los, ou esperar que a temperatura subisse acima de zero grau. Metade da cidade estava trancada em casa graças à tempestade de neve, as ruas estranhamente calmas, enquanto Esther e eu seguíamos em frente, cantando canções de Natal com toda a força de nossos pulmões, já que ninguém podia nos ouvir. Só os limpa-neves ousavam enfrentar as ruas da cidade naquele dia, e mesmo eles precisavam abrir seu caminho em zigue-zague. As empresas tinham dispensado seus funcionários, a de Esther, a minha.

E então fomos para o depósito, procurar a arvorezinha de plástico a fim de levá-la para casa para a temporada de festas. Paramos no corredor cimentado do depósito com o intuito de fazer uma dança alucinada para a câmera de segurança e ficamos meio histéricas no processo. Imaginamos o funcionário do depósito – um esquisitão introvertido – sentado na recepção, observando enquanto dançávamos uma dança irlandesa na tela. Rimos e rimos e, então, quando por fim paramos de rir, Esther usou sua chave para abrir o cadeado e nos deixar entrar em seu depósito. Quando começamos a vasculhar a unidade 203, eu me dei conta de repente da ironia desse número, já que meus pais viviam no número 203 da David Drive. *O destino*, disse Esther, porém eu disse que era mais uma coincidência estúpida.

Já que a árvore estava desmontada e guardada em uma caixa, foi bem difícil encontrá-la. Havia muitas caixas naquele depósito. Muitas caixas. E eu, sem querer, encontrei a errada, pelo jeito, porque quando ergui a tampa achei fotografias de uma família feliz sentada ao lado de uma casa em péssimo estado. Apanhando uma das fotografias, perguntei para Esther: *Quem são esses?* Ela tirou a foto da minha mão e disse, sem expressão: *Ninguém*. Não tive a chance de examiná-la, mas, ainda assim, não pareciam ser ninguém para mim. Não insisti. Esther não gostava de falar sobre sua família. Disso eu sabia. Eu reclamava e tagarelava sobre a minha o tempo todo, mas Esther ficava em silêncio sobre a dela.

Ela jogou a foto de volta na caixa e fechou a tampa.

Encontramos a árvore e a carregamos para casa, mas não sem antes irmos até nossa lanchonete favorita, onde nos sentamos quase sozinhas no lugar vazio, comendo panquecas e tomando café no meio do dia. Observamos a neve caindo. Rimos das pessoas que tentavam se arrastar através dela, ou escavar seus carros presos sob pirâmides de neve. Aqueles que tinham a sorte de conseguir movê-los deixavam demarcadas suas vagas de estacionamento. Eles usavam coisas aleatórias, como um balde ou uma cadeira para impedir que alguém estacionasse ali enquanto estavam fora. Vagas de estacionamento valiam ouro naquela região, especialmente no inverno. Naquele dia, Esther e eu nos sentamos junto à janela da lanchonete e também assistimos a isso – nossos vizinhos colocarem cadeiras trazidas de casa para reclamar seu direto de voltar a estacionar em vagas das quais tinham acabado de limpar a neve que, em breve, voltaria a se acumular –, agradecendo aos céus pelo transporte público.

Então, Esther e eu levamos a árvore para casa, onde passamos a noite decorando-a com luzes e muitos enfeites. Quando terminamos, Esther sentou-se de pernas cruzadas no sofá cor-de-rosa e dedilhou seu violão enquanto eu cantarolava "Noite Feliz"[1] e "Jingle Bells"[2]. Isso aconteceu ano passado, quando ela me comprou um par de meias de lã com sola

---

1 "Noite Feliz" ("Stille Nacht, heilige Nacht"), Joseph Mohr, Franz Xaver Gruber: 1816/1818, várias gravações.

2 "Jingle Bells", James Lord Pierpont; composta em 1857, várias gravações.

para manter meus pés aquecidos porque em nosso apartamento eu sentia frio vinte e quatro horas por dia, sete dias por semana. Eu mal conseguia me aquecer. Era um presente gentil, um presente atencioso, do tipo que provava que ela estava me ouvindo enquanto eu reclamava de novo e de novo dos meus pés gelados. Olho para os meus pés e lá estão elas: as meias de lã com sola.

Mas onde está Esther?

Continuo minha busca, por alguma coisa que não sei o que é, mas encontro canetas jogadas por toda parte e lapiseiras. Um bicho de pelúcia de sua infância, desgastado e puído, escondido na prateleira de um armário bambo cujas portas já não correm no trilho. Caixas de sapato estão enfileiradas no chão do armário. Espio lá dentro, achando todos os pares de sapato práticos e sem graça: sapatilhas, mocassins, tênis.

Absolutamente nada com salto alto.

Absolutamente nenhuma cor que não seja preto, branco ou marrom.

E uma carta.

Uma carta escondida na escrivaninha IKEA, na pilha de papel abaixo do livro de terapia ocupacional, entre uma conta de celular e um trabalho de pesquisa.

Uma carta não enviada e dobrada três vezes, como se ela estivesse prestes a enfiá-la em um envelope e colocá-la no correio, mas por algum motivo tivesse feito outra coisa.

Tampo a garrafa de água, apanho as canetas. Como foi que nunca percebi que Esther era tão desleixada? Penso um pouco sobre isso: o que mais não sei sobre minha colega de apartamento?

E então leio a carta porque, claro, como eu poderia *não* ler a carta? É uma carta cheia de todo tipo de coisas que um perseguidor diria. Foi digitada – o que é uma coisa que a toda certinha Santa Esther poderia muito bem fazer – e está subscrita: *Todo meu amor*, seguido por um *E* e um *V*. *Todo meu amor, EV*. Esther Vaughan.

E é quando me dou conta: talvez Santa Esther não seja tão santa assim, afinal.

ALEX

Uma coisa precisa ficar clara: eu não acredito em fantasmas.

Há explicações lógicas para tudo: pode ser algo tão simples quanto uma lâmpada meio solta. Um interruptor quebrado. Um problema na fiação.

Estou em pé na cozinha, bebendo um refrigerante, um pé calçado, o outro descalço, enfiando o segundo pé no tênis preto, quando vejo a luz piscar do outro lado da rua. *Acesa. Apagada. Acesa. Apagada.* Como uma contração muscular involuntária. Uma câibra. Um espasmo, um tique.

Acesa. Apagada.

E então ela cessa, e eu não sei se realmente aconteceu ou se foi apenas minha imaginação me pregando uma peça.

Pops está jogado no sofá quando saio, seus braços e pernas esparramados em todas as direções. Há uma garrafa de uísque canadense aberta sobre a mesinha de centro – Gibson's Finest –, a tampa perdida entre as almofadas ou, provavelmente, presa na palma de uma de suas mãos cerradas. Ele está roncando, seu peito tremendo como o guizo de uma cascavel. Sua boca está aberta, a cabeça torta sobre o braço do sofá; então, quando ele finalmente acordar – com certeza de ressaca –, seu pescoço vai estar duro. O fedor de hálito matinal domina a sala, exalando da boca aberta como gases saindo do escapamento de um carro – nitrogênio, monóxido de carbono e óxidos de enxofre preenchendo o ar, tornando-o negro. Não literalmente, mas é como eu o imagino – negro – enquanto tapo o nariz com a mão para não sentir o cheiro.

Pops ainda está calçado com um par de botas de couro marrom-escuro, a bota esquerda desamarrada, o cadarço desgastado descendo pelo lado do sofá. Ele veste seu casaco, um troço de nylon e zíper, da cor de um pinheiro. O cheiro forte de uma colônia antiquada me informa os detalhes da sua noite anterior, mais uma noite patética que teria sido muito melhor se ele tivesse se lembrado de tirar a aliança. O homem tem mais cabelo do que um homem da idade dele deveria ter, cortado curto, mas bem denso dos lados e no topo, de um avermelhado que combina bem com a pele corada. Outros homens da idade dele estão ficando carecas, com o cabelo rareando ou já desaparecido. Eles estão engordando também. Mas meu pai, não. Ele é um cara charmoso.

Mas ainda assim, mesmo dormindo, vejo alguém derrotado. Ele é um fracassado, uma desgraça muito maior para um homem de quarenta e cinco anos do que decepções amorosas ou falhas no cabelo.

Ele também é um alcoólatra.

A TV, ligada desde ontem à noite, agora está exibindo desenhos animados matinais. Eu a desligo e saio pela porta, olhando para a casa abandonada do outro lado da rua, onde vi as luzes piscando há poucos minutos. *Acesa. Apagada.* É uma casinha tradicional, com paredes amarelas, uma laje de concreto no lugar da varanda, janelas de alumínio e teto avariado.

Ninguém mora ali. Ninguém quer viver ali, do mesmo modo que ninguém quer um tratamento de canal ou extrair o apêndice. Muitos verões atrás, um cano congelou e explodiu, inundando a casa – pelo menos foi o que ouvimos dizer. Algumas janelas estão fechadas com tábuas de madeira, que alguns aspirantes a marginais picharam. Ervas daninhas cobrem o jardim, asfixiando a grama. Uma calha está pendurada no ar pela beira do telhado; o cano que levava a água ao chão, jogado no quintal. Logo ele estará coberto de neve.

Não é a única casa abandonada do quarteirão, mas é ela que todos sempre mencionam. A economia e o mercado imobiliário são culpados pelas outras casas decadentes e esquecidas, a praga que se abateu sobre o valor de nossos lares e tornou desagradável uma vizinhança antes idílica.

Mas não essa casa. Essa tem sua própria história para contar.

Enterro as mãos nos bolsos de meu casaco cinza e saio andando.

Nesta manhã o lago está agitado. Ondas martelam as margens da praia, espalhando água pela areia. Água fria. A temperatura não deve chegar a dois graus. Quente o suficiente para o lago não ter pensado em congelar; ainda não, pelo menos – não como no inverno passado, quando o farol ficou coberto de gelo, a superfície ondulante do lago Michigan congelada no ar, agarrada ao cais de madeira. Mas isso foi no inverno passado. Agora é outono. Ainda tem muito tempo para o lago congelar.

Caminho a certa distância da margem, para não molhar os tênis. Mesmo assim eles ficam molhados. A água espirra para os lados, as ondas com quase um metro e meio. Se fosse verão – a temporada dos turistas –, a praia estaria fechada por causa das condições perigosas para natação e das correntes de arrasto.

Mas não é verão. Os turistas se foram, por enquanto.

A cidade está quieta, algumas das lojas fechadas até a primavera. O céu está escuro. Nesses dias, o sol nasce mais tarde e se põe mais cedo. Eu olho para cima. Não há estrelas, não há Lua. Elas estão ocultas atrás de uma massa de nuvens cinzentas.

As gaivotas grasnam alto. Elas circulam no céu acima de mim, visíveis apenas quando encontram o brilho giratório do farol. O vento sopra forte pelo ar, perturbando o lago, dificultando o voo dos pássaros. Pelo menos o voo em linha reta. As gaivotas flutuam de lado. Elas batem as asas ferozmente, mas ficam paradas, não vão para lugar algum, como eu.

Cubro minha cabeça com o capuz para manter a areia fora dos meus cabelos e olhos.

Ao cruzar o parque, afastando-me do lago, passo pelo velho carrossel clássico. Encaro os olhos inanimados de um cavalo, de uma girafa, de uma zebra. Uma carruagem puxada por uma serpente marinha onde, há seis anos, dei meu primeiro beijo. Leigh Forney, agora uma caloura na Universidade de Michigan, cursando biofísica ou qualquer coisa molecular, foi o que ouvi. Leigh não é a única que partiu. Nick Bauer e Adam Gott se foram também, Nick para a Cal Tech e Adam para a Estadual de Wayne, como ala do time de basquete. E também Percival Allard, que chamávamos de Percy, para alguma universidade da Ivy League[1] em New Hampshire.

Todo mundo foi embora. Todo mundo menos eu.

— Você está atrasado — diz Priddy, ao som do sino que anuncia minha chegada tardia. Ela está no caixa, contando o dinheiro que coloca na gaveta. *Doze, treze, catorze*... Ela não ergue os olhos quando entro. Seu cabelo está solto, cachos finos de cabelo prateado descendo pelos ombros de uma blusa engomada e austera. Ela é a única pessoa na casa que tem permissão para usar o cabelo solto. As garçonetes que andam para lá e para cá pelo salão em seus uniformes preto e branco, enchendo saleiros, pimenteiras e bules de creme, todas mantêm os cabelos presos em rabos de cavalo, coques ou tranças. Mas não a senhora Priddy.

Uma vez eu tentei chamá-la de *Bronwyn*. Que é, afinal, o nome dela. Está escrito ali mesmo, no crachá. *Bronwyn Priddy*. Não deu muito certo.

— Muito trânsito — respondo, e ela ri. Em seu dedo há uma aliança, dada por seu falecido marido, o senhor Priddy. Especula-se que ele morreu porque ela o irritava sem parar. É só uma suposição, não sei se é verdade. Ela tem uma verruga no rosto, ali sobre a pele amarelada entre a boca e o nariz, uma verruga alta, marrom-escura e perfeitamente redonda, de onde sempre cresce um único pelo cinzento. É a verruga que dá ao resto de nós a certeza de que Priddy é uma bruxa. Isso e a sua malícia. Há rumores de que guarda sua vassoura em um armário trancado perto da cozinha do café. Sua vassoura, seu caldeirão e todas as outras coisas wicca de que precisa: um morcego, um gato, um corvo. Está tudo lá, escondido atrás de uma porta de metal trancada, e nós temos certeza de que às vezes os ouvimos: o miado do gato, o crocitar do corvo, o bater de asas do morcego.

— A esta hora do dia? — pergunta Priddy, sobre o trânsito. Mas em sua cara, em algum lugar ali, sob aquela penugem amarelada que precisa urgentemente ser depilada, há um sorriso. Ela tenta compensar a penugem pintando as sobrancelhas – marrom-escuro sobre pelos que deviam ser brancos –, a fim de desviar a atenção de seu bigode. Priddy para de

1 Grupo de oito universidades particulares dos Estados Unidos (Brown, Columbia, Cornell, Dartmouth, Harvard, Princeton, Yale e Universidade da Pensilvânia) famosas por sua excelência acadêmica. (N. T.)

contar dinheiro por um momento e ergue os olhos das notas, enquanto estou na porta tirando meu casaco cheio de areia, e então diz:

— Aquela louça não vai se lavar sozinha, sabe, Alex? Vá trabalhar.

Eu acho que no fundo ela gosta de mim.

A manhã começa e termina como sempre. Todos os dias são uma repetição do dia anterior. Os mesmos fregueses, as mesmas conversas, a única diferença são as roupas. Todo mundo sabe que o senhor Parker, que passeia com seus dois cães ao amanhecer – um border collie e um bernese –, será o primeiro a chegar. Ele vai amarrar os cães no poste logo em frente e marchar porta adentro, com as solas de seus sapatos deixando pedaços de folhas e marcas de lama por toda a entrada, que mais tarde eu terei de limpar. Ele vai pedir café, preto, para viagem, e então vai deixar Priddy convencê-lo a levar algum doce, que erroneamente alega ser *caseiro*. Ele vai recusar duas vezes antes de concordar, farejando o ar em busca de um aroma suave de fermento e manteiga que sequer existe.

Todo mundo sabe que pelo menos uma garçonete vai derrubar uma bandeja cheia de comida. Que quase todas elas vão reclamar das gorjetas insuficientes. Que no fim de semana os fregueses da manhã vão ficar por ali, bebendo uma xícara de café atrás da outra e falando bobagem até o café da manhã se misturar com o almoço e eles finalmente irem embora. Mas, durante a semana, os únicos fregueses que aparecem depois das nove horas são os aposentados, ou os motoristas de ônibus escolares, que param seus veículos no terreno dos fundos e passam a manhã reclamando da falta de educação de seus passageiros, isto é, de todas as crianças entre cinco e dezoito anos.

Nada de inesperado acontece nesta época do ano. Todos os dias são iguais, diferente dos meses de verão, quando os turistas aparecem. Daí é uma loucura. O bacon acaba. Algum maluco quer saber tudo o que tem nos *croissants* de chocolate, obrigando Priddy a enviar um de nós para recuperar a embalagem na lixeira dos fundos, para ler os ingredientes. Veranistas tiram fotos do nome do café na vitrine da frente, tiram fotos com as garçonetes, como se este lugar fosse algum tipo de atração turística, um destino famoso; tagarelam sem parar sobre como algum guia turístico de

Michigan afirma que o nosso café é o melhor da cidade. Eles perguntam se podem comprar as canecas baratas com o nosso nome gravado em uma fonte rebuscada, e Priddy aumenta o preço, de um dólar e meio por caneca que ela paga no atacado para 9,99. Um roubo.

Mas nada disso acontece na baixa estação, quando cada dia é uma repetição do dia anterior, algo que pode ser dito sobre hoje. E sobre amanhã. E sobre ontem. Pelo menos é assim que o dia começa, quando o senhor Parker chega com seus dois cães e pede um café, preto, para viagem, e Priddy pergunta se ele gostaria de levar um *croissant* também, e ele recusa duas vezes antes de aceitar.

Mas então, no final da manhã, acontece uma coisa, uma coisa *anormal*, tornando este dia diferente de todos os dias anteriores.

Meu bem,

Esta é uma das últimas lembranças que tenho de você, seus braços em torno do pescoço dela, a curva suave dos seios dela tocando sua pele através do algodão fino de uma blusa branca quase transparente. Ela era linda, para dizer o mínimo, mas ainda assim era de você que eu não conseguia tirar os olhos – sua pele cintilante e o brilho de seus olhos, a curva gradual de seus lábios enquanto ela os percorria com a ponta do dedo, antes de encostar a própria boca neles. Um beijo.

Foi pela janela que vi vocês. Eu fiquei lá, imóvel no meio da rua, sem me esconder nas sombras ou atrás de uma árvore. Exatamente no meio da rua, indiferente ao fluxo do tráfego. É surpreendente que ela não tenha me visto, que ela não tenha ouvido a buzina insistente de um carro sugerindo que eu me movesse. Recomendando que eu saísse do caminho. Não me movi. Nem liguei. Eu estava muito ocupada assistindo ao abraço apertado de vocês. Muito intrigada e com muita raiva.

Mas talvez você tenha me visto. Talvez você tenha me visto, mas fingido não me ver ou ouvir.

Era noite, logo após o pôr do sol, quando encostei meu rosto no vidro a fim de olhar para dentro. As cortinas estavam abertas, todas as luzes da casa estavam acesas, como se você quisesse que eu visse a cena. Como se você estivesse se gabando, esfregando no meu nariz, comemorando sua vitória. Ou talvez ela tenha pensado nisso sozinha: deixar as luzes acesas para que eu pudesse ver. Era, afinal, a vitória dela. Como um holofote iluminando dançarinos no palco, o modo como você ria, o modo como ela sorria, ninguém sentindo minha falta porque eu já havia sido substituída, como se nunca tivesse estado ali.

Só que vocês não estavam em um palco, mas na sala de uma casa que eu deveria dividir com você.

Preciso saber: você me viu? Você estava tentando me enlouquecer?

Todo meu amor,

EV

ALEX

O cabelo dela é castanho-escuro. Mais ou menos. Um castanho-escuro que fica continuamente mais claro, de modo que quando chega às pontas está quase loiro. *Ombré*. Abaixo dos ombros, o cabelo tem uma ondulação sutil, uma onda subterrânea, de forma que você não sabe se é mesmo uma onda ou se é apenas o efeito do vento soprando. Cabelos castanhos para acompanhar os olhos castanhos que – como o cabelo – parecem mudar de cor quando os encaro por mais tempo. Ela chega sozinha, e segura a porta para um casal de idosos cujas botas de borracha seguiam os passos de suas caríssimas botas Uggs. Ela fica para trás e espera que eles se acomodem, apesar de ter claramente chegado antes. Fica parada na entrada, parecendo ao mesmo tempo ter certeza do que quer e não ter certeza de coisa alguma. Sua postura é serena: ereta, nenhum sinal de inquietação ou contração, apenas esperando sua vez.

Mas seus olhos vagueiam sem rumo.

Nunca a vi por aqui, mas por anos imaginei que um dia ela viria.

Quando chega sua vez, ela é acomodada na mesa ao lado da janela, de modo que pode ver os mesmos fregueses previsíveis que vêm e vão, vêm e vão, apesar de ser óbvio que eles não são nada previsíveis para ela. Eu observo enquanto ela tira o casaco de marinheiro xadrez preto e branco. Na sua cabeça há um gorro preto mesclado. Ela tira o gorro e o larga junto à bolsa, em uma cadeira marrom vazia ao seu lado. Então desenrola o cachecol de tricô do pescoço e também o coloca na cadeira. É magra, mas não tanto quanto aquelas modelos só de pele e osso que você vê nas revistas de moda expostas perto das filas do caixa nos mercados. Não, não assim. Ela não é um palito, mas tem uma estrutura delicada. Mais baixa do que alta, mais magra que não magra. Ainda assim, nem baixa nem magra, também. Só *média* ou *normal*, acho, mas na verdade ela não é nenhuma dessas coisas, também.

Além do casaco, do gorro e do cachecol, ela veste uma calça jeans e as Uggs. E um moletom com capuz. Azul. Com bolsos.

Lá fora, o dia nasceu. Outro dia sem sol. Há folhas na calçada, folhas frágeis e quebradiças, as que ainda restam nas árvores vão perder seu suporte até o fim da tarde se depender do vento oeste. Ele sopra pelos cantos dos prédios de tijolos vermelhos, escondendo-se sob um caleidoscópio de toldos, onde espera pela oportunidade perfeita para arrancar um chapéu ou roubar os pedaços de papel presos a mãos enluvadas.

Não há ameaça de chuva. Ainda não, pelo menos. Mas o vento e o frio vão manter muita gente em casa, anunciando a promessa de inverno.

Ela pede um café. Senta-se perto da janela, bebendo da caneca de cerâmica barata, olhando para a vista lá fora: os prédios de tijolos, os toldos coloridos, as folhas caídas. Não dá para ver o lago Michigan daqui. Mas mesmo assim as pessoas gostam de se sentar à janela e imaginar. Está lá em algum lugar, a margem leste do lago Michigan. Harbor Country é como nos chamam, uma sequência de pequenas cidades margeando o lago a apenas cento e cinquenta e poucos quilômetros de Chicago, cento e cinquenta e poucos quilômetros que, de alguma forma, fazem parecer como se estivéssemos a três estados e todo um mundo de distância. De qualquer forma, é de lá que vem a maioria de nossos fregueses. Chicago. Algumas vezes Detroit ou Cleveland ou Indianápolis. Mas na maior parte das vezes, Chicago. Um destino de fim de semana, porque não é como se houvesse alguma coisa aqui para manter você ocupado por mais de dois dias.

Mas é principalmente no verão que as pessoas aparecem. Ninguém vem nesta época. Ninguém exceto ela.

Nosso café já é longe o bastante da rota principal, de modo que, neste extremo da cidade, as lojas e restaurantes passam a dar lugar a residências.

Na verdade, é uma mistura – uma loja de lembrancinhas ao norte, uma pousada ao sul. Do outro lado da rua de paralelepípedos há o consultório de um psicólogo, seguido por um fila de casas de família. Condomínios. Um posto de gasolina. Outra loja de lembrancinhas, fechada até a primavera.

Uma garçonete aparece e estala os dedos na frente dos meus olhos.

— Mesa dois — diz ela, uma garçonete que eu chamo de Red. Todas elas são apenas apelidos para mim: Red, Braids, Braces. — A mesa dois precisa ser arrumada.

Mas não me mexo. Continuo a observar. Eu também dou a ela um apelido porque parece ser a coisa certa a fazer. A mulher que olha pela janela está construindo castelos no ar. Sonhando acordada. É importante, de verdade, ter alguma coisa diferente acontecendo quando nada acontece. Se Nick ou Adam ainda estivessem aqui, e não na universidade, eu ligaria para eles para contar sobre a garota que apareceu hoje. Sobre seus olhos, seu cabelo. E eles iam querer saber todos os detalhes: se ela era mesmo diferente das garotas comuns que vemos todos os dias, as mesmas garotas que conhecemos desde o primeiro ano. E eu diria a eles que sim, ela é diferente.

Meu avô costumava chamar a minha avó – também morena, apesar de durante a minha vida toda eu nunca a ter visto com um cabelo que não fosse um emaranhado cinza – de Cappuccetta. O apelido de Cappuccetta supostamente derivava dos monges capuchinhos, ou pelo menos era o que meu avô italiano alegava, algo sobre os capuzes que eles usavam lembrarem uma bebida de café, um *cappuccino*. Era isso que vovô dizia quando olhava minha avó nos olhos e a chamava de Cappuccetta.

Eu, por outro lado, apenas gostava do som da palavra. E ela parece adequada para essa garota também, um pouquinho de cabelo preto, a ambiguidade que a cerca como o capuz de um monge. Mas não bebo café, então meus olhos se fixam em seu pulso estreito, em uma pulseira de pérolas que parece muito pequena até mesmo para sua pequena mão. A joia está completamente esticada e o elástico aparece entre as pedras cor de creme. Deve deixar uma marca vermelha na pele, suponho. As contas de pérola estão gastas nas laterais, perdendo seu brilho. Observo enquanto ela brinca continuamente com a pulseira, puxando o elástico para fora e soltando. É quase hipnótico, aquele movimento simples. Poc. Poc. Poc. Assisto por algum tempo, incapaz de desviar os olhos da pulseira ou de suas mãos fluidas.

E então tudo fica claro. Não é Cappuccetta, decido. Vou chamá-la de Pearl.

Pearl.

Nesse momento, um grupo de frequentadores da igreja entra, os mesmos que aparecem toda semana mais ou menos neste mesmo horário. Eles se sentam em sua mesa de sempre, uma mesa retangular para dez. Bules de café são servidos – um com café cinquenta por cento descafeinado, outro com café normal –, apesar de eles não terem pedido. É o que se supõe que desejam. Porque é o que fazem toda manhã de domingo: sentam-se em volta da mesma mesa e conversam com animação sobre coisas como *sermões* e *pastores* e *escrituras*.

A garçonete Braids some por três pausas consecutivas para fumar e volta fedendo como uma fábrica de cigarros, seus dentes amarelados à mostra enquanto ela enfia outra gorjeta insuficiente no bolso do avental e geme. Um dólar e meio, em moedas de vinte e cinco centavos.

Braids pede licença e vai para o vestiário.

O café assume um ar de normalidade, apesar de a presença de Pearl no recinto – a moça com cabelo *ombré*, contemplando as casas coloridas e os prédios de tijolos vermelhos através da janela – fazer com que tudo fique muito longe do normal. Ela come do prato agora colocado à sua frente: ovos mexidos com um muffin ao lado, enterrado em manteiga e geleia de morango. Uma segunda xícara de café coberto com duas doses de creme e polvilhado com um adoçante, o troço cor-de-rosa, da qual ela bebe sem sequer se dar ao trabalho de mexer. Eu me pego a encarando, incapaz de tirar os olhos de suas mãos, e ela leva a xícara aos lábios e bebe um gole.

Neste momento a voz fina e metálica de Priddy me chama pelo nome, interrompendo meus pensamentos:

— Alex — diz ela, e quando me viro, vejo seu dedo longo e encurvado me atraindo para o seu lado, as unhas pintadas de um tom alaranjado da cor da casca de um melão. Na frente de Priddy, no balcão, há uma caixa de papelão e um copo de plástico cheio de refrigerante de máquina.

Dentro da caixa há um sanduíche de bacon, alface e tomate, um monte de batatas fritas e uma porção de picles. O mesmo de sempre. Nós não fazemos entregas, mas entregamos para Ingrid Daube. E hoje é a minha vez de ir. Normalmente gosto dos passeios até a casa de Ingrid – são uma pausa na rotina imutável do café –, mas hoje não é o caso. Hoje eu preferia ficar.

— Eu? — pergunto com cara de idiota, olhando para a caixa, e Priddy responde:

— Sim, você, Alex. Você.

Suspiro.

— Leve isso para a Ingrid — diz Priddy para mim, sem um *por favor* ou um *obrigado*, mas como um decreto: — Vá.

Eu me demoro por uma fração de segundo, meus olhos fixos na mulher com cabelo *ombré* – *Pearl* – quando Red passa por ela e enche sua xícara de café pela terceira vez.

Pearl já está aqui faz uma hora, talvez duas, e apesar de ter acabado de comer há muito tempo, ela não se levanta. Os pratos foram levados. Faz bem uns trinta minutos que Red levou a conta e a colocou ao lado da xícara de café. A garçonete perguntou três vezes se a moça queria mais alguma coisa, mas a garota apenas balançou a cabeça e disse que não. Red está ficando impaciente, ansiosa para recolher outra gorjeta miserável da qual possa reclamar assim que Pearl decidir ir embora. Mas ela não vai. Fica sentada lá, perto da janela, olhando para a rua e bebendo café, sem nenhuma intenção aparente de se levantar.

Digo a mim mesmo que serei rápido, que estarei de volta antes que ela se vá.

Por quê? Eu não sei. Por alguma razão quero estar aqui quando ela se for, para vê-la colocar o gorro preto na cabeça, escondendo o cabelo *ombré*. Para vê-la enrolar o cachecol em volta do pescoço e pegar a bolsa de lona. Para vê-la entrar no casaco xadrez. Para vê-la se levantar da cadeira, para ver em que direção ela vai.

Digo a mim mesmo que serei rápido, estarei de volta antes que ela se vá. Repito. Se eu cronometrar tudo direito, talvez ela esteja saindo quando eu estiver voltando – voltando da minha entrega para Ingrid. Talvez.

Vou segurar a porta para ela. Vou dizer a ela: *Tenha um bom dia.*

Vou perguntar o nome dela. *Você é nova na cidade?*, direi.

Talvez. Se eu cronometrar direito.

E também se eu não me acovardar, o que talvez aconteça.

Nem me dou ao trabalho de colocar o casaco para uma pequena caminhada até o outro lado da rua. Pego a caixa, a bebida e saio pelos fundos, abrindo a porta de vidro com o ombro. O vento quase arranca a caixa das minhas mãos quando saio para a rua e penso que são em momentos como esse que eu gostaria de ter cabelo. Mais cabelo. Muito mais cabelo que o corte raspado a máquina que não ajuda em nada a manter minha cabeça e minhas orelhas aquecidas. Eu poderia também usar um gorro e um casaco. Mas, em vez disso, saio com meu uniforme de trabalho: a calça pregueada barata, a camisa branca abotoada e uma gravata borboleta preta. É brega, o tipo de roupa com a qual eu preferiria não ser visto em público. Mas Priddy não me dá opção. As mangas de minha camisa se agitam com a brisa, o vento ficando aprisionado sob o poliéster, inflando-o como um paraquedas ou um balão de festa. Está frio do lado de fora, a temperatura do ar não ultrapassa quatro graus. O vento gelado é outra história. O vento gelado – também conhecido como aquela coisa sobre a qual todos vão comentar pelos próximos quatro meses. Ainda é novembro e os meteorologistas já estão prevendo um inverno frio, um dos mais frios já registrados, dizem, com temperaturas abaixo de zero, ventos gelados e neve abundante.

É inverno em Michigan, pelo amor de Deus. Qual a novidade?

Ingrid Daube vive em uma casa térrea bem em frente ao café, uma casa pequena construída ali por volta dos anos 1940 – ou 1950 – e poucos. É uma casa azul-clara com venezianas azul-escuras e um telhado quase tão alto quanto largo. É uma boa casa, charmosa. Pitoresca e idílica, exceto pelo vaivém da rua principal, onde o que menos há nessa época do ano é gente indo e vindo. É tranquila. Da janela da mansarda no andar superior Ingrid tem uma vista aérea do café, e lá está ela, parada na janela como um fantasma, seus olhos fixos em mim enquanto espero a passagem de um carro e então atravesso a rua correndo. Ela acena pelo vidro. Eu aceno de volta e a vejo desaparecer da janela.

Começo a subir os degraus da ampla varanda pintada de branco na frente da casa de Ingrid quando ouço o guincho agudo de uma dobradiça de porta, seguido pelo bater violento de uma porta de tela, vindo da casa ao lado, um chalé azul convertido em consultório pelo doutor Giles, o psicólogo da cidade. Faz menos de um ano que ele começou a atender aqui. Quando olho, lá está ele em pé na porta, despedindo-se de uma paciente e então olhando de um lado a outro da rua – com as mãos nos bolsos –, como se estivesse esperando que alguém chegasse. Ele a abraça? Tenho quase certeza que sim, um abraço desajeitado com um braço só, que talvez não devesse acontecer à vista de todos. É o que faz parecer estranho. Ele olha o relógio. Olha para a direita, para a esquerda, para um lado e para outro da rua. Alguém está atrasado e o doutor Giles não gosta de ficar esperando. Ele parece irritado por precisar esperar. Percebo isso em seus olhos curiosos, em sua postura ereta, no modo como seus braços estão cruzados.

Não gosto nem um pouco desse homem.

A paciente que está saindo puxa um capuz sobre a cabeça, um capuz forrado de pele em uma parca preta grossa, talvez para se esquentar, talvez para se esconder, não sei dizer. Não sei. Não vejo seu rosto antes que ela se vá apressada, descendo a rua na direção contrária. Eu não a vejo, mas a escuto. Metade da cidade a escuta. Eu a ouço chorar, em um lamento perturbador que pode ser ouvido por todo o quarteirão. Ele a fez chorar. O doutor Giles fez a garota chorar. Mais uma razão para eu não gostar dele.

Foi um escândalo quando o doutor Giles abriu seu consultório no pequeno chalé azul. Um escândalo porque as senhoras da cidade começaram a ficar à espreita no café, de onde podiam observar as idas e vindas da clientela do psicólogo para descobrir quais moradores estavam indo ao médico de cabeça, e por qual motivo, comprovando aquilo que as pessoas mais odeiam na vida das cidades pequenas: não existe privacidade.

A nossa cidade é um modelo de cidade pequena. Temos um semáforo, temos um bêbado da cidade, e todos sabem quem é o bêbado: meu pai. Todos fofocam. Não há nada melhor para fazer do que falar mal dos outros. Então, é o que fazemos.

Ingrid abre a porta antes que eu bata. Ela abre a porta e eu entro, limpando meus pés no capacho trançado. Ela sorri. Ingrid tem mais ou menos a idade que minha mãe teria se ela ainda estivesse aqui. Não entenda mal, minha mãe não está morta (apesar de algumas vezes eu desejar que estivesse), ela só não está *aqui*. Ingrid usa um desses cortes de cabelo curtos que mulheres de quarenta ou cinquenta anos às vezes usam, da cor de areia molhada. Ela tem olhos acolhedores. Tem um sorriso bonito, mas triste. Não há uma só pessoa na cidade que possa dizer algo de ruim sobre Ingrid, mas muito se fala sobre as coisas ruins que aconteceram com Ingrid. É sobre o que falam. A vida de Ingrid é a própria definição de tragédia. Ela com certeza ficou do lado mais fraco da corda, e no fim se tornou o alvo da compaixão da cidade, uma mulher de cinquenta anos aterrorizada demais para sequer pôr os pés para fora de sua própria casa. Ela tem ataques de pânico sempre que sai, pressão no peito, dificuldade de respirar. Eu vi com meus próprios olhos, apesar de não conhecer a história toda. Prefiro não me meter nos assuntos dos outros, mas ainda assim vi Ingrid ser levada pela ambulância para o pronto-socorro quando ela pensou que estava morrendo. No fim estava tudo bem. Tudo bem. Só um caso comum de agorafobia, como se fosse comum para uma mulher de cinquenta anos ficar trancada em casa porque morre de medo do mundo lá fora.

Ela não sai de casa por nada, nem para pegar correspondência, nem para regar as flores, nem para limpar o jardim. Entre as paredes de gesso ela fica bem, do lado de fora é outra história.

Mas, apesar de tudo, Ingrid não é louca. Ela é quase tão normal quanto qualquer um por aqui.

— Oi, Alex — Ingrid me cumprimenta.

Respondo:

— Oi.

Ingrid se veste como uma mulher de cinquenta anos deve se vestir: uma camiseta de ginástica laranja brilhante e uma calça preta de malha. Em volta do pescoço, um medalhão em uma corrente. No lóbulo das orelhas, brincos. Nos pés, um par de sapatos sem salto.

Antes que Ingrid feche a porta, eu me viro e dou uma olhada rápida. Pela vitrine do café, eu a vejo, Pearl, parcialmente oculta pelo reflexo de quase tudo do outro lado da rua. O que está fora e o que está dentro se misturam no vidro; não admira que às vezes um pássaro voe diretamente para a vitrine e acabe morto no concreto poroso da calçada.

Ainda assim, através da copa das árvores e do reflexo de metade do mundo na vidraça, eu a vejo.

Pearl.

Ela está olhando para fora pela janela, mas não para mim. Eu sigo a direção que os olhos de Pearl fitam até uma placa pendurada em um suporte metálico em uma casa vizinha: doutor Giles, PhD. Psicólogo. E ali está ele, o doutor Giles, com seu cabelo preto, curto e bem-penteado, esperando impacientemente pela chegada do próximo paciente.

Ora, vejam. Ela está observando o doutor.

Será que ela tem uma consulta com ele? Talvez. Talvez seja isso. Minha percepção muda, mas não tanto que me faça parar de pensar sobre os cabelos e os olhos dela, porque não paro. Na verdade, toda vez que eu pisco, lá estão eles.

Ingrid fecha a porta e pede:

— Você pode trancar?

A casa de Ingrid é pequena, mas mais do que suficiente para uma pessoa. Fecho a porta, fecho a tranca e levo o almoço de Ingrid até a mesa da cozinha. Sobre o tampo de mármore há uma caixa de papelão aberta com alguns livros ao lado. Algo para passar o tempo. Há uma faca também, uma faca de açougueiro profissional, que foi usada para cortar a fita adesiva que prendia o pacote.

A televisão está ligada, um pequeno aparelho de tela plana a que Ingrid não assiste, mas que sei que está ouvindo, e minha impressão é que o som das vozes dos atores e atrizes na TV dão a ela a sensação de não estar sozinha. É uma peça que ela prega em si mesma. Deve ser solitário não poder sair da própria casa.

Fora isso a casa está silenciosa. Um dia já se ouviu aqui o som de crianças barulhentas e passos em debandada, mas isso acabou. Aqueles sons se foram.

— Eu queria saber se você poderia me fazer um favor, Alex — diz Ingrid, fazendo com que eu tire os olhos da moça na televisão. A casa é toda branca: paredes brancas, armários brancos. O chão contrasta com o resto; um piso de tábuas tingidas, tão escuras que parecem quase pretas. A mobília e a decoração são austeras, tons neutros e cinza, quase nenhum enfeite ou acessório, bem diferente da minha casa – Pops sendo o acumulador que é, incapaz de jogar qualquer coisa fora. Não que ele colecione o lixo de anos, empilhado em torres quilométricas no meio da sala, com gatos vira-latas procriando por todos os cantos, gatinhos selvagens brotando pela casa, alguns vivos, outros mortos. Não, ele não é assim, não é como aqueles acumuladores que vemos na televisão. Ele é sentimental, do tipo que tem problemas em se separar dos meus boletins do ensino fundamental e de meus dentes de leite. Teoricamente, isso deveria fazer eu me sentir bem. Lá no fundo, acho que até faz.

Mas isso também é um lembrete dolorido de que Pops não tem ninguém além mim. Se eu fosse embora, o que seria dele?

— Eu fiz uma lista de compras — diz Ingrid, e sem esperar que ela diga as palavras *Você poderia ir para mim?* eu respondo:

— Claro, sem problema. Amanhã, está bom?

E ela concorda.

De uma janela na cozinha de Ingrid tenho uma boa visão do interior do consultório do doutor Giles. A casa de Ingrid está logo acima da dele e a janela tem um ângulo ideal para se olhar lá dentro. Não é uma vista das melhores, mas é uma vista. Enquanto Ingrid procura duas notas de vinte dólares na bolsa e as entrega para mim, vejo algo vago e irreal, apenas o movimento de algumas formas através do vidro. Há alguém lá. Eu olho, mas não por muito tempo. Não posso. Não quero que Ingrid pense que sou alguma espécie de bisbilhoteiro. Então volto meu olhar para Ingrid, guardo o dinheiro no bolso e digo que irei amanhã cedo. Irei ao mercado pela manhã. Eu já fiz isso várias vezes.

Pego a lista, digo adeus e vou embora.

No instante em que saio da casa de Ingrid e desço os degraus da varanda até a calçada, eu percebo.

A vitrine do café está vazia.

A garota se foi.

QUINN

Eu costumava pensar que Esther era transparente como um painel de vidro. O que você vê é o que você recebe. Mas agora, sentada no chão de seu quarto minúsculo, sobre minhas pernas já entorpecidas, com o bilhete para *Meu bem* nas mãos, penso que talvez estivesse errada. Entendi tudo errado.

Talvez Esther não seja transparente, afinal. Não é um painel de vidro, mas sim um caleidoscópio, do tipo com mosaicos intrincados e padrões que mudam toda vez que você gira o artefato.

E foi um anúncio no *Reader* que me trouxe até Esther.

— Você não pode estar falando sério, certo? — perguntou Madison, minha irmã, quando mostrei o anúncio: *Mulher procura colega para compartilhar apartamento de dois quartos em Andersonville. Excelente localização, perto de ônibus e trem.* — Você viu o filme *Mulher solteira procura*, não viu? — perguntou ela, na ponta da cama, cercada de cartões com suas anotações das aulas de Ciências que pareciam se multiplicar como coelhos pela colcha.

Peguei um cartão.

— Sabia que você nunca vai precisar dessa chatice? — perguntei enquanto olhava para a definição ilegível no verso. — Não no mundo real, quero dizer.

Madison me lançou aquele olhar que sempre dava e disse:

— Tenho prova amanhã. — Como se isso fosse algo que eu não soubesse.

— Nossa, jura? — perguntei, jogando o cartão de volta na pilha. — Mas depois do ensino médio, foi o que eu quis dizer. Você nunca vai precisar dessa droga.

Eu era a última pessoa no mundo que devia dar conselhos sobre qualquer coisa, especialmente sobre educação. Tinha me formado havia cinco meses na faculdade, uma faculdade terrível que certamente não fazia parte da lista das melhores instituições de ensino dos Estados Unidos da América. Mas a taxa de matrícula era barata, ou mais barata do que a das outras faculdades. E eles me deixaram entrar, o que não poderia ser dito das outras faculdades nas quais me inscrevi graças a uma pequena coisa conhecida como dificuldade de aprendizagem. Entre o TDAH[1] e a dislexia, eu era uma causa perdida. Bem, era o que dizia a pilha de cartas de rejeição que recebi das faculdades em que me inscrevi, com um carimbo grande e vermelho "Rejeitado" adornando os envelopes das cartas de recusa.

Isso é incrível para a autoestima. Mesmo, de verdade.

Ou não.

Passei os dois primeiros dos meus oito semestres universitários em observação acadêmica. Mas quando o reitor ameaçou me expulsar, caí na real e abri um livro. Eu também me lembrei de tomar a minha Ritalina de vez em quando, e assumi meu déficit de aprendizagem, o que não estava muito interessada em fazer.

Mas ainda assim, de alguma maneira, consegui me formar na faculdade tirando a nota mínima.

De qualquer forma, ninguém precisa dos meus conselhos acadêmicos, principalmente Madison, minha irmãzinha, destinada a se formar com menção honrosa. Por isso, calei a boca. Sobre esse assunto, pelo menos.

Eu tinha, por sinal, visto o filme *Mulher solteira procura*. Claro que sim. Mas tempos desesperados pediam medidas desesperadas, e eu estava desesperada. Tinha vinte e dois anos, cinco meses de formada na

---

1 Transtorno do Déficit de Atenção com Hiperatividade. (N. T.)

faculdade e estava louca para fugir da casa suburbana dos meus pais, onde vivíamos com a minha irmã estudiosa e com sua porquinha-da-índia fedidinha. Madison ainda estava no ensino médio, uma nerd aficionada por ciências, com a promessa de uma carreira médica à sua frente. Era isso ou ser embalsamadora, talvez, com todo o fascínio mórbido que tinha por coisas mortas. Madison tinha um esquilo conservado por taxidermia comprado na internet com a sua mesada, o mesmo destino que planejava para a sua porquinha-da-índia quando ela finalmente fosse desta para melhor: arrancar sua pele e empalhar aquela coisinha patética para exibi-la em uma prateleira.

Madison era feliz da vida morando em casa. Não conseguia entender a minha necessidade de cair fora dali. Aquele lugar era mais do que entediante, era como unhas arranhando um quadro-negro; a forma como a minivan da minha mãe me saudava na estação suburbana em Barrington todos os dias após o trabalho, mamãe atrás do volante, sempre em cima de mim para saber como tinha sido o meu dia.

Você fez amigos hoje?, ela perguntou depois do primeiro dia de minha nova carreira como assistente de projeto em um ilustre escritório de advocacia em Chicago, como se fosse o primeiro dia no jardim de infância e não um emprego. Consegui o trabalho contando uma mentirinha sem importância, afirmando ter interesse em cursar faculdade de direito quando, na verdade, a faculdade de direito não me interessava.

Você aprendeu alguma coisa nova?, minha mãe perguntou naquele dia, sentada no banco de motorista.

Não, mãe. Nada.

Mas eu tinha aprendido, certo? Aprendi o quanto aquele emprego era péssimo.

E então minha mãe e eu fomos para casa, onde fui obrigada a ouvir minhas figuras parentais falando de novo e de novo sobre como Madison era *ah, tão inteligente*, sobre como Madison tinha *gabaritado* outra prova, sobre como Madison já havia sido *aceita* em algumas faculdades muito importantes, enquanto eu escolhi a minha pelo valor da anuidade e com base no fato de ter sido aceita em meio à enorme quantidade de rejeições que recebi depois de minha lamentável pontuação no vestibular.

Eu precisava ir embora dali. Estava sufocada, asfixiada. Não conseguia respirar.

E foi assim que aconteceu. Eu estava no trem, indo do trabalho para casa, quando folheei os classificados e vi o anúncio no *Reader*. O anúncio de Esther, um farol na escuridão do céu noturno. Eu tinha procurado por apartamentos antes, mas meu emprego de iniciante mal pagava um salário mínimo e, ainda que eu procurasse pelos mais baratos – quitinetes, apartamentos térreos, apartamentos no lado sul da cidade –, a verdade era que eu não podia pagar sozinha um aluguel no centro de Chicago. E um apartamento longe do centro estava fora de questão, porque eu precisaria de um carro, algum meio de transporte para me levar de e para a estação de trem como fazia minha mãezinha querida.

Mulher procura colega para compartilhar apartamento de dois quartos em Andersonville. Excelente localização, perto de ônibus e trem.

Era isso! Liguei no mesmo instante e combinamos de nos encontrar.

No dia marcado para conhecer Esther, eu me preparei mentalmente para uma reunião com Jennifer Jason Leigh. Verdade seja dita, Madison tinha enchido minha cabeça com toda aquela história de *Mulher solteira procura*. Para piorar as coisas, assisti ao filme antes do nosso encontro e vi quando Jennifer Jason Leigh, também conhecida como Hedy, virou uma psicopata ou coisa que o valha; fui acalmada apenas pelo fato de que, por ser a pessoa que se mudava para o apartamento de Esther, na verdade eu era a Jennifer Jason Leigh da situação, e ela, a encantadora Bridget Fonda.

E, de fato, ela era encantadora.

Esther estava atrasada naquele dia, substituindo um colega de trabalho que tinha ficado doente. Ela me ligou quando eu estava indo para o apartamento e combinamos de nos encontrar em uma livraria na Clark, onde descobri que ela trabalhava. Era um emprego de meio período enquanto terminava o mestrado em terapia ocupacional, ela me contou. Esther também era cantora, do tipo que se apresenta de vez em quando em bares.

— É só uma coisa que ajuda a pagar as contas — disse ela, embora com o tempo eu viesse a aprender que era mais do que isso. Esther tinha um desejo secreto de ser a próxima Joni Mitchell.

— O que é um terapeuta ocupacional? — perguntei, enquanto ela me conduzia pelas pilhas de livros para um lugar mais silencioso nos fundos da livraria. Nos acomodamos em pufes cor de laranja usados quando as crianças se reuniam para ouvir histórias, ela pedindo desculpas por me fazer ir até a livraria, mudando o que tínhamos combinado. Era sábado, a loja estava cheia de gente perscrutando entre as prateleiras, escolhendo seus livros. Pareciam inteligentes, cada um deles, como Esther, mas de uma maneira legal e moderna. Ela era educada, tinha olhos gentis, mas deixava transparecer um fogo interno, fosse no piercing prateado no nariz ou no cabelo descolorido com vários tons. Adorei Esther logo de cara. Usando um cardigã aconchegante e calças cargo, Esther era bacana.

— Nós ajudamos as pessoas a aprender a cuidar de si mesmas. Pessoas com deficiência, problemas, feridas. Os idosos. É como reabilitação, autoajuda e psiquiatria em uma coisa só.

Seus dentes eram perfeitamente alinhados e de um branco brilhante. Seus olhos eram heterocromáticos – um castanho, um azul –, algo que eu nunca tinha visto. Ela usava óculos naquele dia, apesar de eu saber depois que as lentes não tinham grau; os óculos falsos a ajudavam a compor sua personagem de vendedora de livros. Ela disse que a faziam parecer inteligente. Mas Esther não precisava de óculos falsos para parecer inteligente, ela já parecia.

No dia em que nos conhecemos, ela me perguntou sobre o meu trabalho e se eu poderia pagar a minha metade do aluguel. Essa foi a única exigência de Esther, que eu pagasse a minha parte.

— Eu consigo — prometi a ela, mostrando o comprovante de meu salário como prova. Quinhentos e cinquenta dólares por mês, eu daria conta. Quinhentos e cinquenta dólares por mês por um quarto só meu, em um apartamento, em um prédio sem elevador no lado norte de Chicago. Ela me levou lá, descendo a rua da livraria, assim que terminou de ler para as crianças que roubaram de nós os pufes cor de laranja. Eu a escutei enquanto ela lia em voz alta, alternando as vozes de um urso, de uma vaca e de um pato, com sua voz gentil e doce. Esther era meticulosa nos detalhes, da maneira como se assegurava de que os pequeninos estavam atentos e silenciosos até a forma como virava as páginas do enorme livro para que todos pudessem vê-lo. Quando dei por mim, estava sentada no chão ouvindo a história. Ela era encantadora.

No apartamento do prédio sem elevador, Esther me mostrou o espaço que poderia ser meu quarto se eu quisesse.

Ela nunca me contou o que tinha acontecido com a pessoa que ocupava aquele quarto antes de mim, o cômodo que eu habitaria em breve. Mas nas semanas seguintes, encontrei vestígios da existência dele ou dela no closet compacto daquele quarto amplo: um nome indecifrável gravado na parede a lápis, o fragmento de uma fotografia abandonado no chão vazio de um quarto vago. Tudo o que restava na imagem brilhante era um vislumbre do cabelo descolorido de Esther.

Tirei o fragmento de foto do quarto depois que me mudei, mas não havia nada que pudesse fazer para arrumar a parede do closet. Eu sabia que era o cabelo de Esther na fotografia porque, como seus olhos heterocromáticos, seu cabelo era algo que eu nunca tinha visto, a maneira como ela o descoloria de baixo para cima para obter um desbotamento gradual, marrom-escuro no topo, loiro nas pontas. O modo como a foto foi rasgada também era revelador, as rebarbas brancas do papel fotográfico, a imagem impossível de reconhecer – exceto o cabelo de Esther.

Não joguei aquele pedaço de fotografia fora; entreguei-o para Esther dizendo *Acho que isto é seu*, enquanto eu desfazia minhas malas e me mudava. Isso foi há quase um ano. Ela o arrancou da minha mão e jogou-o fora, um gesto que, naquele momento, não significou coisa alguma para mim.

Agora não há o que fazer a não ser me perguntar se aquilo deveria significar alguma coisa, ainda que eu não tenha certeza.

ALEX

Espero por horas que a garota volte – esforçando-me para olhar através das cortinas que cobrem a janela do consultório do doutor Giles, no chalé –, mas ela não aparece. Considero a possibilidade de me esgueirar pelo espaço entre as casas de Ingrid e do doutor Giles e ficar na ponta dos pés para tentar ver lá dentro. Penso em voltar à casa de Ingrid – fingindo ter esquecido alguma coisa ou *precisar* de alguma coisa – para tentar espiar pela janela da cozinha. Imagino Pearl ali, no chalé do doutor Giles, fazendo o que as pessoas fazem no consultório de um psicólogo: sentada em um sofá, vomitando suas dores para um homem que sente tesão em ouvir os problemas dos outros. Mas o tempo passa – trinta minutos, uma hora, *duas* horas – até que me convenço de que já faz tempo demais para que ela ainda esteja lá conversando com o doutor Giles. Nenhuma consulta dura duas horas. Ou dura? Eu não saberia dizer.

Por fim, desisto. Ela não está ali, digo a mim mesmo. Mas, claro, não tenho certeza. Só posso supor.

No meio da tarde, volto para casa. Refaço o caminho da manhã pelas ruas da cidade, passando pelas lojinhas que estão terminando o expediente, virando as placas de "Aberto" para "Fechado", trancando as portas. Estou cansado, meus pés doem. Minha cabeça está tomada pela imagem da garota na janela, que estava aqui num instante e no outro não estava mais.

As ruas são pavimentadas com pequenos blocos de granito parecidos com paralelepípedos. Dois restaurantes ainda estão abertos, mas as butiques – a mais bonitinha com coisas de bebê na vitrine e a outra que vende só bugigangas e cartões-postais cafonas e caros – logo estarão fechadas. As ruas estão sonolentas e o céu cinzento anuncia chuva. No meio-fio há um grande corvo negro se alimentando da carcaça de um coelho: atropelamento. Todos ficam um pouco desesperados nesta época do ano. Um esquilo corre por um fio de telefone, rezando para que o corvo não o veja. No fim da rua, pré-adolescentes em bando, todos vestindo bermudas e camisetas, estão indo para casa, indiferentes ao frio. O som de suas risadas atravessa o ar do outono. Um deles fuma um cigarro: ele não deve ter mais que doze ou treze anos.

Eu puxo o capuz sobre a cabeça. Ponho minhas mãos nos bolsos da calça e ando mais rápido, com a cabeça baixa, atravessando a cidade, passando pelo carrossel, até chegar à praia.

A cidade está solitária e eu estou melancólico.

Penso em meus amigos, Nick, Adam e Percy, na faculdade, passando pela melhor experiência de suas vidas. E eu aqui, pensando em uma garota que sequer conheço, que talvez nunca veja de novo e que possivelmente também é maluca.

O lago castiga a costa da mesma forma que já estava fazendo pela manhã. Agora, à luz do dia, posso ver a agitação das ondas no meio do lago, o fluxo contínuo de cristas brancas quebrando e investindo contra a areia, lívidas e rápidas como cavaleiros montados – um ataque de cavalaria. A areia está em um tom marrom esmaecido. Há um cheiro vindo do lago, não um cheiro ruim, mas um cheiro que parece ensopado, molhado e frio. A areia gruda em meus tênis pretos quando atravesso a grama alta da praia, os tufos densos de grama que emergem da areia. A grama está marrom e quebradiça agora. Não mais verde. Logo ela vai desaparecer, arrancada pelas raízes pelo frio, pelo vento e pela neve. Meus olhos buscam hastes de lírios-do-mar – pequenos discos que encontro no cascalho e na areia. É uma fixação minha, uma fraqueza, um vício. Crinoides, contas indianas, lírios-do-mar. É tudo a mesma coisa para mim, fósseis de criaturas que um dia habitaram o lago Michigan. Eu pego uma haste na areia e a examino na palma da mão. Muito mais bela que xisto ou basalto para mim, muito mais interessante que granito ou escória de metal, apesar de, na verdade, não haver muito o que olhar. As pessoas fazem colares com elas, mas eu, eu as guardo em um ziploc. Coloco-a no bolso da calça, segurando firme, tomando cuidado para que ela não caia.

Há um casal no cais, um homem e uma mulher, não muito longe, só o suficiente para sentirem o clima sem serem jogados na água pelo vento. Eles estão de mãos dadas – segurando um ao outro no vendaval incessante – enquanto contemplam a vastidão do lago e o céu apocalíptico. Daí eles se viram e se afastam até um carro parado no estacionamento próximo, batendo a areia dos sapatos antes de entrar.

Eu não vou. Fico e tenho tudo só para mim.

Só depois de eles irem e de ver o carro preto deixar o estacionamento e a cidade, eu a vejo sentada sozinha no balanço do parquinho, com seus pés se arrastando na areia. Suas mãos seguram as correntes, mas ela não dá impulso com as pernas, deixando que o vento mova o balanço. É no mínimo um balançar calculado, intencional e preguiçoso. O balançar de alguém que está pensando em outra coisa, não no balanço.

Pearl.

Ela veste seu casaco, está de gorro. Suas mãos não estão cobertas e me parecem frias contra a corrente do balanço. O cachecol está enrolado em volta do pescoço, mas o vento o pega pelos dois lados e puxa, então ele flutua para um lado e para o outro, ao sabor da corrente irregular. Começou a chover – só uma garoa –, algo que não parece afetá-la, como se fosse à prova d'água. A garota não parece se importar com a chuva que bate em meus olhos e ensopa meu corpo. Eu não suporto a chuva. Poderia ir para casa, eu *deveria* ir para casa. Eu deveria correr. Mas não corro. Em vez disso, procuro um quiosque, uma área de piquenique com mesas de madeira e, mais importante, um teto. Eu me sento no tampo de madeira, uns quinze metros distante de Pearl.

Ela não me vê.

Mas eu a vejo.

QUINN

Quando termino de ler o bilhete, só consigo pensar em uma coisa simples e direta: quem diabos é *Meu bem*? Preciso fazer essa pergunta a Esther. Preciso mesmo. A última linha grita sem parar na minha orelha: *Você me viu? Você estava tentando me enlouquecer?*

Quero perguntar a Esther: *Quem?*

Corro para a sala de estar para ver se ela já chegou, se não entrou sorrateiramente enquanto eu estava em seu quarto. Meio que espero vê-la sentada de pernas cruzadas no sofá cor-de-rosa, como ela se senta enquanto conta histórias para aqueles diabinhos na livraria. Eu me imagino confrontando Esther sobre o bilhete, enfiando o papel digitado debaixo do nariz dela. *Quem é meu bem?*, pergunto. Posso ver a mim mesma agitando o bilhete na frente de seu rosto cheio de pesar, exigindo saber: *Quem é essa pessoa?*

Algo me ocorre: *Talvez ela tenha pensado nisso sozinha: deixar as luzes acesas para que eu pudesse ver. Era, afinal, a vitória dela.*

Em minha fantasia, sacudo Esther pelos ombros e pergunto de novo e de novo: *Quem é essa pessoa? Quem é, Esther?*, enquanto Esther assume uma expressão de arrependimento e começa a chorar.

Mas não. Eu não faria isso com Esther. Não gostaria de vê-la chorar.

Mas ainda assim, quero saber. *Quem é ela?*

Claro, nada disso importa, porque, de qualquer maneira, quando saio do quarto, ela não está lá. Claro que ela não está. Somos só eu e uma sala vazia. A TV está desligada e, além do barulho do aquecedor, a sala está em silêncio. Aquele cômodo invoca a presença de Esther, todos os móveis descombinados ela já tinha antes de eu me mudar: o sofá cor-de-rosa, a mesa de centro de ferro batido, uma cadeira estofada de tecido xadrez preto e branco, almofadas em verde-musgo, amarelo e azul. E então, é claro, lá estava o tapete felpudo de uma venda de garagem em Summerdale que carregamos juntas para casa – minha única contribuição para a decoração, além de, claro, *eu*. Acho que caminhamos uns três quarteirões com aquele tapete, Esther na frente, eu atrás, rindo ao longo do caminho do peso absurdo que carregávamos, do fato de ele ser verde-bílis. As paredes do apartamento, tão brancas que podem cegar uma pessoa, somos proibidas de pintar por ordem da senhora. Budny. A senhora Budny, uma polonesa de oitenta e nove anos, vive na unidade abaixo de nós e é também nossa senhoria. Em vez de pintar as paredes, nós as cobrimos com ganchos de casacos, suportes para velas e uma lousa branca, que Esther e eu usamos para deixar recados, avisos e para falar uma com a outa.

Compre leite.

Você comeu meu queijo?

Quando a vida lhe der limões, faça uma limonada.

Fui dar uma volta. Volto logo para casa.

Pego meu celular para ligar para Ben, um colega de trabalho e também meu amigo. Ben é meio que a única pessoa com quem converso no escritório, a menos que eu seja paga para falar com outra pessoa. Eu só falo com os advogados que me pedem para buscar arquivos e fazer cópias, porque tenho de falar com eles. É obrigatório. Basicamente, faz parte da descrição do trabalho.

Mas com Ben falo porque quero. Porque gosto dele. Porque ele é legal.

Ele também é bonito demais, um assistente de projetos de vinte e três anos como eu, mas com planos legítimos de entrar para a faculdade de direito em algum momento. Só que ele tem namorada. Uma colega de faculdade que, como ele, tem esperança de entrar no curso de direito. Assim que ela terminar o curso preparatório na Universidade de Illinois, em Chicago, ambos se candidatarão à faculdade de direito em Washington. Tão romântico. O nome da namorada dele é Priya, um nome que soa muito bem.

Nunca vi Priya pessoalmente, mas vi a montagem de fotografias que Ben mantém em seu cubículo: fotos de Priya sozinha, fotos de Ben e Priya, fotos de Priya e do *cachorro de Ben*, um chihuahua caolho chamado Chance (e se isso não diz algo sobre o tamanho do coração de Ben, não sei o que diz).

Encontro o número do celular de Ben no meu histórico de chamadas e clico em seu nome para, em seguida, ouvir o telefone tocar cinco vezes antes de me mandar direto para a caixa postal. Escuto a mensagem de Ben, o som monocórdico e robótico, ainda que completamente encantador, de sua voz quando ele diz: *Aqui é o Ben. Deixe um recado.* Eu poderia ouvir essa gravação se repetindo a noite toda. Mas, em vez disso, quando o telefone emite um sinal sonoro, aproveito a deixa e gravo uma mensagem vaga.

— Ei — digo. — É a Quinn. Preciso falar com você. Ligue de volta, pode ser? — Não falo sobre Esther. Esse não é o tipo de mensagem que você deixa em um correio de voz, é cafona. Coisas importantes não devem ser ditas na caixa postal. Já fui dispensada via recado em caixa postal, então sei do que falo. Contarei tudo para Ben quando ele ligar de volta, mas então imagino Ben e Priya juntos e me pergunto quando ele vai ligar de volta, ou se ainda vai adiantar quando ele fizer isso. Esther vai voltar para casa em breve, acho, apesar de não ter mais tanta certeza.

Acomodada no sofá, observo enquanto o apartamento é tomado pela escuridão. É noite agora. A única luz que me alcança entra pela janela e vem de um ou dois postes da rua, é uma luz fraca, distante; nosso pequeno bairro residencial em Chicago fica longe do centro para ser iluminado por estruturas como a Willis Tower ou o elegante hotel de Donald Trump. À medida que a escuridão avança pelo cômodo, sou tomada por uma sensação de desconforto. *Onde está Esther?* Ela já fez coisas estranhas antes, não me entenda mal, mas nunca ficou fora um dia inteiro sem avisar onde estava ou quando voltaria. Nunca escapuliu pela saída de incêndio para desaparecer na escuridão. Olho para o relógio na parede e me dou conta de que se passaram doze longas horas desde que o despertador de Esther me acordou e ela ainda não está aqui.

Começo a me preocupar. E se aconteceu alguma coisa com Esther, alguma coisa ruim?

Então, penso em dar um segundo telefonema. Não para Ben desta vez, é claro, mas para a polícia. Devo chamar a polícia? Minha mente hesita entre *chamar a polícia* e *não chamar a polícia* como um jogo de uni-duni-tê, antes de dizer *O escolhido foi... chamar a polícia*. E é isso que faço. Disco 311, o número de não emergências da polícia de Chicago, em vez do 911, que é para emergências de fato. Esta não é uma emergência, ou pelo menos não penso que seja. Rezo para que não seja uma emergência. Uma mulher atende meu chamado e eu a imagino: uma telefonista sentada a uma mesa de computador, com um fone de ouvido achatando seu cabelo.

A pedido da telefonista, falo sobre meu caso não emergencial:

— Minha colega de apartamento desapareceu — digo a ela. E então falo sobre os detalhes da forma fugaz como Esther saiu: a janela, a tela, a saída de incêndio.

Ela escuta atentamente, mas, quando paro de falar, suas palavras são cautelosas:

— Você verificou os hospitais locais? — pergunta.

— Não — admito, sentindo-me idiota de repente —, eu não verifiquei.

Não me ocorreu nem por uma fração de segundo que Esther poderia estar ferida.

— Esse é um ótimo lugar para começar — e eu percebo pelo comentário dela que chamar a polícia não é um ótimo lugar para começar. — Você checou com a família de sua colega de apartamento? Outros amigos? — ela pergunta, enquanto balanço a cabeça em silenciosa admissão de culpa.

Não, não fiz nada disso. Bem, eu liguei para Ben, é um passo na direção certa, mas nem pensei em ligar para a família de Esther. Não que eu saiba o telefone de alguém da família dela, de qualquer maneira, ou tenha a menor ideia de como encontrar os parentes de Esther. Sequer sei o nome de sua mãe ou de seu pai, nada além de senhor ou senhora Vaughan, suponho. E acho que há dezenas de milhares de pessoas no mundo com o sobrenome Vaughan. Além disso, racionalizo, Esther e sua família não são próximas. Esther não gosta de falar sobre eles, mas acho que seu pai está fora de sua vida e ela e a mãe estão afastadas. Como sei disso? Porque enquanto minha mãe manda uma porção de pacotes com presentes e comida e aparece sem aviso prévio em nossa porta, a mãe de Esther não liga nem para dizer oi. Perguntei a Esther sobre sua família uma vez, ela disse que não queria falar sobre esse assunto. Não perguntei de novo. Uma vez chegou um cartão, mas Esther deixou-o largado sobre a mesa da cozinha por quatro dias, sem abrir, antes de jogá-lo no lixo.

— Algum motivo para acreditar que algo ruim aconteceu? — pergunta a telefonista, e eu digo não. — A pessoa desaparecida tem alguma condição médica preocupante? — pergunta, e eu digo não outra vez. Sua voz soa distante e pouco amigável, como se ela não se importasse.

É provável que não se importe mesmo, mas você imaginaria que alguém com esse trabalho fosse pelo menos simpática. Quase desejo inventar alguma coisa, dizer a essa mulher que Esther é diabética e que deixou toda a sua insulina em casa, ou que ela tem asma e está sem inalador. Então, talvez, a telefonista demonstrasse alguma preocupação. Talvez eu devesse dizer a ela que a tela da janela foi arrombada, o vidro, quebrado. Que havia sangue, uma piscina de sangue, suficiente para Esther ter sido retalhada. Talvez assim eu fosse redirecionada para o 911 e, de repente, o desaparecimento de Esther fosse considerado uma emergência.

Ou talvez a telefonista esteja tentando me dizer algo do tipo "isso não é uma emergência, Esther está bem". Em seguida, ela me diz:

— Quase setenta por cento das pessoas desaparecidas vão embora por vontade própria e voltam entre quarenta e oito e setenta e duas horas, voluntariamente. Você é mais do que bem-vinda se quiser vir até a delegacia e fazer um BO de pessoas desaparecidas, ainda que a polícia não possa fazer muito mais do que isso no caso de desaparecimento de adultos. Sem evidência de sequestro ou violência, não podemos automaticamente tratar o fato como crime. As pessoas são livres para ir embora se quiserem. Mas se você fizer um BO, o caso de sua colega de apartamento vai para o banco de dados de pessoas desaparecidas e nossos investigadores irão analisá-lo.

— Sua colega de apartamento bebe ou consome drogas? — ela pergunta em seguida; eu balanço a cabeça e digo não, no mesmo instante. Bem, Esther bebe, uma margarita aqui, um daiquiri lá, mas ela não é alcoólatra nem nada disso.

Então a telefonista pergunta sobre o estado mental de Esther:

— Ela sofre de depressão?

E eu penso no sorriso maravilhoso de Esther e digo a mim mesma que ela não pode ter depressão. Ela simplesmente não pode ter.

— Não — digo sem demora —, claro que não.

— Vocês duas brigaram recentemente? — pergunta a telefonista, e percebo que ela está tentando insinuar que fiz algo para machucar Esther.

Esther e eu brigamos? Claro que não. Mas será que Esther ficou chateada porque saí na noite passada sem ela, ainda que tenha me dito para ir? Eu não sei. Repito para mim mesma as palavras dela me mandando sair. *Eu seria uma estraga-prazeres, Quinn,* disse ela. *Vá sem mim. Você vai se divertir mais.* Essas foram exatamente as palavras dela. Então, como Esther poderia estar brava comigo?

— Nós não tivemos uma briga — digo, e a telefonista me dá duas opções: posso ir para a delegacia e fazer um BO de pessoa desaparecida, ou posso esperar por Esther.

Eu me sinto uma tola por ter ligado para a polícia, então decido esperar mais um pouco. A última coisa que eu preciso fazer é olhar um policial nos olhos e me sentir uma tola pessoalmente. Tenho muita experiência com isso. Vou ligar para os hospitais e tentar encontrar a família de Esther. Espero que Ben me ligue e, com alguma sorte, Esther vai voltar para casa por sua própria vontade, assim como a telefonista disse, em um período de quarenta e oito a setenta e duas horas. Dois a três dias. *Dois a três dias*, penso. Não sei se posso esperar tanto tempo para tê-la em casa.

Encerro a ligação com a telefonista e desejo que Ben me ligue. *Por favor, Ben, por favor,* imploro em silêncio. *Por favor, ligue para mim*. Mas Ben não liga. Procuro on-line os telefones dos hospitais da área, começando com o Metodista e, depois, ligo perguntando às recepcionistas, uma por uma, se Esther foi internada lá. Digo o nome dela e, em seguida, eu a descrevo – cabelo descolorido, olhos heterocromáticos, o sorriso arrebatador –, sabendo que Esther tem aquele tipo de rosto que se você vê uma vez, nunca esquece. Mas Esther não está no Hospital Metodista ou no Weiss ou em nenhuma das emergências locais. Perco a esperança com cada resposta apática. *Não há ninguém chamado Esther Vaughan aqui*.

Estou me sentindo perdida e sozinha quando ouço o som de um telefone tocando. Não é meu celular, mas é um celular. O celular de Esther, conheço aquele toque, uma canção da década de 1980 que entrou na lista das mais tocadas da revista *Billboard* e que agora ninguém mais escuta.

O toque de Esther. O celular de Esther.

Esther não está aqui; então, por que o celular dela está?

Eu me levanto e vou procurá-lo.

ALEX

Eu me pergunto se ela sabe que está sendo observada.

Vejo a garota contrair as mãos, coçar a cabeça. Eu a vejo cruzar as pernas deste e daquele jeito no balanço do parque, tentando encontrar uma posição confortável. Daí ela descruza as pernas e chuta a areia. Ela olha para a esquerda, para a direita, e então vira a cabeça para cima e abre a boca para pegar gotas da chuva que caem do céu.

Não sei dizer por quanto tempo fico olhando para ela. O bastante para minhas mãos adormecerem por causa do frio e da chuva.

Depois de algum tempo, a garota se levanta do balanço e fica em pé. Seus pés, nas Uggs cor de castanha, afundam na areia quando ela caminha em direção à praia. Mais e mais perto da água. Ela tem alguma dificuldade em se mover devido à densidade da areia e ao vento. Ele puxa seu corpo pequeno para lá e para cá, os braços estendidos para os lados como se ela estivesse em uma corda bamba. Um pé na frente do outro. Um passo de cada vez.

E então, a um metro da margem, ela para.

E eu fico olhando.

E daí é isso que acontece. Começa pelas botas, que ela tira dos pés graciosamente, um pé, depois o outro. Ela as deixa lado a lado na areia. Depois são as meias, e eu penso *Ela está louca?*, imaginando que ela vai mergulhar os pés nas águas geladas do lago Michigan em novembro.

A temperatura da água deve estar abaixo de cinco graus. Um frio congelante. O tipo de água que causa hipotermia.

As meias são enfiadas no cano das botas para que o vento não as leve. Eu olho e espero a garota sair andando até a margem e entrar no lago, mas ela não se move. Passa-se um momento – ou passam-se vários momentos, talvez, eu não sei, perdi qualquer noção de tempo – até que ela move as mãos na direção dos botões do casaco e começa a desabotoá-los de cima para baixo. E aí ela tira o casaco e o coloca na areia ao lado das botas e das meias. Quando ela começa a tirar a calça, penso *Isso não pode estar acontecendo*. Olho ao redor, procurando outra pessoa, alguém, qualquer um, para me dizer que essa cena é real e não uma invenção da minha imaginação. Isso está mesmo acontecendo? Isso não pode estar acontecendo. Isso não pode ser verdade.

Eu me levantei e cheguei mais perto, entre meio e um metro, escondido atrás das colunas de madeira que sustentam a cobertura da área de piquenique. Eu me abraço a uma coluna e aperto os olhos para ver como Pearl desabotoa e abre o zíper da calça, como ela se senta na areia molhada e tira a calça, colocando-a também perto das botas e do casaco. A chuva aumentou e agora cai mais forte, as gotas voam lateralmente com o vento. A água entra pelas aberturas do quiosque e me deixa completamente ensopado. Então a garota se levanta, com as mãos nos bolsos de seu moletom com capuz azul, sem mais nada para proteger o corpo. Só o moletom com capuz e a calcinha. E o gorro e o cachecol.

Mas logo ela tira o moletom também.

E é aí que ela entra na água. Usando apenas calcinha, cachecol e gorro. Ela entra direto, tão indiferente ao frio quanto um pinguim imperador mergulhando nas águas do Ártico. Ela não para quando molha os pés. Ou os tornozelos. Ou os joelhos. A garota continua entrando no lago. Acho que andaria até Chicago se pudesse, as mãos acariciando a superfície da água enquanto as ondas passam por ela e espirram água, molhando-a da cabeça aos pés com a umidade insensível do lago.

Sem nem perceber, deixei o quiosque de piquenique e agora estou em pé na praia. Como cheguei aqui? Não sei. Todo o meu bom senso me diz que eu deveria chamar ajuda. A polícia? *O doutor Giles?* Quanto tempo ela tem antes que a água gelada cause hipotermia? Quinze minutos? Meia hora? Não sei. Mas não posso chamar ninguém porque estou completamente chocado e sem fala, meus pés congelados na areia, incapaz de pegar o celular no bolso da calça. Porque não consigo tirar os olhos de Pearl, lá na água, nadando de lado, tempo suficiente para chamar ajuda. Vendo a maneira como seus braços entram e saem da água sem pressa, um, depois o outro. A batida suave e rítmica de seus pés, quase sem espalhar água. O modo como ela nada, sem virar a cabeça para respirar, como um peixe com guelras e barbatanas.

Se eu tivesse alguma coisa melhor para fazer, possivelmente não estaria em pé aqui observando Pearl nadar. Mas não tenho, então fico e observo enquanto ela nada.

E então, enquanto estou ali admirando, a garota fica em pé e começa a deixar a água. Qualquer ser humano normal sairia correndo e tremendo da água em busca de algum lugar seco e quente. Ela não. Seus passos são lentos, calculados. Não está com pressa. Ela se demora, emergindo ensopada da água com a pouca roupa que usa completamente transparente. A areia gruda em seus pés, em seus tornozelos, e os grãos de areia mudam de cor enquanto observo. Ficam mais escuros.

Eu desviaria meus olhos. Eu *deveria* desviar meus olhos.

Mas não consigo.

Não é culpa minha. Que garoto de dezoito anos viraria a cabeça para o outro lado, recusando-se a olhar? Eu não, com certeza. Nem ninguém que eu conheça.

E, de qualquer forma, parece que a garota quer ser vista.

Ela chega à areia molhada, a água sobre sua pele nua possivelmente gelada exposta ao ar frio de outono. Não faz qualquer menção de se enxugar ou se vestir. Está de costas para o lago agora e observa o que se encontra na direção oposta: o parquinho, o carrossel, a grama da praia e uma fileira de árvores nuas.

E eu.

É nesse momento que ela se volta para mim e acena.

E eu provo ao mundo que sou realmente um covarde ao me virar e ir embora, fingindo não vê-la.

QUINN

Eu me levanto e sigo o som do telefone até a cozinha, esperando mesmo encontrar o celular de Esther escondido na bancada ao lado das latas de farinha, açúcar e biscoitos. Mas não dou sorte. Eu não costumo atender ou sequer notar quando o telefone dela toca, mas agora estou preocupada. Talvez Esther esteja com problemas, talvez precise da minha ajuda. Talvez seja Esther no outro lado da linha me pedindo ajuda. Ela está perdida, não tem dinheiro suficiente para um táxi. Alguma coisa assim.

Mas ela poderia ligar no meu celular, então. Claro que poderia. Isso faria mais sentido. Mas ainda assim. Talvez...

Ligo a luz do fogão e continuo a procurar, rastreando o toque abafado, como João e Maria seguiram migalhas de pão pelo bosque denso e escuro. O toque parece muito distante e difícil de ouvir, como se houvesse algodão nos meus ouvidos. Abro e fecho o fogão, a geladeira, os armários, embora pareça totalmente absurdo fazê-lo. Procurar um telefone dentro de uma geladeira. Mas continuo, de qualquer maneira.

Sigo procurando. O telefone toca uma vez, duas vezes, três vezes. Estou quase certa de que a ligação vai cair na caixa postal e isso tudo será por nada quando finalmente o encontro dentro do bolso de um moletom vermelho com capuz, pendurado em nosso minúsculo armário de casacos.

Apanho o celular com a mão ao mesmo tempo que puxo o agasalho do cabide, observando-o cair no chão enquanto atendo a chamada; o número do telefone de quem liga consta como "Desconhecido" na tela.

— Alô? — digo, pressionando o celular contra meu ouvido.

— Você é Esther Vaughan? — pergunta uma voz do outro lado da linha.

E depois digo as três palavras que, em cerca de treze segundos, vou me arrepender dizer:

— Não, não sou — respondo, desejando no mesmo instante ter dito *Aqui é ela falando*. Mas por que eu faria isso quando minha curiosidade ainda não tinha sido despertada? É preciso muito mais do que um número de telefone bloqueado para chamar a minha atenção. Recebo chamadas bloqueadas o tempo todo, principalmente de cobradores. Cartões de crédito antigos com saldos negativos dos quais não faço o pagamento há anos. Empréstimos estudantis.

— Ela está? — pergunta a voz. É uma voz rouca, uma voz masculina que não vai perder tempo com qualquer tipo de gentileza, birra ou brincadeira.

— Não — digo. E então: — Posso anotar o recado? — pergunto, enquanto minha mão tateia pela semiescuridão em busca da lousa branca e um marcador.

Atravesso o cômodo para achar a lousa que fica pendurada na parede, preparada para anotar um nome e um número de telefone abaixo da mensagem enigmática: *Fui dar uma volta. Volto logo para casa.* Uma frase que, de repente, assume uma porção de significados.

Fui dar uma volta. Volto logo para casa.

Esther escreveu isso. Eu sei que foi ela. Não é a minha caligrafia, é a dela. A mistura de letras cursivas e de forma, letras maiúsculas e minúsculas. Feminino e masculino, ao mesmo tempo.

Mas quando Esther deixou a mensagem, eu me pergunto, e por quê?

Foi na semana passada, quando ela voltou correndo à livraria para procurar os óculos falsos esquecidos? Ou apenas alguns dias atrás, quando correu até a filial da Biblioteca Pública de Chicago em Edgewater para devolver um livro antes do horário de fechamento para não perder a data? Esther é bem rígida sobre devolver livros no prazo.

Ou então, penso enquanto espero que o cara do outro lado da linha decida se vai ou não deixar um recado, ela fez aquela anotação na noite passada antes de abrir a janela do quarto e desaparecer? É isso, eu digo a mim mesma. Não há motivo de preocupação. Esther me deixou um recado, estará em casa em breve. É exatamente isso que diz nossa lousa branca.

Fui dar uma volta. Volto logo para casa.

E então, para minha consternação, o homem do outro lado da linha responde de maneira brusca:

— É um assunto confidencial. — A voz dele soa tensa. — Tínhamos um compromisso hoje à tarde. Ela não apareceu.

Aparentemente, *aquela* informação – o comportamento descuidado, negligente de Esther – não é tão confidencial quanto quem é ele ou por que ele está ligando. Há vozes no fundo que tentei decifrar: carros, o som de ondas do oceano, um liquidificador. Não tenho certeza. Tudo se funde até que seja uma coisa só: ruído. Gritaria. Algazarra. Uma tremenda confusão.

— Posso dizer a ela que você ligou... — sugiro, esperando por um nome. Um motivo para a ligação.

— Eu ligo de volta — diz ele, e a linha fica muda. Fico ali na cozinha, meus pés descalços frios sobre o ladrilho xadrez preto e branco, observando enquanto, na minha mão, a tela do celular escurece. Pressiono o botão "iniciar" e corro o dedo pela tela. O telefone solicita a senha de Esther. Senha? Meu coração dispara. *Droga*!

Começo a digitar de forma aleatória até travar o celular, desativar o aparelho, e eu ficar em suspenso por um minuto inteiro, sessenta segundos longos e irritantes, até poder tentar de novo. E de novo. E de novo.

Não sou nenhum prodígio. Já me disseram isso antes. Portanto, não deve ser uma surpresa que não faço ideia de como entrar no celular de Esther sem sua senha ou impressão digital. Ainda assim, tento.

Eu me acalmo ao lembrar que ele prometeu ligar de novo. A voz rouca do outro lado da linha disse que ligaria novamente.

Farei melhor da próxima vez, eu digo a mim mesma. Sim, farei.

ALEX

De noite, em minha casa, estou cozinhando. Pops está assistindo à televisão, os pés sobre a velha mesinha de centro e uma garrafa de cerveja na mão. Ele está bêbado, mas não completamente. Ainda distingue a mão direita da esquerda, o que já é um grande feito em certos dias. Ele estava acordado quando cheguei em casa hoje no fim da tarde. Outro grande feito. Acho que conseguiu tomar banho também. Trocou a camisa listrada e o fedor daquela maldita colônia se foi, bem como o fedor do hálito matinal que ele tinha quando saí para trabalhar pela manhã. Agora ele só fede a cerveja.

Na TV está passando um jogo de futebol americano. O Detroit Lions. Ele grita com a tela.

Há *nuggets* de frango no forno e uma lata de vagem esquentando no fogão. Pops vem à cozinha pegar outra cerveja e pergunta se eu também quero uma. Olho bem nos seus olhos injetados e digo:

— Eu tenho dezoito anos — apesar de não ter certeza se isso significa alguma coisa para ele.

Pregado na geladeira há um desenho do espaço sideral, que eu fiz há muitos anos: o Sol, a Lua, as estrelas, Netuno e Júpiter, em giz de cera. Meio gasto nas bordas e um canto rasgado por ter se soltado do ímã um milhão de vezes. As cores estão desbotadas. Hoje em dia tudo parece estar desbotando.

Dividindo o mesmo ímã há um cartão postal de minha mãe. Eu o joguei no lixo quando chegou, mas Pops o achou lá, misturado a restos de frios e espigas de milho, e o pegou de volta. Este é de San Antonio. *O álamo*, está escrito.

Você não deveria ser tão duro com ela, ele me disse quando achou o cartão postal no lixo. E então aquelas palavras foram seguidas pelas palavras que sempre vinham na sequência quando Pops falava sobre a minha mãe: *Ela fez o melhor que pôde*.

Se você está dizendo, respondi antes de sair da sala. Eu me pergunto se é possível odiar e sentir pena de alguém ao mesmo tempo. Tenho pena dela, com certeza. Ela não foi feita para ser mãe.

Mas eu a odeio também.

Pops é um bêbado nojento e quanto mais ele bebe, mais pensa sobre minha mãe. Sobre como ela nos abandonou há tantos anos, sem sequer dizer adeus. Sobre o fato de a foto emoldurada do casamento deles ainda estar pendurada na parede de seu quarto, sobre como ele ainda usa a aliança, apesar de ela ter partido há treze anos. Quando eu tinha cinco anos. Um garotinho com Lego e bonecos de *Guerra nas Estrelas*. Foi quando ela partiu.

Se a decisão fosse minha, eu já teria dado um fim naquela aliança há muito tempo. Não que eu guarde rancor ou coisa assim, não é o caso. Eu só acho que teria me livrado da aliança. Ou empenhado, como ele empenhou meu anel de formatura do ensino médio para comprar cerveja. Em vez disso, a aliança se torna um assunto nos muitos encontros ruins que Pops tem com as senhoras solteiras da cidade – um reservatório que está secando rapidamente e logo estará esgotado. O mais provável é que ele já tenha saído com todas elas. Exceto, talvez, com Ingrid, a agorafóbica, pelas razões óbvias. Pops passa esses encontros no bar da cidade, bebendo e falando sobre como minha mãe nos abandonou quando eu tinha cinco anos. Supostamente isso servia para despertar simpatia, mas ele acaba parecendo um otário. Pops acaba chorando e assustando as mulheres, uma após a outra, como latas enfileiradas para a prática de tiro ao alvo.

Ele não tem ideia do motivo de ainda estar sozinho.

Na verdade, é patético. Mas ele ainda é meu pai e eu tenho pena dele também.

Eu coloco os *nuggets* e as vagens em um prato lascado e o chamo para jantar. Ele cambaleia até a cozinha – a cerveja na mão – e se senta na cabeceira da mesa, o único lugar de onde é possível continuar assistindo a TV.

— Agarre a maldita bola! — grita ele, batendo com força na mesa com a palma de sua mão suada e fazendo com que seu garfo saia voando e acabe no chão. Quando ele se abaixa para pegar o talher caído, enfia a cabeça no canto da mesa de madeira e pragueja. E então ele ri, sua testa fica inchada e de um vermelho brilhante.

Apenas uma noite normal em nossa casa.

Hoje não ficamos jogando conversa fora. Em vez disso, eu tento ser um modelo de bom comportamento à mesa, mostrar como se deve usar a faca para espalhar a manteiga e como as vagens devem ser comidas com o garfo e não com as mãos. Eu observo Pops enfiar meio pãozinho no pote de margarina e penso: não admira esse cara ainda estar solteiro. Ele tinha muito mais a oferecer à minha mãe quando era mais novo, empregado e sóbrio. Nem precisa dizer que ele não é mais nenhuma dessas coisas. Mas a razão pela qual ela foi embora também não teve nada a ver com qualquer uma dessas coisas. A razão pela qual ela se foi? Maternidade. Eu.

Tento evitar esses pensamentos.

— Elas não são batatas fritas — digo, quando ele pega as vagens uma por vez, enfiando-as na boca e mastigando com a boca aberta. — Use o garfo. — Ele me ignora, grita com a TV e sua saliva voa para todos os lados. Saliva verde, como as vagens.

Ele se levanta e berra:

— Falta! — apontando um dedo para os juízes na televisão, como se eles pudessem ouvi-lo. — Qual o seu problema, seu babaca, você é cego? Foi *falta*.

E aí ele se senta outra vez.

Eu o observo sentado à mesa, comendo seu jantar. Eu percebo como suas mãos tremem. Pops tem um tremor, quer ele saiba ou não. Eu sei. Suas mãos tremem, um movimento pequeno e rápido quando ele tenta usá-las para alguma coisa: pegar os *nuggets*, tirar a tampa de outra garrafa de cerveja. Elas me lembram as mãos do meu avô, mas vovô tremia apenas por ser velho. Há momentos em que as mãos de Pops tremem tanto que eu tenho que abrir a cerveja para ele. A incongruência disso tudo? Quanto mais ele bebe, menos suas mãos tremem, em uma espécie de reação paradoxal. Suas mãos só encontram paz quando ele está completamente acabado. Eu achava que devia ser o contrário, mas, de qualquer forma, as mãos trêmulas me dão uma boa noção de sua embriaguez. Não adianta nada perguntar quanto ele já bebeu; se ele não estiver bêbado demais para se lembrar, ele mente. Nesta noite ele ainda não bebeu o suficiente.

Pops se levanta rápido de novo para xingar o técnico que decidiu armar uma jogada pelo meio em vez de tentar um ataque pela lateral. E se senta de novo. E então fica de pé de novo quando a bola é arrancada das mãos de um jogador e interceptada pelo adversário – dessa vez ele consegue derrubar a cadeira no chão ao se levantar. Ele assiste desanimado enquanto os Giants correm com a bola para marcar. Eu nem preciso virar a cabeça e olhar para a TV. Ele narra para mim, jogando a outra metade do seu pãozinho na tela. E aí ele se levanta para pegar outra cerveja, amaldiçoando cada jogador do Lions em campo.

Então não é estranho que eu não preste muita atenção quando ele diz:

— Invasores. — Ele está falando sobre alguma coisa na televisão. Alguma jogada diferente, ou alguma coisa relacionada ao técnico ou aos jogadores. *Malditos invasores.*

— Você está ouvindo o que estou dizendo? — pergunta ele, e é quando eu percebo que ele está falando *comigo*. Sua camisa está molhada porque em algum momento ele conseguiu derramar cerveja. Há um pedaço de vagem grudado em seu queixo. Muito elegante.

Eu noto que Pops não está olhando para mim e me viro na cadeira, tentando seguir sua linha de visão através da nossa janela frontal até o outro lado da rua.

E aí eu vejo novamente, a luz: *acesa, apagada*.

Como uma contração muscular involuntária. Uma câibra. Um espasmo, um tique.

Acesa, apagada.

E Pops diz:

— Os malditos invasores estão morando lá de novo.

Ele fala da casa amarela do outro lado da rua, em frente à nossa. Aquela que tem uma história para contar, uma história daquelas que ninguém comenta, mas que todo mundo conhece. Não é a primeira vez que invasores moram ali. Todo tipo de marginal passou pelo lugar em algum momento. De vez em quando, um vagabundo itinerante se muda para aquela casa e fica ali por algum tempo sem ser incomodado. Eles em geral vão embora sozinhos, sem a necessidade de chamar a polícia ou coisa assim, mas, de qualquer forma, é desconcertante saber que há um mendigo morando em uma casa abandonada na frente da sua.

No quintal dos fundos há um balanço de pneu pendurado em um carvalho condenado, esquecido ali junto com a casa. Ainda há cortinas sobre as janelas, cortinas velhas de tela, que um dia foram brancas. Elas estão amareladas agora e rasgadas em lugares bizarros, como se alguém tivesse cortado pedaços com uma tesoura. Na verdade, o mais provável é que sejam apenas ratos roendo o tecido. O piso de concreto em volta da casa está se esmigalhando como biscoito, espalhando fragmentos por todo o terreno. Há placas às quais ninguém presta atenção: "Proibida a entrada" e "Proibido ocupar". São placas pretas com grandes letras laranja. Mas as pessoas entram e ocupam. Elas ignoram as placas e entram.

Um mendigo vivendo ali ou talvez… Não. Eu balanço a cabeça. Não é isso. Eu já falei. Não acredito em fantasmas.

Mas esse sou eu. O resto dos moradores da cidade, ah, acredita, sim.

Cada uma das cidades do país têm sua própria casa mal-assombrada.

A nossa casa mal-assombrada, por acaso, é do outro lado da rua, em frente à minha.

Eu nunca conheci a família que viveu naquela casa. Hoje só se fala dela como *aquela casa*. Ela está vazia há anos, desde antes de eu nascer. Acho que nunca me ocorreu perguntar quem vivia ali. Na minha cabeça, eles se foram há muito tempo, deixando para trás pequenos indícios de uma família que uma vez foi feliz e uma casa caindo aos pedaços. A única moradora da qual as pessoas falam é da falecida Genevieve, mas só se referem a ela como *ela*, ou até de forma menos piedosa, *aquilo*. Há relatos sobre pessoas que a veem, o fantasma, movendo-se pela casa, sua alma aprisionada ali dentro para sempre.

Mas eu não acredito nessas coisas. É só um monte de bobagem. Fantasmas não existem.

— Malditos invasores — diz Pops pela última vez, levantando da mesa para ir à geladeira pegar outra cerveja. Ele deixa a tampa da garrafa no balcão da cozinha e volta para a sala para continuar assistindo ao jogo de futebol americano. Também deixa seu prato sujo para que eu lave e seu guardanapo jogado no chão para que eu pegue.

QUINN

Não preciso esperar muito para ser testada de novo.

Enquanto ainda estou na cozinha, o telefone toca em minha mão. O celular de Esther. Dou um pulo. Desta vez não é uma chamada bloqueada, mas um número 773 local. A pessoa que telefona tem uma voz tranquila, alegre, talvez tenha a mesma idade que eu, ainda que seja difícil dizer pelo telefone porque, claro, não consigo *ver* a mulher do outro lado da linha. Ela pergunta se quem fala é Esther e desta vez afirmo com orgulho:

— Sim, sou eu.

É divertido fingir que sou Esther. Tenho a maior consideração por ela. Se há uma pessoa no mundo que eu gostaria de ser, é Esther. Ela é linda, inteligente e gentil. Ela é destemida e ousada muitas vezes, e uma boa colega de apartamento.

Mas eu me esqueço de tudo isso quando a pessoa do outro lado da linha diz:

— Liguei para saber sobre o seu anúncio no *Reader*.

— Que anúncio? — pergunto, esquecendo por um momento fugaz que eu deveria ser Esther. Ela está tentando vender algumas coisas, penso, talvez tentando se livrando das tranqueiras de seu depósito. Quem precisa de uma antiga luminária de lava, afinal? Está tão fora de moda.

Mas quando a mulher do outro lado da linha diz *O anúncio para uma colega de apartamento*, meu queixo cai. Estou atordoada, sem palavras.

— Você já encontrou outra pessoa? — pergunta ela e uma tremenda quantidade de tempo se passa antes que eu consiga falar alguma coisa.

Mil pensamentos se atropelam em na minha mente, mas no centro de tudo está a pergunta que me assalta de novo e de novo: por quê? *Por que* Esther colocou um anúncio no *Reader*, *por que* ela está procurando uma nova colega de apartamento, *por que* ela quer que eu vá embora? Estou magoada. Sinto dor, como se tivesse sido atingida pela adaga de Romeu. Sei que sou desleixada e pago míseros quarenta e cinco por cento do aluguel – em vez de pagar o que foi combinado, cinquenta por cento –, que nem sempre tenho o dinheiro para cobrir a minha parte dos impostos e que deixo as luzes acesas e esqueço de fechar a torneira da pia. *Mas ainda assim, Esther*, resmungo silenciosamente na minha cabeça, perguntando-me de repente quem é a colega de apartamento mais desleixada, Esther ou eu. *Como você pôde fazer isso comigo*? Para onde ela pensou que eu iria se ela me expulsasse? Voltar para a América suburbana a fim de viver com minha mãe, meu pai e Madison, a nerd? De jeito nenhum. Esther poderia ter falado comigo sobre minhas falhas, poderíamos ter conversado sobre isso. Ela poderia ter me avisado antes de decidir me expulsar. Algum tempo para encontrar um novo lugar, uma nova colega de apartamento. Meu coração afunda. Pensei que Esther fosse minha amiga, mas talvez eu estivesse errada. Talvez Esther fosse apenas minha colega de apartamento o tempo todo.

— Tudo bem se você encontrou outra pessoa. Quero dizer, não é um grande problema — diz a mulher do outro lado da linha, mas eu limpo a garganta, engulo aquela avassaladora sensação de traição e digo a ela:

— Não. Não encontrei. Estou feliz que você tenha ligado. — E então combino de me encontrar com a moça que irá me substituir, que vai pegar meu lugar à mesa da cozinha, meu lugar no sofá cor-de-rosa, aquela que, em breve, vai morar no meu quarto e se tornará a melhor amiga da minha melhor amiga enquanto sou jogada fora como restos de comida.

Penso em mim mesma, por minha conta na cidade grande, sem Esther. Não posso pagar sozinha o aluguel de um apartamento na cidade nem se a minha vida depender disso. O aluguel do nosso apartamento é de mil e cem dólares por mês, o que, em Chicago, é uma pechincha. Esther vive aqui há anos porque paga um aluguel muito mais barato do qualquer outro da região. Esse é um apartamento de aluguel controlado. Se eu entrar hoje no escritório da senhora Budny e disser a ela que procuro por meu próprio apartamento, idêntico ao que eu compartilhava com Esther, ela me cobraria mil e seiscentos dólares por mês e não tenho nada que sequer chegue perto de um orçamento desses.

Concordo em me encontrar com minha substituta amanhã, depois do trabalho, em uma pequena cafeteria na Clark. Assim que nos despedimos, abro a versão on-line do *Reader* e, claro como o dia, ali está o anúncio. *Mulher procura colega para compartilhar apartamento de dois quartos em Andersonville. Excelente localização. Procure por Esther.* O número do celular dela está abaixo da foto da fachada do nosso prédio tirada da calçada, as folhas de outono caindo das árvores como se ela tivesse tirado aquela foto ontem ou talvez no dia anterior.

Por que, Esther?, pergunto em silêncio. Por quê?

SEGUNDA-FEIRA

ALEX

Eu acordo cedo, muito antes de o sol nascer e saio no ar gelado da manhã em direção à cidade, em uma longa caminhada para comprar os mantimentos de Ingrid, como prometi. O ar está cortante hoje, dificultando a respiração. Ele queima meus pulmões, gela minhas mãos e minhas orelhas assim que fecho e tranco a porta atrás de mim, deixando Pops dormindo lá dentro. Levo comigo algumas contas para colocar na caixa do correio. Eu usei meu pagamento da semana passada para quitá-las, a conta de gás com um "Último aviso" de que em breve ficaríamos sem aquecimento. A chegada dessa conta, sete dias atrás, fez com que eu desse uma bronca em Pops, dizendo a ele para tomar jeito e arranjar um emprego.

Fico feliz em ver como ele levou a sério minhas palavras.

Andando até a caixa de correio, dou uma olhada para a velha casa abandonada do outro lado da rua, procurando algum invasor ou qualquer sinal de vida. É uma vista horrível, um dos poucos defeitos em nossa rua quase agradável. Há casas vazias, há propriedades que os bancos tomaram, casas novas cuja construção é paralisada na metade, madeira compensada, vigas e outros materiais de construção ainda jogados pelos quintais tomados de ervas-daninhas. É um sinal do tempo, da crise de moradia da nossa geração sobre a qual outras gerações vão ler nos futuros livros de história. Isso me toca de alguma forma, saber que essas casas abandonadas, apodrecendo, esquecidas, estão neste mesmo instante fazendo história.

A maioria dos moradores da vizinhança é formada por operários, muitos têm que viajar diariamente para o trabalho, até Portage, Indiana ou Hobart, a fim de ganhar um salário e pagar suas contas. Quase todos trabalham em fábricas, outros como vendedores em alguma loja na cidade. É mais difícil ganhar dinheiro por aqui do que em outros lugares, mas pelo menos estamos melhor que o pessoal que mora nos conjuntos de apartamentos decadentes perto da Emery Road, nos apartamentos subsidiados para a população de baixa renda, pagos em parte pelo governo.

Mas, independentemente da quantidade de casas apodrecendo no quarteirão ou na cidade, é dessa casa que todos falam: aquela pequena casa comum, amarela da cor de um ônibus escolar, com esquadrias de alumínio e o teto cedendo, bem em frente à minha.

Aquela casa não foi sempre uma mancha na paisagem. Apesar de nunca a ter visto senão como uma ruína, ouvi isso de vizinhos que de vez em quando param em seus próprios jardins, cruzam os braços e franzem a testa pensando no que ela se tornou ao longo dos anos. Ela não era essa monstruosidade, dizem eles. *Uma puta pena*, dizem eles. Houve um tempo em que essa casa foi habitada e bonita. Os vizinhos querem que seja demolida, mas o banco, dono da propriedade, não quer pagar pelo serviço. Demolir custa dinheiro. Então, eles a deixam lá. A casa hoje é uma cicatriz, mas na verdade ela sempre foi assim, desde que eu me entendo por gente. Como todo mundo, eu gostaria que alguém a pusesse abaixo e a libertasse de seu tormento.

E há, claro, as histórias do fantasma de Genevieve.

Crianças (corajosas, ainda que meio burras) de vez em quando se esgueiram até as janelas para espiar lá dentro, tentando ver o espectro através das vidraças. Mas não só as crianças não. Adultos também alegam tê-la visto; uma aparição branca fugaz vagando de um quarto para o outro, perdida e solitária, chamando por sua mãe.

Nos últimos anos do ensino fundamental, é um rito de passagem ser desafiado a passar uma noite dentro da casa mal-assombrada. Eu mesmo fiz isso quando tinha doze anos. Mais ou menos. Nós conseguimos ficar lá algumas horas, no máximo. Metade da batalha era conseguir sair de casa sem seu pai ou sua mãe descobrir, mas meu pai estava sempre tão mamado que nunca sabia se eu estava aqui, ali ou em outro lugar qualquer.

Mas os outros garotos tinham que mentir para os pais, dizendo que iam dormir na casa de alguém, ou fugir pela janela de seus quartos muito depois da hora de dormir.

Era um tipo de iniciação, uma passagem da turma dos nerds para a turma descolada, bastando para isso passar uma noite com o fantasma.

E foi o que nós fizemos. Ou tentamos, pelo menos. Eu e um bando de garotos enchemos nossas mochilas com lanternas, canivetes, binóculos e comida, e nos desafiamos a passar a noite lá, naquela casa amarela com um fantasma. Por quê? Não me pergunte. Nós só fizemos.

Tínhamos também uma câmera descartável para tirar fotos e mostrar na escola no dia seguinte. Prova do que havíamos feito. Passamos a noite com um fantasma e sobrevivemos. Um garoto levou uns binóculos de visão noturna, outro uma câmera de vídeo. Outro apareceu com um troço que ele disse ser uma câmera de infravermelho (não era). Entramos por uma janela quebrada – eu arranhei minha canela em um caco de vidro – e acampamos onde um dia foi a sala de estar de uma família feliz com nossos sacos de dormir, travesseiros e tal. Tiramos fotos, eu e os garotos – ao lado da lareira coberta de teias de aranha, sentados em um sofá arriado cheio de insetos, cruzando a entrada para o quarto dela. O quarto *dela*.

O quarto de Genevieve.

Pelas histórias que ouvi ao longo dos anos, Genevieve era uma garotinha levada. Nos cinco anos antes de sua morte, foi pega mais de uma vez derrubando ninhos de passarinho e arrancando uma por uma as pernas de insetos aprisionados. É o tipo de coisa que as pessoas se lembram sobre Genevieve, a pequena Genevieve subindo em árvores para jogar filhotes de passarinho no chão e depois descendo da árvore para pisar neles, enquanto a mãe dos passarinhos observava indefesa, incapaz de salvar seus filhotes. As crianças da vizinhança, hoje adultos, há muito morando em outras cidades – apesar de seus pais continuarem aqui –, lembram como nenhuma criança queria brincar com Genevieve. Ela era cruel. Ela era má. Genevieve puxava os cabelos das outras crianças e as xingava. Ela as fazia chorar e fingir que estavam doentes para não ir à escola. Porque, uma vez na escola, Genevieve ia lhes socar o estômago e chutar as canelas. Genevieve tinha um temperamento, um temperamento ruim, foi o que ouvi, e não era só a manha, o choro e as lamúrias comuns ao comportamento de uma criança de cinco anos, mas o temperamento de uma criança de cinco anos que poderia ser colocada em uma camisa de força ou, no mínimo, em um tratamento com remédios para estabilizar seu humor.

Não admira que metade da cidade acredite que ela voltou como um fantasma para assombrar a todos mesmo depois da morte.

Eu e os outros garotos conseguimos ficar naquela casa velha por no máximo algumas horas, antes de descobrir que não estávamos sós ali, e então fugimos. Não teve nada a ver com um fantasma. Foram os ratos que nos fizeram correr. Malditos ratos. Ratos no teto. Nós não duramos nem até às onze horas da noite, quando eles apareceram procurando comida.

Mas mesmo hoje, tantos anos depois, ainda há rumores de barulhos estranhos à noite. Uma criança cantando canções de ninar, uma criança chorando.

Eu? Eu tenho certeza de que é só o vento.

Mas outras pessoas não têm tanta certeza. Algumas são tão supersticiosas que nem passam na frente da casa, sempre atravessando a rua para o nosso lado. Outras prendem a respiração por todo o caminho, como quem prende a respiração ao passar por um cemitério, para não inspirar o espírito dos mortos. Elas também seguram os polegares dentro das mãos cerradas, mas eu não sei qual o motivo disso. Só sei que é o que fazem. Superstições sobre a morte são normais por aqui.

Se sua sombra está sem cabeça, você vai morrer.

Ver uma coruja durante o dia é sinal de morte próxima.

Um pássaro que se choca contra uma janela também significa a proximidade da morte.

A morte vem de três em três.

E cadáveres sempre devem ser removidos de uma casa com os pés saindo primeiro. Sempre.

Eu não acredito em nada disso. Sou cético demais para essas coisas.

O mais engraçado é que ela sequer morreu naquela casa. Era lá que ela morava, com certeza, Genevieve morava ali, mas não foi onde ela morreu. Então, como seu espírito pode estar ali?

Mas eu provavelmente estou sendo pragmático demais.

QUINN

A noite chega e passa, mas Esther não volta para casa. No dia seguinte, mal posso me arrastar pela porta da frente e ir para o trabalho porque meu desejo é ficar em casa e esperar por Esther. De quarenta e oito a setenta e duas horas, garantiu a telefonista do 311, e Esther sumiu há apenas vinte e quatro horas. Setenta por cento das pessoas desaparecidas vão embora por vontade própria, ela também me disse isso. E sei que Esther está à procura de uma nova colega de apartamento para me substituir – então, ligo os pontos e chego à conclusão de que a partida de Esther tem algo a ver comigo e com meu desleixo. Sou uma péssima colega de apartamento, sei disso. Mas sendo ou não culpa minha, isso não faz que eu me sinta melhor. Na verdade, o fato de Esther me querer fora daqui é um soco no estômago.

Mas não posso ficar em casa pelos próximos dois dias torcendo para que Esther reapareça em um passe de mágica. Preciso trabalhar e espero que possamos falar sobre o que está acontecendo quando e se ela voltar.

Na manhã de segunda-feira, pego o ônibus 22 para o Loop usando uma saia curta por algum motivo sem sentido. A cada ponto de ônibus, a cada cruzamento, as portas se abrem e o ar cortante de novembro entra para atacar minhas pernas nuas. Estou usando meia-calça, não me entenda mal, mas o tecido delicado e fino não faz coisa alguma para manter longe de minha pele o vento implacável na Windy City. Há sapatos de salto alto em minha bolsa e tênis confortáveis em meus pés: minha imagem de mulher trabalhadora.

Se minha mãe pudesse me ver agora! Ela ficaria tão orgulhosa.

Estou usando fones de ouvido e um tablet no meu colo toca música para que – mais do que qualquer outra coisa – eu consiga abafar a sinfonia de tosses, espirros e respiração ofegante daqueles que me cercam. Então posso fingir que não estão aqui, ainda que a voz sussurrante de Sam Smith me implorando para ficar não seja uma maneira tão ruim de começar o dia.

Algum idiota deixou uma fresta em sua janela, o que quer dizer que a temperatura dentro do ônibus não pode estar acima de dezesseis graus. Puxo meu casaco com firmeza ao meu redor e dou um empurrão no mendigo sentado atrás de mim para que ele pare de tocar no meu cabelo, *por favor*. Essa não é a primeira vez que pego um ônibus com ele. É um andarilho, o tipo de sujeito que gasta cada centavo que possui para andar de ônibus. Não porque ele tenha aonde ir, mas porque não tem. Ele faz isso para permanecer aquecido. Fica no ônibus pelo tempo que o motorista permitir, e então sai. Mendiga por mais dinheiro e quando consegue juntar mais dois dólares, paga sua passagem e volta para o ônibus. Eu meio que sinto pena pelo homem. Mais ou menos.

Mas se ele me tocar novamente, vou mudar de lugar.

O Loop surge diante de meus olhos, os edifícios subindo cada vez mais alto no céu à medida que deixamos Andersonville e passamos por Uptown, Wrigleyville, Lake View, Lincoln Park.

E é quando eu me lembro... enquanto o ônibus 22 desce triunfante pela Clark Street, arrepios de frio percorrem a minha pele e um esquisitão se planta atrás de mim para acariciar meus cachos dourados. Eu estou louca da vida. Esther está tentando me substituir.

É como dar uma topada com o dedão ou expelir uma pedra dos rins. Dói demais. Melhor ainda, é como esmagar os dedos na porta de um carro. Quero chorar e gritar. Há esse vazio no meu coração, esse entendimento que não consigo alcançar. Eu ouvi aquela garota pelo telefone na noite passada – o telefone de Esther –, a ingenuidade em sua voz animada enquanto me dizia, toda alegrinha: *Liguei para saber sobre seu anúncio no* Reader. *O anúncio para uma colega de apartamento.*

Mal sabe ela que, em menos de um ano, Esther também pode chutá-la para fora de casa.

Desço do ônibus e corro para o meu escritório, em Wabash. É um prédio alto e preto, com cinquenta andares idênticos de escritório sobre escritório. Sua visão única é agora obstruída pela última e maior monstruosidade do mundo dos arranha-céus: noventa e oito andares de estrutura de aço e fachada de vidro que surgiram na cidade quase da noite para o dia, bem em frente ao meu local de trabalho. Os advogados para quem trabalho, os que têm sua vista panorâmica e escritórios tão grandes quanto a casa de meus pais, estão irritados com isso, pelo fato de que eles não vão mais conseguir enxergar o lago Michigan porque alguns construtores e sua superestrutura roubaram a vista de lá.

Problemas de primeiro mundo.

Pego o elevador até o quadragésimo terceiro andar, sorrio para a recepcionista, que sorri para mim. Tenho certeza de que ela não sabe meu nome, mas pelo menos não pede mais para ver a minha identificação. Estou nesse emprego há trezentos e sessenta dias inteiros. Isso é uma porção de segundas-feiras. Não gosto nem um pouco desse trabalho, o cargo de assistente de projeto é o que há de mais baixo na cadeia alimentar, pior até do que o trabalho do pessoal da manutenção, os homens e as mulheres que limpam o chão e a urina dos banheiros.

A razão pela qual eu queria esse trabalho era porque ele é remunerado. Não muito, mas é pago. E não havia muita coisa que eu pudesse fazer com um diploma de artes liberais de uma faculdade vagabunda. Mas disso eu daria conta.

A primeira coisa que faço quando chego no trabalho é tentar encontrar Ben. Ele, que não retornou minha ligação ontem à noite porque estava ocupado demais fazendo coisas com sua namorada, Priya. Mas não vou deixar minha imaginação seguir nessa direção, não posso. Não quero pensar em Ben e Priya agora, Ben e Priya e meu ciúme insaciável. Em vez disso, tento me concentrar na tarefa em mãos. Preciso encontrar Ben. Tenho que falar com ele sobre Esther.

Então desvio para a escada e começo a subir para o andar de Ben. Nossa empresa, uma companhia nacional de advocacia com bem mais que quatrocentos advogados, ocupa onze andares de escritórios no arranha-céu negro. Cada andar é essencialmente o mesmo, com os assistentes jurídicos e os assistentes de projeto como eu enfiados em pequenos cubículos no interior de cada andar, forçados a habitar entre as pilhas de arquivos e fotocopiadoras. Onde residimos não há algo como luz natural, mas sim luminárias fluorescentes, que nada fazem pela cor da minha pele ou pelo tom do meu cabelo. A luz me faz parecer amarela e adoentada, então alguém pode pensar que estou afetada por um caso sério de icterícia, causado por algum tipo de doença do fígado ou do canal biliar. Isso sim é que é ter classe.

Eu trabalho no quadragésimo terceiro andar. Ben, no quadragésimo sétimo. Começo a subir as escadas degrau por degrau, esforçando-me para ignorar a assustadora escadaria do escritório. Eu não a uso com frequência, mas há vezes que uma garota não quer ficar apertada em um elevador pequeno com três, cinco ou apenas um advogado figurão, e hoje é um desses dias.

Quando chego ao cubículo de Ben no quadragésimo sétimo, está vazio. O computador dele está ligado e ao lado de sua cadeira giratória há uma bolsa de couro e um par de tênis de corrida. Eu sei que ele está aqui, em algum lugar – no prédio –, mas ainda assim, não está no cubículo. Pergunto às pessoas ao redor para saber se alguém o viu, tentando mascarar a angústia que sinto com um sorriso sutil.

— Ele estava aqui — diz uma assistente jurídica loira, enquanto corre com uma caixa nas mãos e o sapato alto de tiras batendo contra o piso de madeira. — Mas agora não está mais.

Óbvio.

Encontro um pedaço de papel e escrevo um bilhete rápido na melhor caligrafia que consigo, embora minhas mãos tremam por um milhão de motivos, ou talvez um milhão e um. *Nós precisamos conversar assim que possível*, escrevo, e deixo o recado sobre o teclado de plástico antes de retornar ao meu cubículo, insatisfeita.

Nessa manhã deram-me a importantíssima tarefa de aplicar a numeração Bates aos documentos. Parece importante, parece mesmo. Tem até um nome, numeração Bates, assim como têm nome aqueles pequeninos pontos acima de uma letra minúscula *i* ou *j* – chamam-se *pingos*, uma informação simples que descobri enquanto pesquisava na internet e cobrava meu tempo de um dos clientes mais ricos da companhia – ou o segundo dedo do pé quando é maior que o dedão, chamado dedo de Morton. Coisas importantes dignas de nome. Como numeração Bates. Questões de vida ou morte.

Mas não. O que estou fazendo é colocar centenas de milhares de adesivos numerados em uma produção gigantesca de documentos antes de ter a tarefa de copiá-los três, cinco ou dez vezes. Há caixas de documentos e, pior ainda, não estão ao menos cheios de detalhes escandalosos como os advogados de divórcio têm, são documentos *financeiros*. Porque trabalho para advogados corporativos, homens chatos que se divertem examinando documentos financeiros e falando sobre dinheiro o dia inteiro enquanto pagam-me tostões acima do salário mínimo.

À medida que me ajusto à tarefa da numeração Bates, meus movimentos tornam-se apressados e repetitivos, mas minha mente está muito longe das pilhas de documentos financeiros que estão na minha frente. Estou no trabalho, mas certamente não consigo me concentrar. Só consigo pensar em Esther. Onde ela está? Não consigo prestar atenção em coisa alguma, nem na rotulagem dos documentos na minha frente, nem no passar de olhos pela montanha de correspondências e peças processuais, marcando de novo e de novo os nomes dos nossos clientes com *post-its* de flechinhas vermelhas até todas as palavras começarem a ficar borradas bem diante de meus olhos. Eu relembro nossa última conversa. Será que perdi algo escondido no tom da voz dela ou no sorriso exausto? Ela estava doente, não estava se sentindo bem. *Eu seria uma estraga-prazeres, Quinn*, disse ela. *Vá sem mim. Você vai se divertir mais.*

Mas agora preciso me perguntar: aquilo foi um teste? Esther estava me testando? Vendo que tipo de colega de apartamento eu realmente era, e se eu colocaria ou não as necessidades dela acima das minhas.

Se foi esse o caso, então creio que falhei. Saí sem ela e me diverti. Sequer pensei em dar uma parada no quarto de Esther quando cheguei em casa para saber como ela se sentia. Essa ideia nem passou pela minha cabeça. Não me ofereci para esquentar um prato de sopa ou para buscar um cobertor. Outra colega de apartamento, melhor, teria feito sopa. Outra colega teria dito "de jeito nenhum" ante a insistência dela para que eu fosse. "De jeito nenhum, Esther. Vou me divertir mais aqui com você."

Mas não foi isso que eu disse. Disse *tudo bem* e saí com pressa pela porta. Não pensei duas vezes sobre minha decisão de não ficar em casa.

— Droga — digo quando uma folha de papel corta a pele frágil do meu dedo indicador e o sangue vermelho chega à superfície, deixando sua marca em uma declaração de fluxo de caixa. — Droga, droga, droga — repito, sabendo que minha frustração crescente é dirigida muito mais a Esther do que a essa insignificante quantidade de sangue perdido. Meu dedo dói, mas minha cabeça dói ainda mais.

Esther está tentando me substituir.

Minha mente considera por um segundo um mundo sem Esther e isso me deixa triste.

— Dia ruim? — pergunta uma voz. Espio acima do meu corte para ver Ben na porta, de pé com as mãos nos quadris, enquanto observa as gotículas de sangue na minha mão e diz:

— Aqui, deixe-me ajudar.

Ben usa calças pardas finas de algodão e uma camisa polo piquê cor de penas de pavão. Está impecavelmente vestido e parece incrível, embora provavelmente tenha pedalado para o trabalho como faz com frequência, em uma bicicleta híbrida Schwinn que ele tranca no bicicletário de aço galvanizado fora do prédio. Ele tem o físico de um corredor, esguio, mas musculoso, sempre usando roupas justas – camisas sob medida e calças *skinny* – de modo a exibir cada um e todos os músculos do glúteo e do abdome. Bem, talvez seja a minha imaginação.

Não é segredo que tenho uma queda por Ben. Tenho certeza de que todas as pessoas do mundo sabem, menos ele.

Ben pega um lenço de uma caixa e o pressiona firme na minha mão. A mão dele é morna, os movimentos decididos. Segura minha mão na dele, a centímetros do meu coração. Ele sorri enquanto puxa meu braço e o levanta.

— Deve ajudar a parar o sangramento — diz ele, e pela primeira vez em algum tempo eu sorrio também, já que nós dois sabemos muito bem que nunca uma pessoa morreu por um corte de papel.

A única coisa que vai acontecer é que deixarei manchas nesses documentos financeiros estúpidos – nada que um corretivo líquido não possa consertar –, mas ficarei bem.

— Desculpe-me por não ter atendido a sua ligação ontem à noite — ele diz para mim, e então: — O que aconteceu, afinal?

Ele tem consigo meu bilhete: *Precisamos conversar assim que possível.*

Eu tenho esse impulso de descarregar tudo em Ben aqui e agora, de contar-lhe tudo: Esther, a saída de incêndio, a carta perturbadora para *Meu bem* e mais ainda. Há tanto a contar para ele, mas não o faço. Não ainda, não aqui. Não quero falar aqui. A fofoca neste lugar se alastra como um incêndio sem controle e a última coisa que quero agora é o assistente intrometido do corredor dizendo para o resto da firma que colega de apartamento fajuta sou, ou que Esther me rejeitou.

Ben, Esther e eu somos como os três patetas, os três mosqueteiros. Fui eu quem nos uniu. Eu conhecia Ben do trabalho – começamos a trabalhar na empresa no mesmo dia e sentamos juntos durante oito dolorosas horas de preenchimento de um monte de formulários de recursos humanos, assistindo a vídeos estúpidos. Juntos, sobrevivemos à orientação. Eu estava entediada além da conta quando, após duas horas, Ben girou sua cadeira em uma sala de conferência metida a besta e imitou a senhora do RH caçoando do que era claramente um excesso de injeções de botox. O rosto dela estava congelado, não podia sorrir.

Ri tanto que tive certeza de que o café escorreu pelo meu nariz.

Somos amigos desde então, almoçamos juntos quase todos os dias, fazemos um número extravagante de pausas para o café e fofocas sobre os advogados da empresa.

E então chegou o dia em que me mudei para o apartamento de Esther, duas semanas antes da minha dupla com Ben virar um trio.

Esther sugeriu dar uma festa para celebrar a minha chegada. Ela fez a decoração, preparou um monte de canapés. Claro que sim: é Esther. É o tipo de coisa que Esther faz. Convidou quase todo mundo que conhecia: o pessoal da livraria, da faculdade, do prédio e da vizinhança. Cole, o fisioterapeuta do primeiro andar, Noah e Patty, da rua.

Eu convidei Ben.

Todos vieram e foram embora, mas no fim da noite estávamos apenas eu, Esther e Ben, jogando conversa fora sobre nada até que a manhã chegou e Priya o chamou para voltar para casa, interrompendo a nossa diversão. Ele foi, de má vontade. No final de semana, seguinte Priya estava ocupada demais estudando para uma prova do meio do período para ficar com Ben, e então ele voltou.

Você gosta dele, não?, perguntou Esther ao ver que Ben havia ido embora.

É tão óbvio?, perguntei a ela; e então, sem me preocupar em disfarçar, eu disse, *Não que importe, de qualquer jeito. Ele tem namorada*, enquanto ela e eu estávamos sentadas lado a lado no sofá, olhando para a televisão desligada.

Bem, disse Esther do jeito altruísta que era todo dela, *o azar é todo dele... Você sabe disso, não é, Quinn?*, e eu respondi que sim, ainda que, claro, não soubesse. *O azar é dele*, disse Esther, e então ela me fez repetir isso para que com o tempo eu começasse a acreditar.

No final de semana seguinte, Ben estava de volta, de papo comigo e Esther.

Se há alguém no mundo que pode me ajudar a encontrar Esther, é Ben.

E então, lá no meu cubículo, quando Ben pergunta: "O que aconteceu, afinal?", eu devolvo a pergunta em vez de respondê-lo, agarrando seu lenço na minha mão para estancar o sangue já quase inexistente.

— Quer ir almoçar?

E ainda que não sejam nem onze horas da manhã, Ben não recusa.

— Vamos — diz ele, e eu me levanto da minha cadeira e saímos juntos.

Vamos ao Subway, como de costume, e peço o mesmo de sempre para comer: rosbife no pão branco, enquanto Ben pede a salada de frango picado. E é lá, quando nos acomodamos na cabine ao lado das janelas, observando a vida da cidade desfilar na rua diante de nós, que admito para Ben:

— Esther não voltou para casa ontem à noite. — E acrescento penitente, minha voz quase um tom acima de um sussurro: — Ela também não voltou para casa sábado à noite.

Há uma construção em Wabash, então há muito barulho por ali: britadeiras, serras, lixadeiras e coisas do tipo. Tento bloquear todo o barulho, interno e externo. O da construção. O da dúzia ou mais de clientes ao nosso lado dentro do restaurante, esperando em uma longa fila que não para de aumentar, impacientes, famintos, falando em seus celulares. O chamado artista do sanduíche fazendo a mesma pergunta de novo e de novo, como palavras em um CD arranhado:

— Branco ou integral? Branco ou integral?

Finjo por um nanossegundo que estamos apenas nós dois naquele salão, que não estamos cercados pelo cheiro de vegetais, queijo ou pão recém-saído do forno, que estamos em algum lugar romântico, como a Trattoria Número 10, em Dearborn, ou no Everest, no topo da Bolsa de Valores de Chicago (um lugar que provavelmente jamais visitarei), jantando cordeiro ou lombo de veado enquanto observo o Loop do quadragésimo andar. Garçons e garçonetes referem-se a nós como *senhor* e *senhora*, entregam champanhe acompanhado por um único *sorbet* com duas colheres para compartilhar – com talheres que eu provavelmente não poderia comprar. Isso sim seria romântico. Imagino a força do joelho de Ben pressionado contra mim embaixo da mesa do bistrô, uma inabalável mão viajando pela toalha branca da mesa para encontrar a minha e admito com pesar: *Ela também não voltou para casa no sábado à noite.*

Ben leva o garfo até a boca e então o abaixa, ignorando a salada na frente dele.

— O que quer dizer com Esther não voltou para casa? — ele pergunta. A preocupação se manifesta em rugas e dobras em sua testa e têmporas. A mão dele alcança o bolso para encontrar o celular, no qual abre os contatos e rola a tela até chegar ao nome de Esther.

— Ela pode estar brava comigo — digo.

— E por que ela estaria brava com você? — Ben pergunta e eu respondo que não sei, mas a verdade é que eu sei, e não é uma coisa definida, mas uma série de acontecimentos que levam ao fato de que sou uma colega de apartamento ruim.

— Eu não sei — digo —, acho que a desapontei.

Mas Esther me desapontou também, e agora estou brava e triste ao mesmo tempo. Observo enquanto Ben tenta ligar para Esther no celular, mas com uma das mãos no braço dele, digo que não vai adiantar.

— O celular dela — falo, com tristeza — está em casa.

E porque Ben é inteligente, lógico, sistemático (tudo que não sou, tornando-o o *yin* perfeito do meu *yang*), ele coloca os sentimentos de lado, se concentra na tarefa que tem em mãos e diz:

— Ligue para a livraria. Veja se ela apareceu para trabalhar hoje. E quanto aos pais dela? — pergunta.

— Ela só tem a mãe — digo, ou pelo menos eu penso que ela só tem a mãe. Esther nunca mencionou um pai, um irmão, uma irmã, um cão da família, um porquinho-da-índia, mesmo que, claro, houvesse uma fotografia da família – a família de alguém, a *dela*? – dentro daquele depósito, onde Esther quase amputou meu dedo no último mês de dezembro quando espiei dentro da caixa. *Quem são esses?*, perguntei, seguido pela resposta concisa quando ela bateu a tampa em cima das minhas mãos: *Ninguém*.

— Você tentou ligar para a mãe dela? — pergunta ele então, e eu balanço a cabeça.

— Não sei o nome dela. Ou o número — admito, mas menciono que liguei para a polícia. Um passo na direção certa, acho, mas provavelmente um passo à frente, dois atrás. Pareço não progredir em nada.

— Verifique o celular da Esther — sugere Ben, mas dou de ombros e respondo:

— Não consigo entrar. Não tenho a senha dela.

A menos que a família de Esther nos ligue, não há saída. Mas Ben, sem reconhecer a derrota, diz para mim:

— Vou ver o que consigo. — Ele dá uma piscadinha e continua: — Tenho conexões.

Ah, duvido que tenha. É mais provável que Ben use sua habilidade na internet e tenha um login para a LexisNexis. É a única vantagem de trabalhar para uma empresa de advocacia: o acesso ao banco de dados que permite uma busca nos registros públicos e a verificação de antecedentes.

Estou frustrada, para dizer o mínimo, como se não pudesse fazer nada direito. Não sou de chorar, mas, por dois segundos, penso que é exatamente o que vou fazer. Gostaria de enfiar meu rosto no guardanapo do Subway e chorar até não poder mais. Mas é aí que a mão de Ben, vindo do outro lado da mesa, corre rapidamente sobre a minha. Tento não considerar o gesto mais do que ele é de verdade – apenas uma demonstração de amizade –, mas é difícil não me desmanchar quando ele me diz:

— Duvido que Esther esteja brava com você. Vocês são melhores amigas.

E digo a mim mesma que achava que éramos mesmo, pensei que fôssemos melhores amigas. Mas agora, não tenho tanta certeza.

— Então você ligará para a livraria e eu vou procurar a mãe da Esther. Vamos encontrá-la — ele promete. — Nós vamos.

E aí percebo que gosto do som da voz dele, o controle, o jeito prático com que assumiu para si as tarefas, e sorrio, porque a busca pela desaparecida Esther Vaughan agora virou um trabalho em dupla. E estou muito satisfeita com meu parceiro no crime.

ALEX

Estou na porta da casa de Ingrid Daube, observando como o jardim está coberto de folhas caídas. Tomo uma nota mental: trazer um ancinho. Limpar o jardim de Ingrid. É o mínimo que posso fazer.

Não é como se ela pudesse fazer isso sozinha, pois envolveria sair de casa e isso não vai acontecer. A neve vai cair em breve. Não quero que a grama morra.

Eu carrego dois sacos de papel nas mãos. Em meu bolso está o troco, um dólar e setenta e três centavos. Trago um saco em cada braço. Ergo uma perna e toco a campainha com o joelho, e espero que Ingrid atenda a porta.

Aqui fora há sol. Não está quente – longe disso, na verdade –, mas o sol apareceu. O dia está fresco. As gaivotas estão agitadas nesta manhã, fazendo uma algazarra. Elas planam no céu próximo à suas colônias e se empoleiram no teto dos prédios e nos toldos.

Ingrid abre a porta, toda desalinhada. Seu cabelo está bagunçado, ela ainda veste a camisola e um robe. Sua pele evidencia a falta da maquiagem e há trincheiras nas dobras do rosto, linhas profundas, agora visíveis sem a maquiagem para camuflá-las. Um, e apenas um pensamento me vem à mente: Ingrid parece velha.

Ela me diz:

— Bom dia.

E eu respondo de volta:

— Bom dia.

Mas hoje sua voz está trêmula. Ela me manda entrar no mesmo instante e empurra a porta contra a força do vento para que feche. Ela faz tudo isso muito rápido, como que tentando manter o ar do mundo lá fora. Ingrid é assim às vezes. Às vezes o medo do exterior começa e termina na soleira da porta – desde que seus pés estejam para dentro, tudo está bem. Mas outras vezes ela parece ter medo do próprio ar: os germes, o pólen, a poluição, a fumaça, o bafo e qualquer outro terror que o ar possa trazer. Hoje parece ser um desses dias. Ela me puxa pelo braço – os olhos frenéticos vasculhando a rua em frente para se assegurar de que eu não fui seguido, que o vento não está escondido atrás de mim, pronto para atacar – e bate a porta com força, trancando a fechadura e o ferrolho.

E aí ela respira fundo, expira e sorri.

Ufa, diz aquele sorriso. Essa passou perto.

Ingrid tem dias bons e dias ruins, mas realmente não é da minha conta saber quais são quais, então finjo não ver nem me importar. Eu não sei muito sobre agorafobia, mas sei que o carteiro às vezes traz a correspondência dela até a porta, quando não consegue enfiar mais nada na caixa de correio da calçada. Um garotinho da vizinhança leva o lixo de Ingrid até o meio-fio. Eu, ou outro idiota como eu, faz as compras para ela. Pelo que sei, tudo começou com um ataque de pânico no mercado da cidade. Era um sábado de verão, há alguns anos, e a cidade estava fervilhando de gente. O mercado estava cheio, ou pelo menos é a isso que a rede de fofocas atribui a culpa pelo ataque de pânico público de Ingrid. A multidão. Também estava muito quente, abafado, difícil de respirar. As filas estavam intermináveis, cheias de gente que Ingrid nunca tinha visto e não conhecia. Turistas. Algumas testemunhas viram quando ela segurou a garganta com as mãos, tentando respirar; outras a ouviram gritar *Vá embora* e *Deixe-me em paz*, e foi o que eles fizeram. Alguém ligou para a emergência. *Não toque em mim!*, teria gritado Ingrid.

O medo de um novo ataque é o que mantém Ingrid presa em casa até hoje. O medo de perder o controle, a possibilidade de morrer no mercado, à vista de todos, as pessoas encarando, apontando o dedo. Ela nunca me disse isso, mas é o que eu suponho. Porque aquele é o último lugar do mundo onde eu gostaria de morrer, o mercado da cidade, cercado de turistas e envolvido pelo cheiro de peixe.

Ingrid pega um dos sacos de compras da minha mão e eu a sigo até a cozinha, onde as cartas de um baralho estão espalhadas sobre a mesa de fazenda. Ela está jogando paciência. Que triste. Ao lado das cartas há um bloco de notas, onde ela registra suas vitórias. Ela está ganhando, três a um.

Na mesa está, também, o material para produção de bijuterias de Ingrid. Fitas, arames e cordões. Contas e fechos. Caixas vazias de joias. Papel de seda de todas as cores. Uma lista com os pedidos pendentes, escrita à mão. Aprisionada em casa, mas surpreendentemente engenhosa, Ingrid consegue produzir bijuterias para vender on-line. O material é trazido pelo correio e os pedidos são coletados por uma empresa de transporte, caixinhas de joias com colares e brincos. Ingrid consegue se sustentar sem jamais pôr os pés para fora de casa. Anos atrás ela tentou me mostrar como fazer as joias, um colar para ninguém em particular, até porque não tenho alguém para quem gostaria de dar um colar. Mas não funcionou. Minhas mãos desajeitadas não conseguiram dobrar o arame direito, muito menos encaixar as contas nele. Ingrid me deu um sorriso doce – isso foi há muitos anos – e confessou que me achava um péssimo aprendiz. Dali em diante eu me contentei em fazer suas compras e entregar suas refeições. Ainda assim, ela fez um colar para mim, nada feminino ou afrescalhado, na verdade um colar com um dente de tubarão e cordão ajustável, com apenas algumas contas pretas e brancas em volta. *Para dar força e proteção*, disse ela quando o colocou na minha mão. Ingrid falou como se eu precisasse disso. É isso que um dente de tubarão supostamente representa: força e proteção. Ele se tornou meu talismã, meu amuleto da sorte.

Uso o colar o tempo todo, mas até agora não parece ter funcionado.

Hoje ficamos conversando. Falamos sobre a derrota do Lions para o Giants ontem à noite e sobre seus planos de assar biscoitos à tarde. Falamos sobre o tempo, falamos sobre as gaivotas. *Nunca as ouvi gritar tão alto*, diz Ingrid. E eu respondo, *Nem eu*. Mas claro que já ouvi. As gaivotas são sempre barulhentas. Eu fico pensando se devo mencionar os invasores na casa amarela em frente à minha, mas decido que não, não é o tipo de papo que ela quer ou precisa ouvir. Eu a ajudo a tirar as compras dos sacos, colocando-as sobre a mesa para que ela guarde as coisas. Ela me dá mais vinte dólares, pela minha ajuda. Eu tento recusar. Ela enfia a nota na minha mão e daí eu aceito.

Nós fazemos isso toda semana.

Enquanto guarda as compras, Ingrid murmura uma canção. Não é uma melodia que eu conheça, mas é uma canção sombria e melancólica que não identifico, mas que me deixa triste. É depressiva. Faz Ingrid ficar triste também. Cansada e triste. Seus movimentos são lentos, sua postura, abatida.

— Posso ajudar com isso? — pergunto, pegando os sacos de papel da mesa e dobrando-os ao meio.

— Já quase acabei — Ingrid responde enquanto coloca o pacote de pipoca de micro-ondas na prateleira e fecha a porta da despensa. — Você comeu alguma coisa, Alex? — pergunta ela e se oferece para me fazer um sanduíche.

Eu minto, dizendo que já tinha comido. E agradeço. A última coisa que quero é ser inconveniente, ou que tenham pena de mim; eu já tenho. É difícil dizer quem tem a vida mais infeliz, Ingrid ou eu.

E então, por alguma razão, quando os sacos estão vazios e sei que posso me despedir e ir embora, eu pego as cartas da mesa e começo a embaralhar.

— Você sabe jogar *gin rummy*? — pergunto, e bem na minha frente Ingrid relaxa e sorri. Ela sabe jogar *gin rummy*. Sei disso porque já joguei com ela em outro dia parecido com este.

Nós nos sentamos à mesa e eu dou as cartas.

Eu a deixo vencer a primeira rodada. Parece a coisa certa a fazer.

Na segunda rodada, tento jogar melhor, mas ela vence novamente.

Ingrid é uma ótima jogadora, pegando cartas e as descartando em movimentos ágeis. Ela me olha sobre as cartas em leque, tentando deduzir o que eu tenho nas mãos. Uma rainha de paus, um valete de ouros. Um ás.

Ela é boa em me distrair também, mas o faz de forma tão sutil que é difícil ficar zangado.

— Você ainda está trabalhando em tempo integral para a senhora Priddy? — pergunta ela, enquanto embaralho as cartas pela terceira vez, e respondo:

— Sim, senhora.

Ela alisa o cabelo com a mão, arrumando-o um pouco. Ela aperta o cinto do robe, se assegurando de que está bem fechado. Ingrid se ajeita na cadeira, mas os sinais de estresse ainda estão visíveis nas linhas do rosto, nos olhos cansados. Ela se levanta e vai até a cafeteira, perguntando se eu aceito uma xícara. Eu recuso e ela se serve de uma caneca, acrescentando creme e açúcar. E eu penso novamente em Pearl, em seu corpo emergindo das águas do lago Michigan, pingando. Desde ontem não consigo tirar essa imagem da cabeça.

— O resto dos garotos foi para a faculdade — diz ela, como se de alguma forma eu não tivesse notado esse pequeno fato, o fato de todos os garotos com quem cresci não morarem mais aqui. — Não é para você? — pergunta ela enquanto eu dou as cartas. Dez para ela, dez para mim.

— Não tinha como pagar — é o que respondo, mas claro que essa não é a verdade. Bem, *é* verdade – Pops e eu não teríamos como pagar, mas não precisaríamos. Ofereceram uma bolsa integral para mim e eu recusei. Mensalidades e moradia incluídas. Eu agradeci e disse não. Sou inteligente. Sei disso tanto quanto qualquer um. Não de um jeito ostensivo e inflamado, mas mais de um jeito astuto e espirituoso. Eu sei palavras difíceis, mas não é por isso que vou usá-las o tempo todo. Mas algumas vezes eu uso. Algumas vezes elas ajudam.

— Como está seu pai? — pergunta Ingrid, com o tom de quem entende o problema. Eu respondo à queima-roupa:

— Continua bêbado.

Faz anos que Pops não consegue manter um emprego. Aparentemente você não pode aparecer para trabalhar com os olhos vermelhos e completamente bêbado e achar que mesmo assim eles vão pagar seu salário. Após quase perdermos a casa por não conseguirmos pagar a hipoteca, anos atrás, comecei a trabalhar para Priddy meio período, porque ela fingia não saber que eu tinha apenas doze anos. Eu lavava pratos nos fundos, então ninguém me via, e Priddy graciosamente me pagava por fora, para o pessoal do Imposto de Renda não perceber também. Era mais uma daquelas coisas que todo mundo na cidade sabia, mas que ninguém mencionava.

E daí eu mudo de assunto porque não quero mais falar sobre meu pai. Ou sobre a faculdade. Ou sobre o fato de o resto do mundo ter seguido em frente enquanto eu continuo aqui, preso nesta vida, estagnado.

— Parece que o inverno vai ser rigoroso — digo, enquanto o vento faz curvas fechadas em volta da casa como o motorista de um carro de corridas, com os freios gritando e os pneus cantando.

— Não são todos assim? — pergunta Ingrid.

— Sim — digo.

— Alguma notícia da sua mãe? — pergunta ela, como se não pudesse deixar morrer essa conversa sobre meu pai, minha mãe.

— Não — respondo. Apesar de às vezes chegarem notícias, um cartão postal de algum lugar que eu nunca vou conhecer: Monte Rushmore, Cataratas do Niágara. O Álamo. O engraçado é que nunca tem nada escrito no cartão. Ela nem assina.

— Não é fácil ser mãe — murmura Ingrid, falando sem olhar para mim.

Ingrid é mãe, apesar de seus filhos terem morrido, bem como seu marido, graças a um vírus de gripe particularmente virulento que passou por aqui há muitos anos. Mas Ingrid é uma mãe muito melhor que a minha mãe jamais foi, mesmo sem seus filhos por perto. Ela deve ter sido. Ingrid se parece com uma mãe, seus olhos atenciosos e seu sorriso bem-humorado. Braços flácidos que parecem feitos para dar grandes abraços. Não que eu saiba.

Penso nas palavras de Ingrid: *Não é fácil ser mãe*. Eu não digo nada sobre isso. Pelo menos não imediatamente, mas então retruco:

— Deve ser.

Porque a última coisa que quero é perdoar minha mãe por ter me abandonado. Não há desculpa para isso, desaparecer no meio da noite, pular em um trem e sumir da cidade sem ao menos dizer adeus. Há uma foto dela que Pops guardou. Ela devia ter uns vinte e um anos. Eles estavam juntos há pouco tempo, meu pai e minha mãe, quando a foto foi tirada. Um mês, dois meses. Difícil dizer. Na foto, ela não está sorrindo. Mas isso não diz muito. É difícil lembrar da minha mãe sorrindo. Seu rosto é estreito e vai afinando mais e mais até o queixo. As bochechas são altas, o nariz, fino. Seus olhos são solenes, quase severos, talvez até maus. O cabelo, castanho, está cortado acima dos ombros, armado em volta da cabeça, uma consequência daquela geração. São os anos 1980, início dos anos 1990. Ela está usando um vestido, o que é estranho, pois não me lembro de ter visto minha mãe de vestido. Mas nessa foto ela está usando um vestido cinza-claro e verde-pálido. Ele é pregueado, cheio de camadas, deslumbrante. Mas também é simples, como se estivesse tentando ser algo que não é. Como minha mãe.

— Todos cometemos erros — diz Ingrid, e eu não respondo.

E então, antes que eu me dê conta, estamos falando de novo sobre o temível inverno. O frio, o vento, a neve.

Depois do quarto jogo, Ingrid me diz para ir embora.

— Você não precisa ficar aqui me fazendo companhia — diz ela enquanto recolhe as cartas. — Com certeza você tem coisa melhor para fazer.

Quanto a isso eu não tenho muita certeza, mas vou embora mesmo assim.

Aposto que Ingrid tem coisa melhor para fazer do que ficar me fazendo companhia.

Eu me despeço e saio pela porta da frente, deixando que ela bata e se feche. Da varanda ouço o som da tranca sendo aferrolhada. Desço os degraus e me preparo para atravessar a rua quando um sedan entra lentamente na vaga bem à minha frente e estaciona, e dele sai uma mulher jovem, com um cigarro entre seus lábios finos. Eu dou a volta no carro e é quando vejo o vulto de uma figura solitária andando lentamente rua abaixo. Em um casaco xadrez preto e branco e com um gorro preto na cabeça. A bolsa de lona está cruzada em seu corpo esbelto e suas mãos estão enfiadas nos bolsos da calça. As pontas do cabelo flutuam ao vento.

Pearl.

Ela desaparece no ar da manhã, para além da colina solitária no final da Main Street – descendo a ladeira e sendo consumida pelas casas imensas e pelas árvores enormes que enchem aquela parte da cidade, engolida e digerida, de forma que, antes que eu possa reagir, meus pés grudados ao concreto no meio da rua, ela já desapareceu.

E então eu ouço o guincho de uma porta externa e vejo o doutor Giles parado do lado de fora de seu chalé, também observando a cena.

Não estou só. O doutor Giles e eu, nós dois, assistindo enquanto a moça se vai, observando-a conforme ela desvanece atrás da colina e para dentro da neblina matinal.

QUINN

Ligo para a livraria no caminho para casa, desculpando-me efusivamente pelo péssimo sinal que tenho dentro do ônibus. Tento ao máximo soar sincera. Realmente tento. Faço a voz mais bondosa que consigo, toda uma miscelânea de bondade, sinceridade e preocupação como um *pot-pourri* aromático.

A mulher que atende a ligação é uma senhora chamada Anne, que é reprimida, nervosa e obediente às regras, atributos que notei na única vez que nos encontramos, quando fui à livraria acompanhar Esther no intervalo de meia hora para o almoço. Quando entrei na loja naquele dia e anunciei a razão da minha visita, Anne rapidamente declarou que eu estava adiantada, e que ainda que fosse meio-dia e vinte e quatro e a loja estivesse vazia, tranquila e carente de vida, o horário de almoço de Esther não começaria antes de meio-dia e meia. E então ela passou a vigiar como um falcão enquanto Esther organizava livros – com lombada e capa à mostra – em uma estante de madeira, até chegar a hora do almoço e sermos autorizadas a sair. E, naquele momento, decidi que não gostava nem um pouco de Anne.

Então é um azar, mesmo, que de todos os vendedores na loja, Anne tenha atendido minha ligação. Digo a ela quem sou. Tento parecer calma e não permitir que ela desvende o meu pequeno segredo, o fato de que já se passaram trinta e seis ou mais horas e ainda não sei onde está Esther.

Do outro lado da linha, silêncio. A princípio, imagino a mulher idosa e cadavérica procurando Esther pela loja e um fraco traço de esperança me assalta, a possibilidade de que Esther esteja lá, na livraria, trabalhando, organizando aqueles livros com as capas à mostra nas estantes de madeira. Ao menos é o que espero que esteja acontecendo nos dez ou doze segundos de suspensão da ligação. Mas o silêncio se prolonga tanto que tenho certeza absoluta de que encerramos a ligação de alguma maneira, que o sinal caiu pela recepção falha no ônibus. Tiro o celular da orelha e olho para a tela, observando os segundos de duração da ligação se acumulando. Cinquenta e três, cinquenta e quatro...

Ela está lá. Em algum lugar.

— Alô? — digo. — Anne? — Acho que repito mais de uma vez. Mas é difícil ouvir.

Ao meu redor há barulho, o motor a diesel do ônibus, pessoas falando, o som de buzinas lá fora. É hora do rush e está trânsito. Que surpresa.

— Esther deveria ter chegado aqui às três da tarde — diz Anne. — *Você* sabe onde ela está? — ela pergunta um tanto brusca, como se eu estivesse fazendo uma piada, desconsiderando toda a sinceridade e todo o anseio do meu pedido.

Não me preocupo em olhar meu relógio, sabendo muito bem que já passam das cinco da tarde. O percurso noturno é agitado e barulhento. Corpos se comprimem contra o meu quando me levanto, em uma espécie de desespero mudo. Tudo ali cheira mal. O cheiro do corpo das pessoas e de mau hálito, evidências de um longo dia de trabalho. Um braço é pressionado contra mim, deixando uma trilha de suor na minha pele.

Parece-me bem estranho, claro, o fato de Esther não aparecer no trabalho. Esther sempre vai trabalhar, mesmo nos dias em que se arrasta da cama, reclamando que não quer ir. Vai mesmo assim. Ela trabalha duro: não poupa esforços para agradar a todos. Dá o máximo para causar uma boa impressão no chefe e nos colegas de trabalho, até mesmo em Anne, embora eu diga que é uma perda de tempo. Ela nunca vai agradar Anne. Mas, ainda assim, não é típico de Esther não aparecer no trabalho, e não importa quanto estou brava com ela sobre a história da nova colega de apartamento – a traição ainda dói –, não quero que Esther tenha problemas e perca seu emprego, então decido lhe dar cobertura.

— Ela está doente — digo a Anne. É o melhor que consigo inventar na hora. Esther faria isso por mim, sei que isso é verdade. — Bronquite — digo —, talvez pneumonia. — E descrevo em detalhes uma tosse causada por crupe. Conto sobre o catarro, amarelo-esverdeado, e como há mais de vinte e quatro horas Esther não consegue sair da cama. Está com febre. Está com calafrios. — Ela ia tentar trabalhar hoje — digo, citando a consciência e o espírito corporativo de Esther, que tentaria ir ao trabalho apesar da febre, apesar dos calafrios. — Ela deve estar se sentindo muito mal por não conseguir.

Mas, apesar de tudo isso, Anne diz que ela deveria ter ligado avisando, e acrescenta:

— Ela parecia bem no sábado... — como se talvez, apenas talvez, Esther não estivesse doente coisa nenhuma.

— Foi muito rápido — minto —, derrubou-a mesmo.

— Bem, que seja — é o que ela diz, querendo dizer na verdade: *Sua mentirosa*.

Se o café tem um nome, não sei qual é. Para mim, é apenas o café da esquina da Clark com a Berwyn. É assim que o chamo. É onde eu e Esther gostamos de ir. Para nós, nem precisa de nome. *Vamos nos encontrar no café*, dizemos, e, como mágica, nós duas aparecemos. Esse é o resumo da minha definição de *melhor amiga*. Você sempre sabe o que a outra está pensando.

Exceto agora, já que não faço ideia do que Esther está pensando.

Eu a vejo pela vitrine do café antes de entrar, o cabelo ruivo repicado, a pele pálida. É noite, mais escuro lá fora do que dentro, e então posso ver bem o espaço com design industrial arrojado e de aparência inacabada, as mesas de aço, coisas recuperadas e recicladas pendendo do teto e penduradas nas paredes. Ela está sentada, curvada em uma banqueta em um dos balcões de janelas de madeira, beliscando as bordas serrilhadas do papel que envolve o copo de café, olhando pela janela, esperando por mim, e penso: ela entendeu tudo errado. Não é aí que sento com Esther, mas em uma das mesas de aço menores e mais discretas do bistrô perto do fundo, ao lado da lareira e da parede de tijolos aparentes. E esperamos até as duas chegarem para pedirmos juntas a mesmíssima coisa, alguma mistura cafeinada que combinamos beber enquanto esperamos na fila pela nossa vez. Mas essa garota foi até o balcão sozinha e pediu sua bebida sem se preocupar com o que eu queria. E ela se sentou na mesa errada.

Essa garota não está à altura de Esther. Não mesmo. É o que decido.

Eu entro no café e cruzo o salão, atravessando o piso irregular de concreto polido, olhando para ele, na verdade. Não olho para a garota, não ainda, até me aproximar. É difícil olhar nos olhos da pessoa que planeja tomar sua vida – conscientemente ou não. Não é culpa dela, eu entendo, mas, ainda assim, isso não me faz gostar mais dela. Talvez apenas a odeie.

Presto atenção nos meus pés, nas pontas redondas de um par de botas de couro, enquanto caminho.

Os olhos claros movem-se da janela para os meus e é então que ela sorri, um sorriso agradável, sim, mas também com alguma reserva.

— Você é Esther? — pergunta, estendendo a mão minúscula, e digo que sim. Eu sou Esther, embora, claro, eu não seja. Sou Quinn, mas, neste momento, isso não está em discussão. Sou Esther.

O nome dela, diz, é Megan, e então, como se não soubesse o próprio nome ou ainda não tivesse decidido direito quem é, diz:

— Meg.

O aperto de mão dela é letárgico, para dizer o mínimo. Austero. Nem tenho certeza se nos tocamos.

Não me incomodo em pegar um café, sabendo que vai ser rápido. Nem sei por que concordei em me encontrar com ela, mas por alguma razão eu queria vê-la com meus próprios olhos. Meg me parece nova e ingênua, o tipo de garota que não faz ideia de como chamar um táxi. O tipo que eu costumava ser. Sento-me no banco ao lado dela e digo:

— Você está interessada no apartamento.

Ela me garante que sim. É uma recém-formada, ou será em dezembro, e está procurando um novo lugar para morar. Atualmente mora com sua mãe solteira em Portage Park, mas procura por um lugar mais próximo do Loop, mais na moda, com moradores mais jovens. Meg já tem um emprego esperando por ela no centro-oeste da cidade, depois da formatura. Precisa de um apartamento próximo do transporte público. Ela diz, com uma sacudidela dramática no cabelo ruivo:

— O trajeto desde Portage Park levaria *anos*.

O que mais me exaspera é que ela soa muito como eu, ou como eu era há meses, quando vi o *outro* anúncio da Esther no *Reader*, seu primeiro pedido de colega de apartamento. Meu golpe de sorte, pensei na época, mas agora não tenho tanta certeza. Agora eu me sinto como um bem de produção em massa, em vez de uma pessoa única. Meu coração se parte um pouco a cada palavra de Meg, quando ela me diz que seu bico atual é de design gráfico, sobre como – sendo uma ambientalista entusiasmada – ela planeja pedalar para ir e vir do trabalho durante o verão. Como a parte mais difícil de sair de casa será deixar o gato para trás. Como ela ama cozinhar e é uma autoproclamada maníaca de limpeza. Meu coração se parte não porque qualquer uma dessas coisas me agrade, mas porque acho que Esther gostaria de Meg. Eu acho que Esther gostaria muito dela, de verdade.

Mas a pergunta é: ela gostaria mais de Meg do que de mim?

— Está procurando uma nova colega de apartamento? — pergunta Meg e eu balanço a cabeça, olhando pela janela enquanto um mar de pessoas passa, passageiros que acabaram de deixar o ônibus número 22.

— Minha colega de apartamento — digo a ela com tristeza — está para se mudar.

E então conto como ela, minha colega, às vezes, tem problema para pagar a sua parte do aluguel. Como às vezes ela evita cumprir a parte dela nos serviços domésticos, ou come a minha comida sem primeiro pedir. E é verdade: faço mesmo cada uma dessas coisas. Mas isso não me torna uma colega de apartamento ruim. Torna?

O que farei, eu me pergunto, se Esther me fizer ir embora?

Onde está Esther, eu me pergunto, e por que ela não volta para casa para resolvermos o que quer que seja?

Por que ela não fala comigo?

Meg faz perguntas sobre o apartamento, perguntas lógicas sobre o primeiro e o último mês de pagamento, caução e se há ou não lavanderia no prédio. Perguntas que nunca pensei em fazer. Mas quando ela pergunta se pode ver o apartamento, respondo que não. Ainda não, é o que digo.

— Estou falando com outros interessados primeiro — minto, embora imagine, nas próximas horas e dias, quantas ligações o celular de Esther receberá. Uma, dez, *vinte* ligações? Vinte jovens querendo me tirar da minha casa, pegar a minha cama, o meu quarto, minha melhor amiga?

— Entrarei em contato — digo, mas então resmungo baixinho para que ela não possa ouvir enquanto caminho rapidamente para longe, para fora do café e para a rua: *Mas não acho que você será a escolha certa, Meg.*

A verdade é que se ela fosse Jane Addams, Madre Teresa ou Oprah Winfrey, eu ainda assim pensaria que ela não era boa o suficiente para Esther, estivesse ela aqui ou não. Mesmo que ela tenha decidido que *eu* não era boa o bastante para ela.

Irônico? Imagine...

ALEX

Vago pelas ruas à procura de Pearl.

É um passeio pelos bairros da cidade, das casas imponentes onde moram os podres de ricos até as casas menores, mais provincianas, como a minha, algo pouco além de uma choupana. Ando das margens do lago Michigan em direção ao interior, onde a comunidade ribeirinha se torna bucólica. Eu passo por escolas, uma pré-escola, uma escola de ensino fundamental e uma escola de ensino médio, uma ao lado da outra, três prédios de tijolinhos em cores suaves, que precisam trazer crianças de ônibus das cidades vizinhas para preencher suas salas. A bandeira americana tremula à frente de cada uma delas, batendo como as asas de um morcego ao sabor do vento irregular. Elas fazem muito barulho: não um único morcego, toda uma colônia de morcegos. Há crianças do lado de fora, no playground, que ficam todas juntas tentando se manter aquecidas. Uma turma uniformizada de educação física dá voltas em torno da velha pista de corrida da escola. Um caminhão com a sirene soando e as luzes piscando passa a toda pela rua, o departamento de bombeiros voluntários da cidade. Eu assisto a sua passagem da calçada, procurando sinais de fumaça na distância e vendo os quatro grandes pneus erguendo cascalho por onde passam. Espero que Pops não tenha conseguido colocar fogo em nosso lar. Felizmente os bombeiros tomam o sentido oposto da minha casa.

Eu continuo andando. Passo pela velha igreja protestante, o antigo cemitério, o cemitério novo, o café. Eu me arrasto sob os fios de alta tensão, ouvindo o zumbido da eletricidade. Ando por fazendas, entre pés de milho, as espigas já colhidas, as plantas secas esperando para serem arrancadas; por fazendas de criação de gado, com vacas gordas, vacas magras e vacas nem gordas nem magras. Isso é Michigan, o Meio-Oeste, nossa cidade bem na borda do Cinturão do Milho, você não precisa andar muito em qualquer direção para encontrar uma fazenda. Seria bom ir trabalhar, ter algo para fazer. Mas não trabalho hoje.

Depois de um tempo, chego ao velho carrossel às margens do lago, fechado nesta época do ano. Quem sabe Pearl esteja lá. Talvez. Ela não está lá, não à vista, pelo menos. Mas escalo a cerca mesmo assim e me sento na carruagem da serpente marinha, uma espécie de criatura mitológica azul, parte dragão, parte serpente. A cadeira é dura e fria, de um design ornamental vitoriano. Apesar de estar tudo parado e silencioso, eu ouço as melodias de Rodgers e Hammerstein tocando em minha cabeça. Elas e a algazarra de uma lata de alumínio perdida, sendo lançada para lá e para cá pelo vento, no piso do estacionamento. É difícil acreditar que uma só lata – arrancada da lata de lixo lotada pelo ar ensandecido de novembro – pudesse fazer tanto barulho. Mas faz, voando por todo lado pelo terreno vazio, como um navio em uma tempestade marinha.

Há uma garota que vive na periferia dos meus sonhos: uma mistura de Leigh Forney, a menina que roubou meu coração quando eu tinha doze anos, e toda uma série de garotas pelas quais eu acho que me apaixonei, de estrelas de Hollywood como Selena Gomez até a moça do tempo do canal local de Kalamazoo. Ela também faz parte do sonho, essa garota composta, com um rosto ovalado, pele clara e pequenos olhos amendoados, olhos bem próximos de seu pequeno nariz arredondado. Seu cabelo é castanho-claro, cor de caramelo, e liso; em meus sonhos ele flutua ao vento, sempre solto. Seu sorriso é franco e etéreo. Despreocupado. Ela não mora nas regiões do sono profundo, o sono REM, onde residem meus pesadelos mais intensos, os sonhos recorrentes nos quais Pops morre de tanto beber ou reduz a casa a cinzas com nós dois presos lá dentro. Em vez disso, ela vive no lugar do sono leve, em que a diferença entre o *sono* e o *despertar* é geralmente imprecisa. Ela fica comigo naqueles momentos logo antes de eu adormecer, à noite, e nos momentos em que saio do sono, logo depois que acordo, quando ainda não abri os olhos. É essa figura etérea que acaricia meu rosto, ou roça em meu braço, ou me pega pela mão, sussurrando, *Vamos...*, mas sempre – sempre – que eu desperto completamente ela decide partir, desmaterializando-se bem na frente dos meus olhos. Quando estou completamente acordado é impossível relembrar seu cabelo, seus olhos ou seu sorriso alegre. Mas quando fecho os olhos, sei que ela estará lá, chamando por mim e me incentivando a partir. *Vamos...*

Quando eu tinha doze anos, beijei Leigh Forney pela primeira vez. Pela primeira e última vez, bem aqui, na carruagem da serpente marinha. Era uma noite de verão, e o carrossel estava silencioso – como agora. O parque já tinha fechado. Eu havia carregado meu telescópio até o parque, onde, ao lado da praia, nós nos sentamos na areia e olhamos o céu pelo tubo, comigo mostrando onde estavam a constelação de Perseu, a nebulosa de Órion, as Plêiades, e ela fingindo que estava interessada. Ou talvez ela estivesse mesmo interessada. Eu não sei. Leigh era minha amiga de infância, já chutávamos latas juntos pelas ruas aos cinco anos. Ela morava na minha rua, bem perto, em uma casa construída nos anos 1950, como a minha. Eu arrastei aquele volumoso telescópio por todo o caminho desde a minha casa – quando cheguei, meus braços estavam queimando –, com a promessa de que tinha uma coisa para mostrar a ela, uma coisa legal. Uma coisa que eu achava que ela ia gostar. Porque nós não olhamos pelo telescópio em casa mesmo, não sei dizer. Eu achei que assim seria mais especial. E ela gostou, por um minuto ou dois ela se divertiu, e então disse:

— Aposto que chego antes de você no carrossel.

E de repente estávamos os dois em pé e correndo, com os pés afundando na areia, através do estacionamento, por cima da cerca laranja e dentro do carrossel adormecido. Nós nos esquecemos do telescópio e do céu noturno. Caímos, às gargalhadas, dentro da carruagem. Eu tinha permitido que ela ganhasse, como já tinha feito inúmeras vezes antes quando apostávamos corrida da casa dela para a minha ou da minha para a dela.

E foi então, bem ali, que ela me beijou, o beijo rígido e desajeitado de duas crianças de doze anos. Para mim, quase nada mudou desde aquele dia. É difícil ficar bom em alguma coisa se você nunca pratica. Mas aposto que Leigh aprendeu um monte de coisa nesses anos todos.

Depois nós ficamos sentados, em silêncio, sabendo que nunca mais voltaríamos a ser amigos, alguma coisa tinha mudado com aquele beijo. Se é que podia ser chamado de beijo, sentados um do lado do outro, com os lábios colados por no máximo dois segundos.

Quando voltamos para a praia, para pegar meu telescópio, tinha mais gente lá, um grupo de jogadores do time de basquete do ensino médio, espiando um casal que se beijava na praia, ao longe. Eu olhei por cima do ombro, para o carrossel, e pensei no que mais eles tinham visto. Quando tentei pegar meu telescópio, eles me xingaram: fracassado, nerd. Bicha. Eles ficaram lá, em pé, e me obrigaram a implorar pelo meu próprio telescópio. Eles disseram a Leigh que ela conseguiria alguém bem melhor que eu, e por alguma razão ela acreditou neles, porque me lembro de voltar para casa triste e sozinho naquela noite, carregando meu telescópio, enquanto Leigh foi passear com aqueles garotos.

Mesmo naquela época eu já conhecia meu lugar na hierarquia social.

Seis anos depois, pouca coisa mudou.

Leigh se foi, aqueles garotos se foram. Mas eu ainda estou aqui, sentado sozinho no carrossel, procurando uma garota inalcançável, tão distante quanto a maioria de meus sonhos.

QUINN

Esther é uma ótima colega de apartamento. A maior parte do tempo. Raramente a vi zangada, exceto quando reorganizei os alimentos na prateleira do armário dela. Aí ela ficou com raiva, muita raiva, e com isso quero dizer que quase enlouqueceu.

Eu não *reorganizei* a comida dela, para falar a verdade. Eu estava procurando uma coisa, endro, para temperar minha pipoca de micro-ondas. Um pouco de sal, de açúcar, de alho, de endro e pesto! Era uma das minhas muitas obsessões. Esther estava na faculdade, em uma aula noturna para a coisa de terapia ocupacional dela, e eu estava em casa, acomodando-me para assistir a algum programa na televisão.

Esther e eu temos armários de cozinha separados para cada uma de nós. Dividimos o armário de tigelas e pratos, mas não os de comida. Há o meu, cheio até o topo com um monte de *junk food*; e há o dela, repleto de alimentos especiais para cozinhar e assar: macarrão de algas e sementes de manjericão, endro, farinha de amendoim, garam masala, seja lá o que for isso. E cereal.

Eu fiz a pipoca. Eu poderia ter parado no sal, tudo bem, mas sabendo que Esther tinha os ingredientes para o meu tempero especial, escavei entre temperos, massas e sei lá mais o que em busca do endro.

Não achei que fiz bagunça, mas ela sim. Eu estava no sofá com minha deliciosa pipoca quando ela voltou da aula, o volume da televisão estava baixo para não atrapalhar a senhora Budny no primeiro andar, a velha senhora Budny, que eu imaginava às vezes no meio de sua casa, com a cabeça arredondada enrolada em uma *babushka* e a pele anemicamente branca, erguendo o esfregão com suas mãos trêmulas de idosa, batendo com o cabo no teto para nos calar.

Mas não naquele dia. Naquele dia, a TV estava tão baixa que eu mal podia ouvir. Esther chegou em casa de bom humor, o qual desapareceu rapidamente quando ela foi ao armário pegar o cereal e me disse:

— Quinn — a voz com uma pitada de Hannibal Lecter. Ela veio até a sala e desligou a televisão. *Olá, Clarice*.

— Ei! — reclamo. — Eu estava assistindo! — eu disse quando ela jogou o controle remoto sobre a poltrona xadrez.

— Pode vir aqui um minuto? — perguntou ela, deixando o cômodo sem esperar a minha resposta.

E então pus a pipoca de lado e a segui até a cozinha, onde a porta do armário estava escancarada. Não parecia uma bagunça para mim. Eu mal poderia dizer que alguma coisa tinha sido tocada. O endro estava exatamente onde deveria, entre a cúrcuma e a semente de erva-doce. Ordem alfabética.

— Você mexeu na minha comida? — perguntou com um tremor estranho na voz que eu nunca havia escutado.

E eu respondi:

— Só peguei um pouco de endro. — E: — Desculpe-me, Esther — quando percebi como ela ficou subitamente aborrecida. Não era comum que Esther ficasse brava, então me surpreendi. — Vou comprar mais para você — prometi enquanto o rosto dela ficava vermelho, vermelho como um campo de papoulas, tanto que achei que fumaça poderia sair de suas orelhas como o vapor do motor de um trem. Esther estava furiosa.

Ela marchou até o armário e disse:

— O endro fica aqui — enquanto erguia e baixava o pote exatamente no mesmo lugar onde coloquei —, e a farinha de amendoim fica aqui — disse, fazendo exatamente a mesma coisa com o pacote de farinha, de maneira que, quando o soltou no armário, a farinha se espalhou por todos os lados.

Não toquei na farinha. Pensei em dizer isso – dizer a ela que nunca toquei na farinha, nunca, nem uma única vez –, mas eu vi que ela não estava no clima para uma discussão racional sobre farinha de amendoim.

Então, Esther disse:

— Agora olha o que você fez. Olha o que você fez, Quinn. Olha a bagunça que você fez — e ela se referia a toda a farinha espalhada que salpicava o balcão. Depois disso, Esther saiu intempestivamente da cozinha, me deixando ali para limpar a bagunça que ela fez em resposta à minha bagunça fictícia.

Vivendo e aprendendo, disse para mim, e no dia seguinte comprei o meu próprio maldito endro.

Volto do café para casa, percorrendo o corredor desgastado na direção do meu apartamento. O carpete está esfarrapado e puído, um tom de laranja avermelhado para disfarçar a sujeira, a lama e outras imundícies que carregamos nas solas dos sapatos. As paredes estão arranhadas. Uma das lâmpadas do corredor queimou, deixando a iluminação ali fraca. É melancólico. Não é sujo ou perigoso ou qualquer dessas coisas que as habitações urbanas podem ser, mas apenas melancólico. Gasto. Gasto demais. Como um lenço que não tem mais qualquer parte utilizável. Os corredores precisam de novos carpetes, nova pintura, um pouco de amor e carinho.

Mas se não fosse pela *feiura* do corredor, eu não poderia apreciar a *beleza* do nosso espaço. Agradável, confortável, aconchegante e caloroso.

Enquanto encaixo a chave na fechadura e giro a maçaneta, há uma parte de mim esperando ver Esther no outro lado do painel de aço, preparando o jantar, usando seu suéter e calças jeans preferido abotoado nas costas. O cheiro que me recepcionaria seria delicioso e divino. Ou a televisão estaria ligada – no canal The Food Network –, ou o som, com algum tipo de música *folk* acústica emanando dos alto-falantes caríssimos de três peças, e Esther cantando junto, com seu legato e seu alcance ainda mais impressionante do que os das vozes no aparelho, que são pagas para cantar.

Se o aquecedor não estivesse em potência máxima, Esther me receberia na porta com meu próprio suéter velho de lã e um par de chinelos.

Porque é Esther. Santa Esther. O tipo de colega de apartamento que me recebe na porta, que faz o jantar, que me levaria café e *bagels* todos os dias da semana se eu pedisse.

Mas não tem nenhuma Esther ali e estou um pouco mais do que desanimada, para dizer o mínimo.

E então, sem ela, eu mesma encontro meu suéter. Os chinelos. Ligo o som.

Devasto o freezer procurando algo para comer, liquidando uma pizza cheia de gordura de porco e carne de frango processada. Não sou conhecida por manter hábitos saudáveis de alimentação; gosto de comidas pesadas e gordurosas – e sorvete. É um ato de rebeldia, claro que sim, uma forma de me vingar da minha mãe por anos e anos de frango Shake'n Bake, caçarola de Hamburger Helper e a invariável pilha de legumes mistos congelados (servidos mornos): ervilhas, milho, vagem cortada. Ela sempre me fazia ficar à mesa até terminar a refeição. Não importava se eu tinha oito ou dezoito anos.

A primeira coisa que fiz depois de me mudar foi ir ao supermercado e comprar tudo, tudo mesmo que minha mãe nunca quis que eu comesse. Garanti minha independência, tomei o controle. Reivindiquei um armário de cozinha, uma prateleira do freezer no apartamento de Esther e minha cozinha antiquada, suprindo-a com batatas fritas, biscoitos Oreo e pizza congelada o suficiente para alimentar uma equipe de futebol americano.

Até, é claro, Esther me ajudar a ver os erros dos meus hábitos.

Esther é uma boa cozinheira, do tipo que faz coisas como aspargo e couve-flor terem um gosto bom, ou melhor do que bom. Ela os torna deliciosos. Procura receitas on-line, segue blogs de culinária. Mas eu? Eu não cozinho.

E Esther não está aqui para cozinhar para mim. Então, encontro uma assadeira e besunto com spray para cozinhar.

Enquanto a pizza assa, perambulo pelo quarto dela. Está escuro quando entro, e por isso acendo uma luminária que fica na ponta da mesa. O quarto ganha vida e lá está ela de novo, a peixinha de Esther – uma Molinésia Dálmata – implorando por comida. Vejo nos olhos negros em forma de contas: *Alimente-me*. Polvilho um pequeno punhado de flocos e começo a abrir as gavetas da mesa e do armário aleatoriamente. Enquanto a busca de ontem foi uma simples missão de reconhecimento, esta é para valer. Uma revista completa. Uma busca sem restrições. É mais uma coleta de informações do que uma expedição de pesca (sem trocadilhos).

E enquanto eu retiro e folheio ao acaso os papéis das prateleiras, percebo que tenho algo em comum com o peixe: ela nos abandonou ao léu. Esther nos deixou de lado, ela nos deixou à morte.

O que encontro são rabiscos. Cardápios de restaurantes. Um artigo sobre resposta adaptativa e outro sobre dispraxia. Apontamentos de quiropraxia com palavras como *coordenação mão-olho* e *consciência corporal* anotadas nas linhas do papel do caderno dela, com sua caligrafia. Um cartão da tia-avó Lucille. A letra de um hino da igreja. Anotações em *post-its* com lembretes como *Buscar a roupa da lavagem a seco* e *Comprar leite*. Um número de telefone sem identificação. Uma caixa de lentes de contato, *coloridas*, que me fez parar subitamente o que eu fazia.

Paro e inspeciono a embalagem. São azuis, *azuis brilhantes*, como a caixa diz. E imagino o rosto angelical dela, um olho castanho e outro azul, um sinal físico que provava que era especial. Escolhida.

Isso significa...? eu me pergunto, e *Poderia ser...?*

Será que o olho azul de Esther é falso? Não, digo a mim mesma. Não. Não pode ser. Mas talvez.

Mas encontro outras coisas, também. Coisas que me deixam igualmente confusa. Panfletos sobre o luto, o processo de luto e seus sete estágios. Tento me convencer de que isso tem algo a ver com a sua graduação em terapia ocupacional – se Esther estivesse triste, eu não saberia? – e que isso não é a vida real. Não a vida dela, de qualquer forma. A vida de outro alguém. Mas essa crença só dura algum tempo. Das pilhas de papéis e cartões que caem no meu colo, vejo um cartão monocromático com um monograma de um lado, um nome, endereço e número de telefone no verso. É o cartão de visitas de um psicólogo. *Psicólogo clínico*, está escrito. Pego o cartão e o examino por bons três minutos para ter certeza de que não li *podólogo*, *pneumologista* ou *pediatra*. Mas não. Diz *psicólogo*. Esther estava triste. *Está* triste. Ela está de luto e eu não sabia nada sobre isso.

Mas por que, eu me pergunto, por que ela está triste? E o que mais não me contou?

Há mais. Outro documento que encontro na pilha. Um formulário. Um formulário com aparência oficial escrito *Estado de Illinois* no topo. Do tribunal de circuito do Condado de Cook. Petição para mudança de nome.

Está completo. Assinado, datado e carimbado. Esther não é mais Esther, e sim *Jane*? Parece ilógico imaginar Esther tão banal quanto Jane. Algo tão comum para Esther, que não é nada comum. Se tivesse de mudar de nome deveria seguir para a linha de Portia, Cordelia, Astrid. Muito mais adequados do que *Jane*.

Mas não. Esther agora é Jane. Jane Girard.

Sou atingida por uma lembrança repentina: nós duas sentadas em nosso apartamento, assistindo televisão. Foi há três meses, talvez quatro. Ela esteve em algum lugar durante o dia, sobre o qual estava muito calada e fechada, não me disse por onde tinha andado. E já que não contou, minha mente preencheu os detalhes faltantes, visualizando algo como um homem inescrupuloso com mulher e filhos encontrando Esther em um hotel obscuro no Ridge, algum que ainda oferecesse suítes com TV em cores como se fosse a última e a mais incrível novidade em acomodações. Não seria do feitio de Esther se meter em um relacionamento desses, mas era divertido fingir na minha cabeça. Ela não queria falar sobre aonde tinha ido e balbuciou respostas monossilábicas para qualquer porcaria de pergunta que fiz naquela noite: *sim*, *não* e *tudo bem*.

Então, disse duas esquisitices; duas esquisitices das quais me lembro. Primeiro, ela perguntou:

— Já tentou tornar alguma coisa melhor e, no final, só piorou tudo?

Mas quando pedi para ela explicar, Esther não quis. Respondi que sim. *História da minha vida*, foi o que eu respondi.

E ela também perguntou, do nada, triste e pensativa, ao meu lado no sofá:

— Se você pudesse mudar o seu nome para qualquer um, qual escolheria?

Escolhi Belle. Depois eu embarquei em um discurso inflamado sobre como eu amava o nome Belle e odiava Quinn. Que tipo de nome é Quinn, afinal? É um nome de menino, é isso que é. Ou, talvez, um sobrenome. Eu não sei. De qualquer maneira, não é um nome de menina. Foi isso que eu disse.

Nunca soube qual nome Esther escolheria – ela não me disse –, mas agora sei. Jane. Esther escolheu Jane.

Esther mudou de nome. *Legalmente*. Esteve em algum tribunal perante um juiz e pediu a troca do nome, e eu não sabia. Como eu não soube disso?

Também encontro uma fragmentadora de papel ligada na tomada da parede branca. Arranco a tampa e olho para milhões de fitas de papel lá dentro. Está cheia até a borda, não acho que conseguiria colocar mais uma folha sequer. Quanto tempo levaria para separar todas as fitas de papel e juntá-las outra vez? Seria possível?

Volto para a mesa e encontro um marcador de página, um cupom, um vale-presente e o que parece ser uma foto de passaporte, três fotos enfiadas em uma capa protetora da Walgreens, a quarta imagem faltando, cortada cuidadosamente da página com uma tesoura. Sem passaporte, só as fotos restantes, e tenho que imaginar a quem pertence aquilo, Esther ou Jane?

Também me pergunto onde está o passaporte. Procuro por todos os lados, mas não há sinal dele.

Se Esther mudou o nome para Jane e tirou um passaporte para Jane, precisaria de outras mudanças para Jane, também, como uma carteira de motorista e uma identidade. Será que Esther está circulando em algum lugar com uma carteira de motorista que carrega o nome Jane Girard?

E então, quando estou perdendo as esperanças de encontrar qualquer outra coisa nas gavetas, vejo outra carta, datilografada e subscrita, *Todo meu amor*, com o mesmo *E* e o mesmo *V*. *Todo meu amor, EV*. Esther Vaughan. Dobrada três vezes como a primeira carta e enfiada no fundo da última gaveta da mesa.

Meu bem, leio enquanto o *timer* do forno grita para mim, o cheiro do queijo queimado da pizza ameaçando o início de um incêndio no prédio inteiro.

Largo a carta sobre a mesa e saio correndo.

ALEX

Hoje em dia não há nada que não possa ser encontrado na internet, especialmente se você é uma figura pública como o doutor Giles. Graças a sites como HealthGrades e ZocDoc.com, eu consigo acessar todas as avaliações sobre o psicólogo. A primeira coisa que descubro é que ele tem um primeiro nome, afinal; ele não se chama *doutor*. Seu nome é Joshua. Doutor Joshua Giles.

Por alguma razão, tudo muda quando o imagino como um bebê indefeso, nos braços de sua mãe, recebendo o nome *Joshua*.

Ele tem trinta e quatro anos.

Casado.

Dois filhos.

Formado na Universidade Northwestern, em Chicago. Avaliações acima da média em *tempo de espera*, *limpeza do consultório* e *facilidade na marcação de consulta*. A julgar pelas informações no HealthGrades e no ZocDoc.com, as pessoas gostam dele.

Eu passo a tarde na biblioteca pública lendo as avaliações em um computador que reservei. Ao contrário do resto do mundo, Pops e eu não temos um computador. Esse computador, um antigo HP de mesa, fica sobre uma pequena escrivaninha, na igualmente antiga biblioteca. A biblioteca da cidade, uma relíquia dos anos 1920, é velha. Apesar de ter sido expandida duas vezes desde que o prédio original, com sessenta e cinco metros quadrados, foi construído, ela ainda assim é pequena. As coleções de livros são incompletas e desatualizadas, voltadas para alguma outra geração. Há poucos livros. E há os videocassetes, filmes ainda disponíveis em VHS, em número bem maior que o de DVDs.

O computador (acho surpreendente que tenham computadores aqui, esperaria ver máquinas de escrever, processadores de texto, ábacos) fica em um espaço aberto, sem portas ou paredes, então estou o tempo todo olhando por cima do ombro para me certificar de que nenhum curioso ou intrometido esteja bisbilhotando a minha busca na internet. Porque é o tipo de coisa que as pessoas fazem por aqui. Eu faço uma anotação mental para me lembrar de apagar meu histórico de busca antes de ir embora, para evitar que alguma bibliotecária venha olhar depois e descubra o que eu andei pesquisando, as avaliações fantásticas de um doutor Joshua Giles, PhD, que se sucedem na tela uma após outra após outra. *Educado*, dizem as avaliações. *Ótimo ouvinte. Reconfortante. Tem os pés no chão. É bom conversar com ele.*

Ele é o melhor!!!, diz uma das avaliações, com um excesso de pontos de exclamação que me faz questionar a saúde mental e o estado de espírito do avaliador.

Quanto à vida pessoal do doutor Giles, ele é casado com Molly Giles e tem dois filhos, um menino de quatro anos e uma menina de dois, de acordo com uma nota em um jornal local. Seus nomes não são mencionados. Há fotos do doutor – fotografias profissionais vestindo um blazer esporte azul-escuro contra um fundo cinza, iguais às de todos os doutores do mundo –, mas nenhuma do resto da família. Sua casa foi comprada há um ano e meio por seiscentos e cinquenta mil dólares. Está tudo lá: seu nome, data da aquisição, endereço, quanto ele paga de imposto sobre o imóvel. Ninguém mais tem privacidade alguma.

— Você está encontrando tudo o que precisa? — pergunta uma bibliotecária de passagem por ali, e eu tenho um sobressalto, minimizando rapidamente a janela do navegador. A bibliotecária também é uma relíquia dos anos 1920, uma mulher de cabelos cinzentos, já bem além da meia-idade. Eu respondo que sim, estou achando tudo o que preciso, sem problemas. Só que não estou, na verdade. Eu nem sei direito o que estou procurando, mas sei que não encontrei aqui. Acho que lá no fundo eu esperava encontrar algo escandaloso e ruim. Pacientes alegando que ele era um depravado, um doido, um pervertido, alguma coisa nessa linha. Processos na Associação Americana de Psicologia, violações do Código de Ética ou pelo menos avaliações ruins. Dizendo que ele faltava às consultas, fazia os pacientes esperarem demais, pegava no sono em sua poltrona no meio das sessões.

Mas até onde dá para ver, as pessoas gostam dele. Ele está completamente limpo.

Eu me levanto, as pernas metálicas da cadeira deslizando pelo horrível carpete marrom e se enganchando em um fio solto. Visto o casaco sobre minha blusa de capuz e me preparo para ir embora. Verifico duas vezes se fechei todos os mecanismos de busca e então checo o histórico para me assegurar de não ter esquecido nada ali. Não esqueci. Está tudo vazio.

Estou saindo quando ouço uma voz:

— Alex? — pergunta a voz. — Alex Gallo?

Eu me viro e a vejo, a senhora Hackett, minha professora de ciências do ensino médio, parada na minha frente com um livro na mão e um casaco grosso dobrado sobre o antebraço. Ela não mudou nada nesses últimos seis meses, desde a última vez em que estive na escola e eu sou atingido por uma saudade repentina. Sinto saudades da escola, dos meus amigos, de vagar pelo piso de vinil dos corredores daquele velho edifício de tijolos claros, em meio a fileiras e fileiras de armários vermelhos. A senhora Hackett continua com o mesmo cabelo longo e escuro, dividido no meio e amarrado em um rabo de cavalo curto para um lado, os mesmos olhos escuros, as mesmas sobrancelhas grossas, o mesmo sorriso suave. Onde seu corpo costumava ser estreito e fino, há agora uma protuberância, como uma bola de boliche, perto da cintura, e suas mãos estão apoiadas ali. Ela veste uma coisa longa parecida com uma túnica, mais larga embaixo para cobrir a protuberância. Um bebê. A senhora Hackett vai ter um bebê, em breve. Por alguma razão isso me faz sorrir, apesar de ela estar me encarando com um olhar de completo desapontamento, seus braços cruzados, a boca fazendo um beicinho.

— Eu disse a eles que não, com certeza não — diz ela. — Eu disse que não acreditaria a menos que visse com meus próprios olhos. Mas aqui está você — acrescenta, balançando as mãos na minha direção, e eu respondo com um sorriso forçado. — Em carne e osso.

O desapontamento se transforma em melancolia quando ela pergunta:

— Por que, Alex? Por quê? Por que você recusou a bolsa de estudos?

Eu dou de ombros.

— Eu sou muito caseiro, acho. Não conseguiria ficar longe de casa.

É verdade, claro, e não é verdade. E todo mundo sabe a verdadeira razão, mas ninguém gosta de enunciá-la em voz alta.

— Como está seu pai? — pergunta ela.

— Está bem — respondo, e ela suspira.

— Você costumava vir sempre aqui — diz ela então, sobre a biblioteca. Costumava. Eu vinha aqui o tempo todo e me afundava em pilhas de livros o dia todo, em uma torre de livros de astronomia, e ficava lendo até que as bibliotecárias me mandassem embora. Eu sou fascinado pelo céu desde quando era pequeno, desde antes de aprender a ler. Uma vez Pops me deu um telescópio, no tempo em que ele até podia comprar um telescópio. Eu mal me lembro de como era, foi há tanto tempo. Eu não uso o telescópio há anos, desde aquela noite com Leigh Forney na praia. É a última coisa que quero ver, meus sonhos indo embora para o espaço em meio a nuvens de poeira interestelar e nebulosas.

Foi o que eu sempre pensei que faria quando crescesse, trabalhar como astrônomo ou, se isso não fosse possível, como engenheiro aeroespacial. Projetaria naves espaciais e aviões. Estudaria o universo, encontraria vida em algum lugar lá fora, confirmando o que eu já sabia: não estamos sós. Não trabalharia para Priddy em tempo integral limpando mesas. Eu nunca imaginei que estaria fazendo isso. Há uma carta em algum lugar em casa provando isso, uma bolsa integral para a Universidade de Michigan, que eu recusei dois dias depois que Pops bebeu tanto que teve que ser hospitalizado, em coma alcoólico. E ainda estamos pagando por aquela visita, claro, um parcelamento sem juros que consegui negociar com o departamento de cobrança do hospital.

Olho para as lombadas dos livros à distância, alinhados nas estantes, enquanto a senhora Hackett diz:

— Eu não tenho visto você por aqui.

— Estive ocupado — respondo.

— Você está trabalhando? — pergunta ela.

— Eu estou trabalhando — digo. E então aponto para aquela grande barriga redonda e pergunto: — Menino ou menina? — Qualquer coisa para pararmos de falar de mim e de como eu sou um grande desapontamento. E ela confirma que a bola de boliche dentro de sua túnica é, de fato, uma menina. Ela será Elodie. Elodie Marie Hackett.

Eu digo que gosto desse nome. Ela pergunta se quero tocar sua barriga, mas respondo que não.

Então vou embora, porque não consigo aguentar seu olhar de desapontamento.

Uma vez lá fora, refaço meus passos desde a biblioteca através da cidade, com a intenção de andar até a praia e dali seguir para casa, pelo mesmo caminho que sempre faço. São quase cinco horas, logo estará escuro. Pops deve estar com fome, perguntando-se onde eu estou e por que não estou preparando o jantar. Hoje teremos macarrão instantâneo ao sugo e uma lata de milho. Eu sou um perfeito *chef* de cozinha. Talvez eu até esquente umas salsichas em lata e sirva junto.

Mas então esse plano vai por água abaixo.

Estou descendo a Main Street, passando pela casa de Ingrid e pelo café, em direção à praia. Estou pensando em Pearl e se ela estará ou não lá para mais um mergulho ao entardecer – *esperando* que ela esteja lá, para desta vez poder retribuir o aceno em vez de praticamente cagar nas calças quando ela sorrir para mim –, quando ouço uma porta bater e parado ali, do lado de fora do chalé azul, está o doutor Joshua Giles.

Trancando o consultório para ir embora.

Ele está vestindo um casaco e luvas e segura uma pasta de couro em uma das mãos.

Seus pacientes já tinham vindo e ido, o dia terminou e o doutor Giles está voltando para casa. A rua está silenciosa. Quase todas as lojas já estão fechadas, apenas os carros sobem e descem a rua, devagar, parando em um cruzamento que não tem semáforo, mas sim uma placa na qual se lê: "Dê passagem". No outro quarteirão, uma mulher passeia com seu cachorro, uma coisinha parecida com um terrier que ela pega no colo para atravessar a rua, esperando a passagem de uma van. O céu começa a se encher de estrelas, primeiro Sirius, a estrela mais brilhante do céu noturno. Eu paro em uma esquina e fico olhando. Ao longe, o trem entra na cidade, enquanto o doutor Giles começa a andar para casa.

Tudo isso faz sentido.

O que não faz sentido é eu decidir segui-lo.

Meu bem,

Eu me esqueci de muitas coisas. Mas há muitas outras que vou me lembrar para sempre: sua voz, seu sorriso, seus olhos. O modo como você cheirava, a sensação da primeira vez que suas mãos tocaram as minhas.

Eu não pedi por você. Você deveria ter simplesmente ido embora, como eu pedi. Como eu disse para você fazer. Mas você não foi, e daí você estava lá, e eu não podia fazer nada.

Você ficou até que fosse eu que precisasse ir embora.

Às vezes me pergunto se você sequer se lembra de mim.

Você se lembra de mim?

Todo meu amor,

EV

QUINN

Há algumas lições valiosas que realmente lembro da minha mãe me ensinando. *Não esprema as espinhas, deixarão cicatrizes*, e *Passe fio dental, não vai querer perder os dentes antes dos trinta e cinco anos*. Foi isso que ela disse, citando cáries e gengivite como as causas da ruína dental. Havia também o fato do mau hálito e como ele espantava pretendentes bacanas, e eu não queria ser uma solteirona para sempre, não é? Era o que mamãe perguntava naquelas noites em que parava na porta do banheiro, em nossa casa suburbana de dois andares, insistindo para que eu passasse o fio dental. Eu tinha uns doze anos e ela já me via como uma solteirona morando sozinha com mil gatos.

Mas houve uma lição que se destacou das demais. Uma boa lição. Eu tinha quinze anos. Briguei com minha melhor amiga, que eu conhecia havia onze anos, Carrie, por algo bobo como um garoto. Eu estava decidida a convidar um atleta de futebol para o baile do ensino médio, mas ela o convidou antes que eu tivesse a chance.

— Bobeou, dançou — disse Carrie.

E foi nesse momento que resolvi que não seríamos mais amigas. O que eu queria fazer era gritar com ela, repreendê-la em público, começar uma briga detestável nos corredores lotados da escola, puxando os cabelos e despertando nossas garras felinas para arranharmos os olhos uma da outra, enquanto dezenas de adolescentes assistiam, escolhendo um lado e torcendo.

Mas minha mãe sabiamente avisou que isso não ajudaria em nada. Ela estava certa. Carrie era maior do que eu, para começar. Era alta, uma atleta, e ainda por cima jogadora de vôlei e basquete. Poderia acabar comigo se quisesse e então não me atrevi a lhe dar essa chance.

Em vez disso, minha mãe sugeriu que eu escrevesse cartas para a minha amiga-arqui-inimiga Carrie.

— Ponha seus sentimentos no papel. Diga como se sente — disse ela, com um lembrete: — Não envie as cartas. Não as entregue a ela. Guarde-as para si. Mas assim que desabafar seus sentimentos no papel, conseguirá superar. Pensará sobre as suas emoções. Chegará a uma conclusão.

E ela estava certa. Escrevi as cartas, broncas enormes escritas no papel roxo do caderno com minha caneta gel preferida. E naquelas cartas eu reprimi o ato de vingança. Critiquei-a enfurecidamente e a espanquei verbalmente. Xinguei-a. Disse que a odiava. Disse que queria que morresse.

Mas nunca entreguei as cartas. Eu as escrevi e joguei fora. E no final, eu me senti melhor. Superei. E também encontrei novos amigos, mas não tão queridos quanto Carrie havia sido.

Até o dia em que conheci Esther. Sentada lá naquele dia, no chão do quarto dela, comendo minha pizza, com a muçarela escorrendo pelo queixo, tive certeza de uma coisa: era por isso que Esther escrevia cartas para *Meu bem*. Foi essa a intenção: colocar suas emoções por escrito, para sentir-se melhor, encontrar um desfecho com esse homem infiel que partiu seu coração.

As cartas nunca foram escritas para serem lidas.

Após procurar em mais algumas gavetas, em uma ou duas caixas de sapato no armário esfarrapado e debaixo da cama, desisto. Não encontrarei mais respostas aqui, nenhuma outra além dos contatos, das informações sobre perda e luto, da foto de passaporte, do formulário para troca de nome, tudo que suscita muito mais perguntas do que respostas – especificamente, quem é Esther, na *verdade*?

Sinto-me frustrada, para dizer o mínimo. Faço suposições: Esther, também conhecida como Jane, pegou seu passaporte e saiu do país, ou talvez, Esther, também conhecida como Jane, esteja sentada em algum lugar, tão afligida pelo sofrimento que não consegue voltar para casa. Eu não sei mesmo, mas me deixa triste pensar que ela estava mal e eu não sabia. Então encontro o cartão de visitas e disco o número gravado em relevo na superfície, o do psicólogo. Toca cinco vezes, mas ninguém atende e a ligação cai na secretária eletrônica, na qual deixo uma mensagem descrevendo minha preocupação:

— Minha colega de apartamento, Esther Vaughan, está desaparecida — digo a ele, e explico que encontrei seu cartão nas coisas dela. Pergunto se ele saberia onde ela está.

Eu imploro, na verdade, esperando, imaginando se Esther pode ter revelado a ele lugares que gosta de ir para se esconder, ou se planejou ou não sair do país sem levar o celular. Talvez tenha contado as razões pelas quais decidiu colocar um anúncio para outra colega de apartamento no *Reader*, ou por que quer me trocar pela Meg de Portage Park. Talvez ele saiba. Talvez Esther tenha se sentado em uma sala mal-iluminada em frente ao homem e confessado que eu era uma péssima colega de apartamento. Que não pagava a minha parte do aluguel, que não cozinhava. Que comi o endro dela. E talvez ele a tenha encorajado, como um bom psicólogo faria, a cortar relações comigo, e rápido. A me colocar na rua. A se preparar para ir embora imediatamente. No caso de o meu abuso ultrapassar o limite da preguiça e do descuido. A não me deixar mais tirar vantagem dela.

Talvez a culpa por eu estar nessa situação difícil seja dele. Ou talvez minha.

Mas então outra questão me atinge: ele sabe mesmo quem é Esther? Talvez seja Jane para ele. E então também digo isso ao telefone. Conto que minha colega também atende pelo pseudônimo de Jane Girard – enquanto olho para a petição para a troca do nome e percebo como isso é completamente estranho, admitir para outra pessoa que eu não sabia que minha colega de apartamento tem outra vida que não conheço. E por incrível que pareça, em uma secretária eletrônica. Eu me belisco. *Acorde!*

Mas não acordo. Acontece que já estou desperta.

Aperto o "encerrar" no telefone, zangada pelas tantas questões que formulei – muitas – e quantas respostas encontrei: nenhuma.

Penso e penso. Onde mais poderia procurar pistas? Ligo para Ben para saber se ele teve alguma sorte no rastreio da família dela, mas de novo ele não me atende. Maldita Priya tirando a atenção de Ben da tarefa que ele tem em mãos. Deixo uma mensagem, e, enquanto falo, meus olhos desviam para uma foto minha e dela espetada na parede – Esther e eu posando para uma *selfie* diante da árvore de Natal artificial. Vendo a foto, minha cabeça começa a pensar naquele depósito onde encontramos essa árvore, naquele dia de inverno em que a arrastamos pela neve. O que mais Esther esconde lá? Não que eu tenha a chave do depósito, mas, ainda assim, eu me pergunto se seria capaz de persuadir um funcionário a me deixar entrar. Duvido. É o tipo de coisa que ela faria, não eu. Não sou o tipo de pessoa capaz de convencer alguém com meus olhos brilhantes e sorriso encantador, o que é perfeitamente possível para Esther.

Naquela noite, antes de ir para a cama, junto a coleção de pistas que encontrei e me sento em frente às janelas curvadas da sala de estar, passando por uma de cada vez, relendo as cartas para *Meu bem*, familiarizando-me com o processo de luto, correndo meus dedos pelo nome em relevo no cartão do psicólogo. Está escuro lá fora, as luzes da cidade parecem milhões de estrelas douradas brilhantes. O número de vizinhos que têm cortinas fechadas é insignificante; eles, como eu, estão sentados em salas completamente iluminadas que todos lá fora podem ver.

É parte integrante da vida urbana, aprendi, manter as cortinas escancaradas para deixar entrar as luzes superabundantes da cidade, mas também os olhos bisbilhoteiros dos vizinhos. Minha mãe, em sua casa suburbana, nunca teria escolhido isso. Cortinas e persianas ficavam fechadas ao primeiro sinal do crepúsculo, assim que as estrelas e planetas ficassem visíveis a olho nu e o sol começasse a desaparecer. Eu olho pela janela e admiro tudo: as luzes dos prédios, as estrelas, os planetas, as luzes piscantes das asas de um avião voando silenciosamente a trinta mil pés. Lá de cima, imagino o que os passageiros veem. Será que podem me ver?

E então meus olhos se voltam para a rua e espio uma figura solitária nas sombras da avenida Farragut, olhando pela janela, para mim. Uma mulher, acredito, com mechas de cabelo que tremulam ao redor da cabeça como uma dúzia de borboletas batendo suas asas frágeis. Ao menos é o que penso que vejo, embora seja noite e eu não consiga ver direito.

Ainda assim, aquele vulto não me deixa nem um pouco assustada nem causa arrepios, ele me dá alguma esperança. Esther? A forma está longe o bastante das luzes da rua para ser discreta, invisível, para se esconder. Mas há alguém ali.

Por favor, que seja Esther, imploro em silêncio. Ela está em casa; voltou para casa. Ou ao menos perto de casa, embora não esteja convencida de que deva entrar. Preciso convencê-la a fazer isso. Eu me levanto rápido, sentindo-me como um peixe no aquário, sabendo que quem quer que esteja lá fora pode me ver claramente e por isso aceno. Não estou assustada.

Procuro sinais de movimento, esperançosa e desejando que o vulto solitário acene ou ao menos faça menção de um movimento, mas não. Não há nada. Não a princípio. Mas então, lá está. Um aceno, pequeno, mas ainda um aceno. Tenho certeza disso. Ou acho que tenho.

Esther?

Jogo longe o que está em minhas mãos, corro pela porta do apartamento e desço três lances desalinhados de escada antes de ter a chance de sair. Se é ela, preciso convencê-la a ficar. Eu corro. *Fique*, penso, *Não vá*. Escorrego mais de uma vez, meus sapatos perdem tração no chão enquanto corro o mais rápido que já corri em toda a minha vida. Quase caio, agarrando a calçada para me apoiar e me endireitar antes de a minha bunda atingir o chão. Saio voando da entrada para a rua quieta, desço os degraus e atravesso para o meio da rua sem olhar para os lados.

— Esther — chamo duas vezes, na primeira forçando um sussurro, para não acordar os vizinhos, e na segunda, um grito. Mas não há resposta. Disparo pela rua, para a vastidão enegrecida onde há trinta segundos vi um vulto – ou pensei que vi um vulto, ainda que, agora, não tenha tanta certeza –, mas não há ninguém lá. Apenas carros estacionados, uma fila de prédios residenciais baixos, uma rua vazia. Olho para todos os lados, mas não há sinal de vida. Nada. A rua está deserta. O que eu vi, ou penso que vi, já se foi. Esther não está aqui. Viro-me triste na direção do meu prédio de quatro andares, mas não vou direto para casa. Em vez disso, perambulo pelas ruas de Andersonville, pelos lugares que nós gostamos de ir, procurando por ela. Nossos restaurantes preferidos, nossa cafeteria favorita, as elegantes lojinhas de presentes e butiques enfileiradas nas ruas

Clark e Berwyn, pondo as mãos ao redor dos olhos para espiar e ver se a encontro, mas Esther não está em nenhum desses lugares.

Passo por um teatro na Clark, onde uma sátira está em cartaz. Esther estava morrendo de vontade de ver, mas me recusei a acompanhá-la.

— Gosto dos meus espetáculos com som estéreo e pipoca — disse para Esther naquela ocasião, há semanas, quando perguntou se eu iria à peça com ela. — Muita pipoca — disse eu, falando sem parar sobre como peças de teatro são chatas.

Agora gostaria de ter calado a boca e ido com ela.

Um grupo de artistas urbanos desce os degraus do teatro e eu rapidamente abro uma foto da Esther no meu celular e empurro o aparelho na mão de um homem.

— Você a viu? — pergunto com mãos trêmulas. — Ela estava lá dentro?

O homem balança a cabeça e devolve o celular. Ele não viu Esther e olho com tristeza enquanto ele e seus amigos arrogantes me dão as costas e se afastam, felizes e rindo, falando sobre como a peça foi ótima, hilária.

Tomo o meu caminho para cima e para baixo pelas ruas silenciosas da cidade, observando-as enquanto se esvaziam devagar conforme a noite se aproxima, passos ecoando em todas as direções obscuras. Caminho até a igreja católica onde Esther canta no coral, uma enorme estrutura neogótica cujas portas, mesmo a essa hora, permanecem abertas. Puxo a maçaneta enegrecida e entro, chamando por ela, baixinho e sem esperanças.

— Esther — chio, movendo-me furtivamente dois passos à frente, sabendo que era aqui que ela deveria estar, onde *pretendia* estar, quando não estava dormindo em sua cama.

Mas a igreja está vazia e as únicas palavras que retornam são as minhas, o meu apelo desesperado por Esther ecoando nas paredes com painéis de madeira. Ela não está aqui. Conforme a noite cai, sei que terei de voltar sozinha ao nosso apartamento, sem ela ao meu lado, e que, quando chegar lá, Esther não estará esperando por mim. Não hoje, embora me conforte pensar que talvez ela venha para casa amanhã. Amanhã serão quarenta e oito horas desde que ela sumiu, como a telefonista do 311 me disse. Geralmente as pessoas voltam para casa em quarenta e oito horas. Amanhã então, digo para mim mesma. Amanhã Esther virá para casa. Talvez.

À noite, não consigo dormir. Movida pela insônia, entro sorrateira no quarto de Esther e acendo uma luz. Por qualquer razão, meus pés me levam para a fragmentadora de papel. Removo a tampa e jogo o seu conteúdo no chão de madeira, então me afasto para ver a bagunça. Algumas das fitas são papéis brancos convencionais, enquanto outras são papéis coloridos, verdes e azuis. Amarelos. Alguns são pesados, como cartolina, e outros esparsos e leves, como recibos. Mas são as fitas brilhantes de papel fotográfico que chamam os meus olhos enquanto corro os dedos pela superfície lisa e lustrosa, imaginando de quem seria a foto, assumindo que é uma foto. Começo a separar as tiras de papel fotográfico do resto, fazendo uma pilha no chão.

Quanto tempo levaria para separar as fitas de papel e juntá-las outra vez? Seria mesmo possível? Não sei, mas garanto que vou tentar.

ALEX

Ele anda em um ritmo anormal. Seus passos são curtos, o peso de seu corpo apoiado mais em seus calcanhares do que nas solas ou dedos dos pés. Não é muito evidente, mas é impossível não notar enquanto eu sigo o doutor Giles a uns bons vinte passos de distância, para evitar ser descoberto. É provável que eu também ande em um ritmo anormal enquanto me esgueiro rua abaixo, tratando de me esconder atrás de grandes carvalhos gordos sempre que ele ameaça parar ou se virar. Eu seguro meu celular na mão, digitando a esmo, para poder me fingir de morto caso ele se vire e me veja. Mas deixo o telefone em modo "Vibrar" para evitar que faça barulho caso alguém me ligue.

O doutor Giles não planejava ir caminhando para casa. Ele planejava dirigir seu carro, um sedan comum estacionado junto ao meio-fio em frente ao chalé onde ele atende seus pacientes. Apesar de muita gente andar a pé ou de bicicleta por aqui, mesmo quando a temperatura cai abaixo de cinco graus, não foi essa a razão pela qual o doutor foi andando para casa. A razão? Furos no pneu de seu carro, que o fizeram murchar. Eu observei da rua quando ele passou a mão sobre os talhos, olhando desanimado para o pneu vazio. Talvez um vazamento lento causado por um prego ou uma pedra. Ou talvez alguém tenha furado o pneu. Quem sabe?

Então ele se virou e foi andando para casa, deixando o carro para trás.

O doutor Joshua Giles é um homem charmoso. Eu estaria mentindo se dissesse que não notei. Não que seja a minha praia, mas ele de fato *é*. Ele é charmoso e sabe disso, também. Essa é a pior parte. É o que me deixa louco. Ele é alto, um e oitenta e cinco, talvez um e noventa. Cabelos e olhos escuros, do tipo que as mulheres parecem gostar. Ele usa uns óculos modernos, grossos, com uma armação preta que esconde seus olhos bondosos. Eu me pergunto se aqueles olhos são naturais ou se são alguma coisa que você aprende na escola de tratar de maluco. Ter olhos bondosos. Um sorriso simpático. Um aceno de cabeça rítmico e calculado. Um aperto de mão firme. Eu acho que é tudo uma fraude.

O doutor Giles se veste bem. Enquanto eu estou usando um jeans rasgado e um moletom de capuz cinza-chumbo todo puído na bainha, sem o cordão de apertar, ele veste uma calça verde-oliva vistosa, do tipo que pais de família usam. Não meu pai, os pais de outras pessoas. Pais com emprego. Eu não sei o que tem debaixo do casaco preto, mas, seja o que for, tenho certeza de que é elegante. E tem também a pasta de couro que balança em sua mão, por todo o caminho através da cidade até o bairro onde vivem os burgueses, os ricos, em casas históricas, antigas, mas reformadas – casas no estilo Tudor ou no estilo americano do final do século XIX –, que Pops e eu não poderíamos pagar. Todo mundo sabe onde vivem os ricos, escondidos atrás de suas cercas de metal decoradas e de seus vastos jardins. É uma caminhada curta, de uns quatrocentos metros, desde a Main Street, na direção contrária à da minha casa, circundando o lago Michigan por um pequeno penhasco. Do alto da colina, essas casas têm vista para o centro, para a periferia da cidade, para o lago.

Já escureceu quando chegamos. Carros passam por nós, voltando lentamente do trabalho para casa. Seus faróis estão ligados, iluminando o caminho. Em certo ponto um celular toca – o dele, não o meu – e eu fico paralisado no lugar, como um esquilo, sem mover um dedo. O vento passa através de mim em vez de me contornar; invade o interior do meu corpo, fazendo que tudo, até meu fígado e minha bexiga, esfriem.

— Oi — diz ele, parando na rua, atendendo ao celular. Sua voz gentil diz à pessoa do outro lado da linha que em breve estará em casa. Ele ficou preso no trabalho, está atrasado. Ele não menciona o pneu do carro. Suas palavras soam estranhas e ocas no vazio noturno da rua, sua voz ecoando no concreto e nas árvores. A chamada é curta e doce, cheia de *querida* e *amor*. Sua esposa. E então eles se despedem e ele termina a chamada.

Ele anda rápido, o som de seus pés reverberando passos consistentes sobre a calçada. Eu ando rápido, mas meus passos são silenciosos. Ele pula uma rachadura na rua estreita. Eu também. Em determinado momento, o doutor Giles para e se vira, como se soubesse que está sendo seguido e eu rapidamente pulo para a rua e me agacho atrás de um carro estacionado. Me sinto um idiota, mas me escondo mesmo assim, esperando, prendendo a respiração, até que o doutor desiste e continua seu caminho.

O portão range quando o doutor Giles o empurra e passa pela cerca, subindo um longo caminho até a porta. Eu fico do outro lado da rua, escondido atrás de um carro estacionado, um Nissan preto caindo aos pedaços que certamente não combina com esta rua. Não tenho ideia do que devo fazer ou ver aqui, ou por que eu o segui até em casa. O que eu esperava ganhar com isso? Não sei. Mas pelo menos agora sei onde ele mora, em uma casa estilo Cotswood, que na verdade deveria estar em um vilarejo inglês e não aqui em nossa cidadezinha insignificante em Michigan. Ele passa por uma soleira em arco e ela aparece ali, na janelinha da soleira, a mulher dele. Ela corre até ele com passinhos curtos e precisos, e ele a recebe em seus braços, beijando-a com aquela naturalidade que marido e mulher algumas vezes compartilham, um domínio sobre os movimentos das mãos e dos lábios, sobre a direção em que cada cabeça se inclina quando eles se beijam, sobre quanto tempo eles têm antes que os anjinhos apareçam. E então, no mesmo instante, eles aparecem, dois pirralhos em volta de seus pés, com os braços erguidos, implorando para serem pegos no colo. E é isso que o doutor Giles faz, ele os pega, um de cada vez, primeiro o maior e depois o menor. A cena toda é para mim algo de que não tenho consciência. Ou compreensão. Ou conhecimento. É tão estranho quanto uma língua estrangeira, a imagem de uma família nuclear feliz – uma mãe, um pai, duas crianças e, sem dúvida, um cachorro. É tão oposto à minha família quanto preto é o oposto de branco. Um mundo de distância.

Minha infância foi muito diferente. Minha mãe e Pops nunca brigavam; em vez disso, foi o silêncio que acabou com eles. O fato de eles poderem passar dias ocupando o mesmo espaço, respirando o mesmo oxigênio e o mesmo gás carbônico, sem nunca falarem um com o outro, apenas se movendo em suas esferas silenciosas e isoladas, uma para mamãe, outra para Pops e eu.

Por outro lado, ao contrário do doutor Giles e de sua esposa, eu duvido que Pops e minha mãe estivessem apaixonados. Bem, um deles não estava, de qualquer maneira, enquanto o outro estava cego de paixão.

A mulher dele é bonita, mas daquele jeito excessivamente arrumado que não me atrai em nada. Mesmo à distância, consigo perceber que ela está maquiada demais e tem modelador demais em seus cabelos alinhados. Mais um pouco e eu acharia que ela é uma celebridade, mas parece mais uma esposa se esforçando além da conta para estar bonita para o marido quando ele chega em casa. Talvez isso não seja tão ruim. Ela se aproxima dele, as mãos do doutor descendo para a cintura da esposa, as dela apoiadas no ombro dele. Por um segundo eu acho que ali mesmo, na grande janela frontal, na frente de todo mundo, eles vão começar a dançar.

Não ouço os pirralhos, mas os vejo pela janela. Vejo os imensos sorrisos em seu rosto quando eles riem, olhando o pai e a mãe se abraçarem, e por alguma razão estranha isso me deixa irritado. Inveja, é o que é. Estou com inveja.

Eles não sabem que eu estou observando. E se soubessem, se importariam? Parece que não. Mas chega, já vi o suficiente. Eu não preciso mais ficar assistindo a isso.

Quando me levanto e me viro para voltar, eu tenho quase certeza de ouvir alguma coisa – um miado, um balido, um gemido. Um choro. Eu sei lá. Algum tipo de barulho ecoando rua acima e rua abaixo, através das árvores.

— Olá? — chamo, mas ninguém responde. Só o farfalhar das folhas nas árvores. — Tem alguém aí? — pergunto, mais uma vez me sentido um covarde, meu coração disparando e minha cabeça girando. Está escuro aqui, uma escuridão quase completa, o brilho das luzes das varandas mal chegam até o meio da rua onde estou. O vento volta a soprar e eu tremo, como se um terremoto me percorresse dos pés à cabeça.

Tem alguém aí? Tem *alguma coisa* aí? Não que eu veja. Tudo o que consigo enxergar são casas e árvores, casas e árvores. Um carro passa e seus faróis iluminam a cena. Eu sigo a trilha iluminada que se forma e desaparece, mas, ainda assim, não vejo nada.

Mas daí ouço o mesmo som novamente.

— Olá?

Nada.

É um esquilo, penso. Um roedor, um guaxinim. Um pássaro em seu ninho em uma árvore. Lixo na rua. Algum detrito. Um falcão, uma coruja. Os últimos grilos que ainda não foram mortos pelo frio cantando em seu próprio funeral.

Ainda assim, apesar de tudo isso soar muito racional na minha cabeça, sou tomado pela estranha sensação de que não estou sozinho.

Enquanto faço o caminho de volta, percebo uma coisa: alguém está aqui comigo, seguindo cada um dos meus passos.

TERÇA-FEIRA

QUINN

Acordo cedo na manhã seguinte e passo alguns minutos juntando as peças do meu quebra-cabeça no chão do quarto de Esther. Estou fazendo progresso, ainda que modesto, apenas tiras com os tons azulados do céu e nada mais. O restante da imagem permanece em uma pilha desorganizada no chão. Tomo um banho e me visto para o trabalho. Ben liga cedo para ver se tive algum sinal de Esther e digo com tristeza que não. Ele também não teve sorte alguma em sua busca.

Antes de sair, apanho algum dinheiro dela e do envelope identificado como "Aluguel" na gaveta da cozinha, uma nota de vinte dólares e algumas de um. Está vazio agora – o envelope – graças a isso e à minha compra no Jimmy John, e daí piso no pedal da lixeira, pronta para jogá-lo fora.

E é então que vejo os comprovantes de caixa eletrônico enfiados na lixeira. Em um dia normal, aquilo não chamaria a minha atenção – não sou dessas que reviram lixeiras –, mas eu vejo o logotipo do banco dela e imediatamente sei que não são meus. São os comprovantes de Esther. Coloco minha mão lá dentro, passando longe do guardanapo sujo com respingos de ketchup sob o qual os comprovantes estão escondidos. Eu os puxo, três deles, três comprovantes datados de quinta-feira, de sexta-feira e de sábado, cada um deles registrando um saque de quinhentos dólares. São mil e quinhentas pratas. Mil e quinhentos dólares. Uma bela grana, com certeza.

Por que será que Esther precisaria de mil e quinhentos dólares, sacados ao longo de três dias? Não tenho certeza, mas daiquiris de morango em Punta Cana passam pela minha cabeça. Parece um bom lugar para Jane Girard tirar férias. Parece um bom lugar para *eu* tirar férias, mas duvido que em minha vida chegarei um dia a Punta Cana. Quinhentos dólares é o limite de saque para a maioria dos bancos, não que eu seja especialista, nem tenho quinhentos dólares no meu nome. Tudo que ganho no meu trabalho é entregue a Esther na hora para cobrir os gastos e o aluguel, deixando apenas uns trocados para uma eventual noite fora ou um novo par de sapatos.

O que ela está fazendo andando por aí com mil e quinhentos dólares enfiados na bolsa?, eu me pergunto. Mas não posso pensar sobre isso no momento. Agora mesmo, há outras coisas na minha cabeça.

Estou a ponto de sair quando abro a porta e ali, de pé do outro lado, está o cara que cuida da manutenção do prédio, John, que tem, tipo, oitenta anos e usa macacão azul-marinho, embora não seja necessário usar macacão para trocar uma lâmpada ocasional ou batalhar contra uma colônia de formigas carpinteiras. A mão dele está erguida, prestes a bater na porta. Ao lado do pé dele há uma caixa de ferramentas, e em suas mãos toda uma variedade delas, algumas que reconheço, outras não, uma maçaneta novinha e, ainda por cima, uma fechadura de segurança.

— O que é tudo isso? — pergunto, olhando para a fechadura de segurança enquanto ele rompe a embalagem de plástico e a tira do pacote.

Por mais que não goste da senhora Budny, gosto do John. Ele é como um avô, como o meu avô que morreu quando eu tinha seis anos, com seu tufo de cabelo branco, óculos de armação de metal e sorriso de dentadura.

— Você pediu uma nova fechadura — diz para mim, e é ríspido o jeito como respondo:

— Não, eu não pedi. — Apesar de não ter sido minha intenção soar rude. Gosto demais dele para ser resmungona.

A resposta de John também é imediata:

— Bem, então deve ter sido a outra — diz, movendo a mão esquerda em torno do rosto, para cima e para baixo. — A do cabelo.

Sei no mesmo instante o que ele quer dizer. Refere-se ao cabelo da Esther, diferente e chamativo, inconfundível, digno de nota. No dia em que meus pais carregaram uma van de mudança e ajudaram a transportar minhas vinte e nove caixas de papelão e eu para o apartamento, ficaram consternados com o cabelo dela, para dizer o mínimo. Ficaram chocados. Na América suburbana, as pessoas têm cabelos loiros, castanhos ou ruivos, mas nunca uma combinação estranha de dois ou três. Mas Esther tinha essa combinação na cabeça, a cor de cabelo fragmentada que mudava como pinceladas, marrom para café com leite, amarelo-tostado para areia. Minha mãe me puxou de lado pelo braço e implorou:

— Tem certeza de que quer fazer isso? Não é tarde demais para mudar de ideia — e mantinha um olho em Esther o tempo todo.

Eu tinha certeza, queria fazer isso. Mas agora, é claro, imagino se deveria ter sido um pouco mais sensata, ter menos certeza.

Pergunto novamente a John se Esther pediu que trocasse a fechadura e ele diz que sim, tinha certeza. Até me mostra a papelada para provar, um pedido da senhora Budny para mudar as fechaduras na unidade 304. A data da requisição é de três dias atrás. Há três dias Esther pegou o telefone e ligou para o escritório da senhora Budny para pedir a troca de nossas fechaduras.

Por que, Esther, por quê?

Mas não tenho que pensar muito. A resposta aparece antes que John ligue a parafusadeira e comece a retirar a velha fechadura da porta de aço. Fui uma má colega de apartamento e Esther me quer fora dali. Quer me substituir por Megan ou *Meg*, de Portage Park, ou alguém desse tipo. Alguém que pague o aluguel em dia, que ajude no financiamento dos eletrodomésticos, que não deixe as luzes acesas o tempo todo, que não fale enquanto dorme.

Antes de sair, tiro uma chave sobressalente da mão estendida de John. Tenho certeza de que isso não estava nos planos dela. Então, tomo um táxi até Lincoln Square e me dirijo à delegacia local, um prédio de tijolos claros que se estende por todo o quarteirão, cercado de bandeiras e carros de polícia estacionados, os Crown Victoria brancos com suas letras vermelhas e uma listra azul do lado. "Nós servimos e protegemos", dizem as letras.

Não sei se deveria estar aqui, entretanto, estou.

Fico fora do prédio por uns bons dez minutos ou mais, imaginando se realmente quero colocar os pés em uma delegacia. Esther está desaparecida, sim, talvez. Mas talvez não. Eu poderia esperar, dar mais alguns dias para ver se ela volta para casa. A telefonista do 311 disse-me mais ou menos, enfim, que não havia muito que o Departamento de Polícia pudesse fazer, se eu registrasse ou não a ocorrência. *As pessoas são livres para ir embora se quiserem*, foi o que ela disse. Não há nada de ilegal nisso. Além de colocar o nome da Esther em algum tipo de banco de dados, eu não tinha certeza de que havia muito que pudessem fazer.

Mas e se registrar uma ocorrência ajudar a trazê-la para casa? Então vale muito a pena.

Por outro lado, e se Esther não quiser que eu registre uma ocorrência? E se ela preferir que eu a deixe em paz? Então enfrento mesmo um belo dilema ali fora do prédio, com as costas contra os tijolos claros, pensando no que fazer: preencher ou não um BO de pessoas desaparecidas.

No final, eu o faço. Registro a ocorrência.

Sou encaminhada a um policial e respondo as perguntas básicas, incluindo uma descrição física de Esther e as peculiaridades de seu desaparecimento entre aspas. Sou escassa nos detalhes, deixando de lado muitas coisas que, penso, Esther não gostaria que fossem de conhecimento público, como o fato de ela vir se consultando com um psicólogo. Eu dou uma foto dela ao policial, uma que encontrei no meu celular, uma foto nossa na Midsommarfest da nossa vizinhança, um festival de rua, onde fomos ouvir música e nos empanturrar com espigas de milho amanteigadas enquanto, atrás de nós, o sol poente cintilava nos prédios, transformando o mundo em ouro. Pedimos para um cara que ia passando tirar a foto, algum cara que mal conseguia parar de babar por Esther enquanto tirava a foto. Esther tinha milho nos dentes, manteiga derretida no queixo e nas mãos, e ele, ainda assim, como eu, achou que ela estava bonita. Esther *é* bonita. Magnética, mesmo, o tipo de indivíduo que atrai as pessoas com seu cabelo singular e olhos heterocromáticos – sendo ou não falsos. Mas além do cabelo, dos olhos e da pele incrivelmente impecável, há sua bondade, a tendência a fazer as pessoas sentirem-se especiais sendo ou não comuns como... bem, comuns como eu.

Passo a foto para o policial, e até ele olha duas vezes e diz:

— Moça bonita.

E eu digo que ela é, e estou meio certa de que nós dois coramos.

O boletim de ocorrência será registrado. Esther não terá a mesma consideração que, digamos, uma criança de quatro anos desaparecida. Não sei o que esperar: uma equipe de buscas enfileirada na minha frente com uniformes laranjas e cães farejadores, viaturas, helicópteros, voluntários a cavalo perambulando pelas ruas de Chicago, estabelecendo perímetros com corda de proteção, gritando o nome dela ao mesmo tempo. Acho que era o que eu esperava, mas não é o que acontece. Em vez disso, ele me diz que eu poderia pendurar pôsteres, perguntar pela cidade, considerar contratar um investigador particular. O policial também diz, com expressão indiferente, que provavelmente terão de revistar nossa residência. Eu garanto a ele que a revistei: ela não está lá. O policial me dá um olhar parecido com o da minha irmã mais nova – como se ele fosse o Einstein e eu uma perfeita ignorante – e então novamente diz que alguém entrará em contato. Digo que tudo bem, antes de ir ao trabalho, em dúvida se fiz o certo ou se piorei ainda mais as coisas.

ALEX

A manhã seguinte começa como todos os outros dias: uma caminhada antes do amanhecer, bebendo um refrigerante, deixando Pops desmaiado no sofá quando saio para o trabalho. Vou pensando sobre os passos que me seguiram na noite passada, sem chegar a qualquer conclusão. Havia alguém lá – e se havia, quem? – ou foi apenas meu cérebro brincando comigo, minha imaginação me pregando uma peça? Não sei. No caminho já estou prevendo como será o dia no café e cada minuto dele me aterroriza, desde Priddy me dando uma bronca pelo atraso até eu pendurando meu casaco creme e começando a trabalhar, lavando montanhas de pratos deixados na pia pelos cozinheiros, a água tão quente que machuca minhas mãos. Red e Braid reclamando da pouca gorjeta. Pratos quebrados. Comida derramada. Oito horas me sentindo um fracassado.

Minha única esperança, enquanto me arrasto pelas margens inquietas do lago Michigan para ser recebido por Priddy, é que Pearl esteja lá, sentada perto da janela do café, com seus olhos novamente vigiando o consultório do doutor Giles. É a única coisa que me incentiva a seguir pela trilha monótona e repetitiva até o trabalho, na triste perspectiva de passar as próximas oito horas em pé, correndo pelo café, recolhendo os garfos e facas usados de outras pessoas com as minhas mãos. Lavando seus pratos. Limpando comida derrubada nas mesas e no chão. Dia após dia, sabendo lá no fundo que isso nunca terá fim.

Eu sigo pela margem do lago, passo pelo carrossel parado e tomo o caminho da cidade.

Há uma estação de trem na cidade, não muito longe da praia. Oitocentos, quinhentos metros, sei lá. Não sei dizer. Não sei a distância certa. Fica logo atrás do estacionamento de piso coberto de areia da praia. É pequena, só uma área de espera e um balcão de passagens, e uns poucos suportes de bicicleta que pela manhã, nesta época, estão todos vazios. Não tem nem um banheiro. O trem passa algumas vezes por dia, em uma das duas direções: para leste, no sentido de Grand Rapids, ou para oeste, rumo a Chicago. Hoje ele vai para o leste, o Pere Marquette para Grand Rapids, Michigan. Eu nunca estive lá.

A estação está em silêncio quando passo pelo meu caminho matinal diário até o trabalho, apenas alguns passageiros embarcam para a viagem de duas horas e meia. Um passageiro está desembarcando, chegando de Chicago. Os outros têm sacolas e pastas nas mãos. Alguns estão de mãos vazias, levam apenas uma bolsa pendurada no ombro ou a carteira no bolso do jeans. É uma viagem rápida em qualquer direção, se você quiser dá para fazer em um dia. Ir e voltar no mesmo dia.

E isso, ao que parece, é exatamente o que Pearl tem feito, pois neste momento a vejo descer os grandes degraus do Superliner e colocar os pés na cidade.

De novo.

Ela foi e voltou, e acho que sou o único que sabe disso.

Na verdade, isso também não me diz nada, só fico curioso para saber o motivo.

No café, eu espero a manhã inteira que ela apareça.

O dia é tranquilo no geral. O povo da manhã – um modo figurado de dizer, *povo* – é composto, em sua maioria, por idosos, pessoas que não precisam correr para o trabalho ou para a escola. Depois de um tempo eles desaparecem e são substituídos pelos motoristas de ônibus escolares do distrito, que, por sua vez, depois de um tempo, também desaparecem.

É aí que Pearl aparece.

Tudo se passa como da primeira vez que ela surgiu. Ela espera, em pé, por uma mesa, e então, quando chega sua vez, pede um lugar perto da janela, de onde pode vigiar e observar, tanto o consultório do doutor Giles do outro lado quanto os poucos pedestres que sobem e descem a rua.

Eu a observo desenrolar o cachecol do pescoço e tirar o gorro, colocando ambos em uma cadeira vazia à sua esquerda. Ela tira o casaco e o pendura no encosto de sua cadeira, e eu penso: *Não pare*, imaginando o modo como ela se despiu à margem do lago, ficando só de calcinha e sutiã. Mas claro que ela para. Quando Red chega, ela pede café, acomoda-se na cadeira e cruza as pernas na altura dos tornozelos, as botas Uggs molhadas como se ela tivesse passado o dia andando dentro da água no lago. Há areia nelas, areia molhada, presa no couro como carrapatos.

Red é uma garota grande, seus braços moles como massa de pão, uma massa branca como cal, que foi escondida do sol por uma toalha fina enquanto o fermento a fazia crescer. Sua voz, seus maneirismos, tudo nela é vulgar e grosseiro. E então há seu cheiro, alguma coisa entre o cheiro de pé, o cheiro de pé fedido e o cheiro de pé podre. Suas coxas se esfregam uma na outra quando ela anda, se sobrepondo.

Mas aí há Pearl, a antítese completa de Red, mesmo que ela seja doida. Ela é mais velha que eu, mas isso não importa muito hoje em dia. Cinco, talvez dez anos mais velha. O bastante para que ela tenha uma postura e uma delicadeza que nenhuma garota de dezoito anos tem.

Mas não tão velha a ponto de ser estranho que eu olhe para ela.

Quando Red aparece de novo, Pearl pede a comida. Sua voz é baixa, pouco mais do que um sussurro. Red se aproxima para perguntar o que ela disse. De onde estou, tento ignorar todos os outros barulhos para poder ouvir a voz sonolenta de Pearl acima do caos do café – o tilintar da caixa registradora, o abrir e fechar de uma porta, a música abafada vinda de um tocador de CD. Não que ela seja tímida. Não, não é isso. Parece mais um ato de diplomacia, uma sutileza, tato. Não gritar acima do barulho, pois isso seria vulgar.

Red desaparece para gritar o pedido para um dos cozinheiros – sua voz pastosa e grave, como a de alguém que fuma demais, o que, como Braid, ela faz, as duas se revezam lá fora em pausas alternadas para um cigarro

– enquanto Priddy me lança olhares raivosos, como que me mandando trabalhar. Veja quanta ironia. Isso é sexismo. Eu estou sendo assediado. Devia processar o café. Em vez disso, volto ao trabalho, limpando as mesas, colocando pratos e talheres na pia, onde eles ressoam, vidro contra vidro, prata contra prata.

O sol de novembro atravessa a janela, como ele normalmente faz mais ou menos na mesma hora todos os dias, o sol do meio-dia cruzando o meridiano em seu ponto mais alto e entrando em nosso espaço. Eu vejo os rostos plácidos dos fregueses começarem a brilhar, olhos piscando, mãos na cabeça como que batendo continência, cegados pelo sol.

Se não fosse o sol eu nem teria me aproximado da janela. Mas vou até lá, cruzando o salão para manejar as cordas das venezianas, abaixando-as apenas o suficiente para bloquear a luz, mas sem restringir a vista da rua de Pearl. Essa é a última coisa que quero fazer. Tirar sua vista. Eu sei o quanto ela gosta disso, olhar pela janela, monitorar o consultório do doutor Giles daqui.

É o aroma de seu xampu que sinto primeiro – ou loção, talvez modelador, como eu poderia saber? –, uma mistura de toranja e menta que desperta meu olfato. Verdade seja dita, o aroma também me deixa de pernas bambas. Eu não costumo desmaiar, mas desta vez acontece. Minhas mãos tremem, copos se batem na bandeja, tanto que eu a solto em uma mesa, para que nada se quebre. Será que ela poderia ser a mulher, aquela figura etérea, vivendo na periferia de meus sonhos? A que vem até mim à noite e implora, *Vamos...*

— Eu já vi você — diz ela quando eu me aproximo, suas palavras hesitantes e vagas, sem olhar para mim.

Ela está falando comigo? Eu olho em volta para ter certeza.

Só eu estou aqui.

Ela repete, de forma diferente, mas dizendo a mesma coisa:

— Eu vi você outro dia.

— Eu sei — digo, com a minha voz trêmula como um lâmpada que está prestes a apagar e morrer. Uma vozinha dentro da minha cabeça me lembra que eu sou um covarde. Um fracassado. Um bicha. O mais perto que já cheguei de uma mulher bonita foi nas revistas de garotas nuas que guardo em meu armário para que Pops não veja. Eu saí com exatamente três garotas na minha vida e nenhuma delas durou mais que duas semanas.

— Perto da praia — diz ela.

— Eu sei — respondo. — Eu também vi você.

É o melhor que consigo fazer.

Atrás de mim, ouço a mãe de um garotinho dizer a ele que se sente e coma. Eu me viro para ver. Quando ele se inclina sobre a mesa para tocar na mão dela, ela recolhe o braço rapidamente e diz:

— Não me toque. — É enfático, o modo como ela fala, um decreto que me lembra de minha própria mãe. *Não me toque, Alex*. Mas as palavras dessa mãe vêm com um adendo: — Suas mãos estão cobertas de calda — diz ela, dando um guardanapo para o garoto.

Minha mãe nunca me disse o motivo de não querer ser tocada por mim. Era simplesmente *Não me toque*.

— Você poderia ter dito oi — diz Pearl, fazendo com que eu abandone as lembranças de minha mãe.

Desta vez seus olhos me percorrem de cima a baixo, desde os tênis pretos, passando por minha calça barata, a camisa do uniforme até a gravata borboleta, enquanto eu penso: *O que eu posso responder*?. A lógica me aconselharia a perguntar por que ela estava nadando no lago gelado no meio de novembro, por que ela não estava de maiô, por que não tinha uma toalha de praia? Ela não conhece os riscos de hipotermia e de morrer congelada? Queimadura de frio?

Mas isso seria completamente idiota.

— Você tem um nome? — pergunto, em vez disso, tentando parecer calmo e ela diz, sem nunca olhar para mim:

— Tenho.

E então espero, ansioso, que ela me diga qual é o seu nome. Eu espero por tanto tempo que começo a listar possibilidades na cabeça: Mallory, Jennifer, Amanda.

Mas aí a comida dela chega – Red me empurra com o ombro para passar com o prato quente – e ela imediatamente começa a comer, olhando pela janela iluminada para os pedestres na rua, ignorando completamente o sol em seus olhos e também me ignorando, ali, em pé, a meio passo dela, esperando por um nome.

Ela tem um nome.

Mas ela não me diz qual é.

QUINN

No trabalho, descubro que não consigo me concentrar em nada além de Esther. Ela não sabe disso, mas ocupa todos os momentos livres do meu tempo. Meu telefone toca e a primeira coisa que me vem à cabeça é Esther. Será que é ela? Mas não, não é. Ouço meu nome ecoando pelo sistema de alto-falantes, pedindo que eu me dirija à recepção, para onde corro pelo piso de madeira brilhante da firma de advocacia, certa de que é Esther, de que ela está lá na mesa da recepção, esperando por mim. Mas, em vez dela, o que vejo é um advogado pomposo mandando entregar documentos no escritório de algum especialista para serem analisados. Eu faço o que tenho de fazer o mais rápido possível, com a minha cabeça ainda consumida por Esther, sentindo-me magoada e preocupada ao mesmo tempo. Pensamentos aleatórios aparecem na minha mente; o fato de que Esther está tentando se livrar de mim, uma traição às vezes obscurecida pelo sentimento inconfundível de que alguma coisa está errada, de que alguma coisa aconteceu a ela.

No minuto em que volto da minha incumbência para a empresa, procuro Ben e fico sabendo que ele também está estancado em sua missão. Embora tenha feito tentativas de rastrear um senhor ou senhora Vaughan, a busca foi em vão. Ben está sentado no seu cubículo quando chego por trás, surpreendendo-o em sua cadeira giratória. Ele coça a cabeça e suspira, perdendo as esperanças, como eu. Na tela do computador em frente há três palavras atormentadoras: *nenhum registro encontrado*.

— Nenhuma notícia da Esther? — pergunta.

Balanço a cabeça e digo:

— Nenhuma.

Não sou a única que acha impossível concentrar-se no tédio e na estupidez do trabalho. Não poderia dar menos importância neste momento para coisas como numeração Bates, produções de documentos e em qual prazo algum advogado afetado precisa que eu copie milhares de documentos. Tudo parece frívolo e mesquinho enquanto Esther está desaparecida.

Não sou a única sentindo-me frustrada pelo estranho rumo dos acontecimentos. Ben também se sente, e ali no seu cubículo desanimado lamentamos sobre como é impossível que nós nos concentremos no trabalho quando trabalho é o que está mais distante das nossas mentes. Fazemos um pacto para ir embora e às duas horas da tarde fingimos passar mal: intoxicação alimentar. Nós apalpamos a barriga e alegamos ter comido alguma comida estragada, podre, vencida. O *rosbife*, eu digo, e Ben culpa a salada de frango. Ameaçamos vomitar e é quase imediata a maneira com que dizem para irmos para casa. *Apenas vão*. E então, vamos.

Pegamos um táxi, que resolvo pagar porque Ben está indo até o meu apartamento em Andersonville para me ajudar a resolver esse mistério. Ele se oferece para dividir a corrida – é claro que ele faz isso, meu próprio príncipe encantado (ele só não sabe disso ainda) –, mas digo que não. O taxista nos arrasta pelas ruas de Chicago, fazendo com que deslizemos para lá e para cá no banco de couro rasgado. Ele deixa o Loop e pula na Lake Shore Drive, saindo na Foster. Olho o lago Michigan pela janela imunda do carro enquanto passamos por ele, a água azul, assim como o céu, mas isso não significa que um deles esteja quente, um pouquinho que seja. É um dia limpo, o tipo de dia em que se diz que é possível enxergar até Michigan do topo da Willis Tower. Eu não sei o que dá para ver, apenas o outro lado com ondas quebrando às margens de alguma cidade insignificante, suponho.

Lá fora faz frio, o vento está impiedoso, e mesmo tendo certeza de que isso não tem a ver com nosso clima tempestuoso, o apelido Windy City parece muito pertinente. O taxista atinge quase cem quilômetros por hora na Lake Shore Drive, e embora ambos estejamos assustados enquanto tudo ocorre, eu e Ben rimos no banco de trás. Parece errado rir. Quase. Esther pode estar realmente em perigo. Mas há um pouco de desespero, um pouco de agonia e tormento. Não é uma risada despreocupada.

Estou preocupada com Esther, é claro, e há uma parte minha até agora surpresa por todo o plano extravagante para me substituir. Muitas das pistas apontam para Esther: ela escreveu cartas assustadoras para *Meu bem*, colocou o anúncio no *Reader*, mudou o próprio nome, tirou uma foto para passaporte, pediu a troca das fechaduras da porta do nosso apartamento. Esther, Esther, Esther.

Então por que eu deveria me preocupar com ela, já que ela fez tudo isso? Além disso, se eu não rir, posso enlouquecer.

Quando descemos do táxi em frente ao meu pequeno bloco residencial da avenida Farragut, o vento chicoteia o meu cabelo, arrastando-o para o lado oposto de onde meus pés devem ir. É por instinto que agarro o braço de Ben e ele me endireita antes que eu o solte.

— Você está bem? — ele pergunta, e eu respondo:

— É, estou bem. Está ventando.

Mas ainda sinto o braço dele na minha pele. O que é que ele vê na Priya, afinal de contas? Por que não *eu* em vez *dela*? Mas não consigo pensar nisso agora.

Ben entra primeiro e eu o sigo bem perto, percorrendo os degraus de concreto, passando pelas portas brancas e pelo saguão vazio. Não há nada lá além de dezesseis caixas de correio e um capacho cinza imundo, sufocado em detritos e fuligem.

Bem-vindo, diz o capacho, mas ele está de cabeça para baixo, então só é possível ler quando se deixa o prédio.

Não tenho ideia do que Ben e eu planejamos fazer, ou como é que tentaremos encontrar Esther. Mas o que sei é que estou feliz da vida por ter alguém ao meu lado, alguém prático como Ben, alguém que pode me ajudar a analisar todas essas ideias sem sentido correndo soltas na minha mente. É também solitário e estou desesperada para que alguém, qualquer um, me faça companhia, pelo som de uma voz diferente das que vivem na minha cabeça. Mas mais do que tudo, estou feliz que seja Ben.

Recolho minha correspondência de uma das caixas de correio e continuamos subindo pelas escadas, Ben na frente, eu na retaguarda. Eu estaria mentindo se dissesse que não olhei a bunda dele. Na porta, eu me atrapalho com minhas chaves, quase esquecendo que a minha chave – a coisinha de cobre que tive por quase um ano – não encaixa mais na fechadura e pesco a nova em um dos meus bolsos, a que roubei das mãos envelhecidas do John da manutenção. Uma vez dentro do apartamento, fecho a porta com o pé, despejo o carregamento de correspondência no balcão e me afasto, pensando em coisa alguma, até Ben levantar um catálogo para que eu veja.

— Eu tenho que saber — pergunta —, qual das duas faz compras por este catálogo. Você ou Esther? — E há um sorriso no rosto dele, um sorriso debochado, mas de repente sinto-me confusa e irritada.

Já vi aquele catálogo antes. É comum na nossa caixa de correio, o tipo de coisa que mal chega e já vai para a lixeira reciclável, como o cardápio para viagem da delicatéssen onde eu e ela passamos mal. Por que continuamos recebendo esse catálogo? Na frente há uma mulher, com não mais de vinte anos, usando algum tipo de veste ocultista, uma túnica que seria bonitinha se não fosse enfeitada por caveiras e ossos cruzados, e sapatos de plataforma com ponteiras saindo por todos os lados. Há uma gargantilha no pescoço dela, de couro preto, tão apertada que é um milagre que ela não se engasgue.

Tiro o catálogo da mão de Ben e por algum motivo eu vou até a última página dele para tentar descobrir por que esse catálogo continua aparecendo na nossa correspondência. É de Esther? Ela era uma vampira em uma vida anterior? Uma gótica? Ela se vestia toda de preto e frequentava baladas por aí sob o pseudônimo de Raven, Tempest ou Drusilla? Será que Esther tinha uma fascinação estranha pela morte, um fetiche pelo sobrenatural? Eu não sei. Tenho esse sentimento incômodo de que não sei mais quem é Esther.

Mas em vez de ver o nome de Esther na etiqueta do endereço, conforme esperava, leio *Kelsey Bellamy ou residente atual do 1621 W. Avenida Farragut.*

Esse é o meu endereço, mas quem é Kelsey Bellamy?

Nunca perguntei a Esther sobre sua antiga colega de apartamento e ela nunca me contou coisa alguma. Era como se a pessoa não existisse, ainda que eu soubesse que sim, óbvio. Ela não estar mais ali era a razão do espaço vago, da necessidade de Esther preencher um quarto antes cheio de vida, mas repentinamente vazio. Algo então me ocorre, uma lembrança: o nome entalhado na porta do closet do meu quarto, o fragmento esquecido de uma foto carregando traços do cabelo de Esther, a que encontrei no closet do quarto desocupado assim que me mudei.

Apresso-me da sala para o meu quarto. Ben me segue, perguntando:

— Aonde você vai?

E lá no meu quarto, mostro a ele. Eu abro as portas do guarda-roupa embutido do closet e começo a retirar coisas ao acaso, atirando ao chão vestidos com cabides, afastando uma mala de rodinhas que nunca usei, presente de formatura dos meus pais no caso de eu ter o impulso de me *levantar e ir embora*. Agora tenho vontade de me levantar e ir embora. Mas para onde?

— O que você está procurando? — pergunta Ben, enquanto aponto trêmula para a sequência de seis letras entalhadas na parede de gesso, marcadas na parede texturizada com algum instrumento, um tipo de canivete. Há uma hora elas não significavam nada para mim, mas agora significam.

Kelsey.

É apenas diversão até que alguém se machuque.

Não é esse o ditado?

Não poderia ser mais oportuno.

Estamos sentados no meu apartamento, Ben no sofá cor-de-rosa, eu na poltrona xadrez preto e branco porque parece o certo a se fazer, a coisa *despretensiosa* a se fazer. Eu poderia ter me sentado ao lado dele, ele se sentou primeiro e deixou espaço. Mas isso, é claro, pareceria imprudente e ousado. E se depois que eu me sentasse ele se levantasse e procurasse outra poltrona? Não seria bom.

Não, dessa maneira estou no banco do motorista, no selim, no timão. Sou eu no controle. E de qualquer modo, do outro lado da mesa de centro de ferro a vista é melhor. *Para ver você melhor, meu querido.*

O cabelo castanho-claro de Ben tem um corte quadrado elegante, do tipo que o leva ao cabeleireiro a cada duas semanas para um retoque. O rosto dele assumiu aquele ar sério de quando está trabalhando, executando a tão importante tarefa de numeração Bates, assim como eu. Mas, em vez dos números, os dedos dele voam pelo teclado, e então ele olha para a tela. E então digita e olha, e olha e digita. Os pés sobem para a mesa de centro, já sem os sapatos de trabalho. As meias são pretas, de cano alto, puxadas quase até o joelho. Ele tirou a gravata e desabotoou um ou dois botões de uma camisa estilo oxford vintage. Não veste camiseta embaixo, a pele dele é bronzeada e parece macia.

Quero tocá-la.

E ele diz de maneira apavorante, mórbida:

— Isso é estranho... — Depois ergue os olhos até alcançar os meus, que já estão nele.

Lá fora, quase cinco da tarde. Logo nossos colegas vão para casa, fugindo do arranha-céu negro como ratos fogem de um barco afundando. O crepúsculo cai rapidamente pelas janelas do apartamento. O fim do dia. Eu me levanto da poltrona xadrez para acender uma luz, uma luminária de chão arqueada que preenche o espaço com um tom amarelo.

— O que é estranho? — pergunto, e Ben diz:

— Escuta isso. — Ele limpa a garganta e lê. — "Kelsey Bellamy, 25, de Chicago, Illinois, morreu na terça-feira dia 23 de setembro, no Hospital Metodista. Ela nasceu em 16 de fevereiro de 1989 e se mudou da casa dos pais em Winchester, Massachusetts, para Chicago, em 2012. Ela trabalhou como professora substituta na Escola Pública de Chicago por dois anos antes de sua morte. Kelsey deixa seu noivo, Nicholas Keller, seus pais, John e Shannon Bellamy, os irmãos Morgan e Emily, e incontáveis avós, tios, tias, primos e amigos. O velório será das quinze às vinte horas na sexta-feira, 26 de setembro, na funerária Palmer, em Winchester, Massachusetts. No lugar de flores, doações podem ser feitas para o Centro de Pesquisa e Educação em Alergia Alimentar."

Ele procura pela data do obituário: ano passado! Setembro do ano passado, poucas semanas antes de eu me mudar para cá com Esther. *Semanas!*

— Essa não! — digo, e penso, *Que triste*, mas também, *Que merda*.

— Você tem certeza de que é ela, é a *pessoa certa*? *Ela é* a Kelsey Bellamy que morava *aqui*? — e então penso, *Meu Deus!* Espero que ela não tenha morrido *aqui* e sou assombrada pela imagem de uma Kelsey Bellamy morta, bem ali no chão do meu quarto. Afasto a imagem da minha cabeça.

— Bom, não posso ter certeza — diz Ben —, mas ela é a única Kelsey Bellamy em toda Chicago que consigo encontrar. A idade parece certa, também. Não consigo imaginar Esther vivendo com alguém de sessenta anos.

— Não acredito que Esther não me contou isso — digo, mas o problema é que acredito. Há dois ou três dias eu teria dito *De jeito nenhum*, mas agora não posso ter certeza. Estou começando a descobrir que há muitas coisas sobre a vida de Esther que eu não sabia.

Esther, Jane, ou seja lá quem diabos seja.

— Como ela morreu? — pergunto.

— O obituário não informa — responde Ben —, mas estou achando que... — e a voz dele diminui, apenas para ser interrompida por: — Olhe aqui — enquanto ele se move no pequeno sofá do apartamento para me dar mais espaço.

Ben não precisa pedir duas vezes, ainda que eu fique levemente ofendida com o tanto de espaço que ele acredita ser necessário para a minha bunda. Ele está apontando para o tablet quando jogo a almofada no chão e deslizo ao seu lado. E ali no tablet há uma imagem de Kelsey Bellamy.

Ela é adorável. É o primeiro pensamento que passa pela minha cabeça. Embora não do tipo adorável de cabelos loiros e olhos azuis. Ela está mais para uma adorável gótica com cabelos muito pretos e olhos esfumados, por isso aquele catálogo chega para ela com regularidade. A pele dela é bem branca. É mais branca do que branca, como se tivesse sido empanada com talco – ou como se fosse, talvez, um fantasma, alguém que andasse morto por aí. Ela se veste como uma gótica, acho, mas com alguma feminilidade – uma saia lolita, uma blusa de babados, batom preto.

Tenho dificuldade em imaginá-la como professora substituta.

— Isso é estranho — digo —, é muito estranho.

— É mesmo, não é? — diz Ben, enquanto continua sua busca para ver o que mais consegue encontrar.

Enquanto estamos sentados ali – bem juntos naquele pequeno sofá, nossos joelhos a poucos centímetros um do outro, nossos olhos fixos na mesma rodinha da mesma tela enquanto o tablet trabalha, eu inspirando a colônia fresca e cítrica dele – encontramos a página dela no Facebook, onde amigos e família deixam mensagens tristes, dignas de lágrimas, sobre sua adorada filha, neta, sobrinha e amiga, com alegações de que a colega de apartamento dela foi a responsável por sua morte. *Um terrível acidente*, alguns dizem, mas outros chamam de negligência. Alguns alegam que ela deveria ser condenada por homicídio. *Ela* como Esther. *A colega de apartamento*, eles dizem. Dizem que Esther – minha Esther – fez isso. Matou Kelsey.

— Você não acha... — pergunta Ben, mas ele para pouco antes de terminar esse pensamento em voz alta.

Mas sim, eu acho. Eu penso exatamente o que ele está pensando, ainda que nenhum de nós diga em voz alta.

Nem consigo começar a descrever o que se passa pela minha cabeça.

E então há o meu estômago, tão pesado que quase chega aos meus pés.

De repente, acho que vou vomitar.

ALEX

No fim, é a curiosidade que me faz entrar naquela casa abandonada em frente à minha. Já está escuro, é noite quando eu caminho de volta para casa, após outro longo dia de trabalho, com meus pés e pernas pregados. Ao me aproximar da casa, vejo a luz piscando, a mesma que Pops e eu vimos na noite passada: *acesa, apagada*.

E é isso que me chama a atenção.

Um passarinho, sentado nas telhas retorcidas do telhado, canta uma melodia áspera e entrecortada, sua cabeça azul reluzindo na luz brilhante da Lua. Ele está lá, pousado no velho teto abaulado, com seus olhinhos negros olhando para a rua, para mim, e seu bico apontando na minha direção. Eu absorvo a cena inteira: o corpo brilhante do pássaro, a cabeça azul e lustrosa, sua cauda longa e fina, seus pés, marrons e torcidos como as mãos de uma velha.

A Lua, uma esfera perfeitamente redonda, está alta no céu noturno, enquanto algumas nuvens flutuam preguiçosamente.

Corro até em casa primeiro para pegar algumas ferramentas. À distância, examino a casa, tentando decidir pela melhor maneira de entrar. Eu quero saber quem está vivendo ali e se a pessoa é ou não, como Pops pensa, um invasor. Tenho comigo alguns doces que trouxe do café. Um croissant de chocolate, guardado no bolso. Quem quer que esteja morando ali pode estar apenas faminto.

Atravesso a rua e paro na calçada quebrada, lendo os nomes aos meus pés, nomes entalhados décadas atrás no concreto ainda úmido, a prova de que algum dia alguém viveu aqui. De que a casa não esteve sempre abandonada.

É a hora azul, aquele momento do dia no qual o mundo inteiro adquire um tom marinho, a casa abandonada se tornando azul também. Algumas das janelas foram lacradas com tábuas de madeira, então não servem de entrada. Não vou tentar arrancar as tábuas com as mãos nuas, uma vez que foram pregadas à moldura das janelas com pregos velhos e enferrujados, de forma que eu provavelmente morreria de tétano se tocasse os malditos pregos. Não quero me envolver com isso – os espasmos e contrações musculares, o risco de morrer –, então uso as ferramentas que peguei em casa, um removedor de pregos que costumava ser de Pops e um par de luvas de proteção industrial.

Calço as luvas e uso o arrancador de pregos para tirar os velhos pregos enferrujados de uma janela quebrada e lacrada – nos fundos da casa, onde é mais difícil que alguém me veja – e separo a tábua da moldura amarela. Jogo-a no chão. Então escalo a janela com a ajuda de um banquinho que também trouxe de casa, usando a ponta do removedor de pregos para extrair os pedaços de vidro remanescentes, e não me cortar. Está ficando escuro aqui fora – é difícil enxergar qualquer coisa –, mas quando estou entrando pela janela, a luz da Lua atinge os fundos da casa, e percebo que tive todo esse trabalho à toa: a menos de três metros há outra janela, tábuas removidas, vidros retirados. Invasores.

Lá dentro o teto está abaulado, com pedaços de reboco pendurados ou faltando, a estrutura da casa exposta. Está escuro do lado de dentro também, mas felizmente eu trouxe uma lanterna. Procuro o interruptor de luz na parede e me surpreendo – mas não me surpreendo – ao descobrir que a casa não tem eletricidade, provavelmente desligada há anos. Isso significa que quem quer que sejam os inquilinos ilegais acampados aqui, têm sua própria lanterna, a luz que eu e Pops vimos irradiando de uma janela aberta. *Acesa, apagada*. Uma lanterna ou uma lamparina. Talvez uma vela.

Uma vez dentro da casa, descubro que, quando os donos se foram, eles se foram às pressas. Eles não levaram quase nada. Ainda assim, os eletrodomésticos foram retirados e a mobília também se foi, coisa que alguém poderia vender e ganhar alguns trocados. O que ficou foram os enfeites e outras bugigangas, objetos com valor sentimental, mas não monetário. Um vaso, um tabuleiro de xadrez, um relógio morto, seus ponteiros apontando eternamente para oito horas e catorze minutos. Com o tempo, todos os serviços foram desligados por falta de pagamento; a água apenas quando os canos congelaram e explodiram. O banco tentou vender a casa em um leilão, mas não houve sequer um lance. Pelo custo, a demolição também não valia a pena, então a casa ficou aqui. Os vizinhos até cogitaram pôr fogo na coisa toda e vê-la queimar. Não seria uma ideia de todo ruim, na minha opinião. Mas ninguém queria mexer com o fantasma de Genevieve, algo que nem existe.

Há inscrições nas paredes. Pichações. Uma espécie de trepadeira cresceu casa adentro através das paredes rachadas. O jardim está uma bagunça, os arbustos sem poda ou cuidado praticamente cobrem a fachada da casa. No quintal, há árvores derrubadas por todo lado, os tocos remanescentes enegrecidos pela putrefação. Aqui dentro há estranhas lembranças de uma vida normal: uma pilha de tigelas de acrílico para cereal no armário, cobertas de teias de aranha e fezes de rato. Há pedaços de reboco pelo chão, onde o teto cedeu e caiu dentro da sala, expondo as telhas quebradas no telhado. Um céu noturno improvisado. A forração térmica cai pelas paredes, como a espuma de um bichinho de pelúcia rasgado.

O que espero encontrar enquanto percorro a casa abandonada na ponta dos pés é um invasor, talvez até mesmo uma pequena família de invasores amontoados sob cobertores no chão. Ou talvez um bando de vândalos adolescentes, fumando maconha em um lugar onde eles imaginam que ninguém os verá, ou algum mendigo de passagem pela cidade, em busca de um lugar mais quente e mais seco para dormir, sob um teto quase intacto.

Mas talvez eu não seja tão esperto como todo mundo imagina porque nem passa pela minha cabeça que eu possa encontrar Pearl parada na sala de estar daquela casa abandonada. Mas lá está ela. Eu vejo seu cabelo *ombré*, que cai em ondas por suas costas, suas bochechas tão vermelhas que parece que ela foi esbofeteada. Eu a vejo apertar aquelas bochechas com a ponta dos dedos, é claro que estão geladas. Mesmo aqui dentro, nesta casa sem aquecimento, as janelas quebradas deixando entrar a noite de outono, elas estão dormentes. Os olhos dela cintilam, começando a lacrimejar no ar frio de novembro. Seu nariz também cintila, enquanto lufadas de ar emergem de seus lábios rosados para a sala, lufadas esbranquiçadas, como nuvens.

E agora, parado em uma escuridão quase total, do lado de fora da janela aberta, aquele passarinho – o pássaro de cabeça azul – começa a cantar novamente, uma pequena elegia arrepiante, e uma Lua cheia e gorda brilha através dos cacos de vidro, e Pearl volta seu rosto para mim e sorri.

— Olá — diz ela. — Achei que você nunca viria.

— O que você está fazendo aqui? — pergunto, e ela diz, com a sua voz calma como a superfície de uma represa:

— O mesmo que você. — O tom de sua voz é poético, rítmico, e enquanto diz aquelas palavras, ela se vira em minha direção. — Bisbilhotando — completa Pearl, traçando uma linha na poeira acumulada sobre a lareira com o dedo indicador, que ela então examina antes de limpar a sujeira na perna da calça.

Está escuro na sala, não totalmente, mas bem escuro ainda assim, a luz da Lua cheia tentando encontrar alguma forma de nos alcançar com todas as suas forças. A Lua reluz atrás de nuvens espessas e sua luz pisca como a luz da lanterna na mão de Pearl, que acende e apaga enquanto ela aperta continuamente o botão de ligar. *Acesa, apagada*.

Eu penso em Pops, sentado sozinho na casa do outro lado da rua, vendo a luz piscar da janela. *Malditos invasores*, eu o escuto dizer. *Os malditos invasores estão morando lá de novo*.

Mas não, eu penso. Não são invasores. Pearl.

São coisas mutuamente excludentes, pelo menos para mim. Essa garota não pode ser uma invasora porque, bem, porque não. Ela merece mais que isso, mais que a sujeira, a poeira, a imundice. Ela merece mais.

Entro devagar na sala, sem saber direito o que dizer ou fazer. Eu sei que essa é a sala de estar, porque ainda há um sofá aqui, um sofá de estofado xadrez, e os restos do que um dia foi uma lareira, uma armação de ferro fundido cercada por uma moldura de mármore coberta de poeira, onde o dedo de Pearl fez um caminho parecido com o mapa de uma estrada.

No chão, aos pés dela, há um cobertor, todo furado e comido de traças, e uma almofada achatada, que acho que ela tirou do sofá, só um lugar para descansar a cabeça. O tecido é igual ao do sofá, o xadrez azul campestre que eu tenho dificuldade de acreditar que alguma vez esteve na moda. Mas esteve. Um dia. Há muito tempo. Fico de coração um pouco partido só de pensar em Pearl deitando sua linda cabeça naquele travesseiro nojento e passando a noite nesse chão sujo e duro. Na minha frente, ela passa os braços ao redor do corpo e treme. A temperatura está pouco acima de dez graus, acho. Meus olhos passam pela lareira, vazia e fria.

— Você está dormindo aqui? — pergunto, apesar de a resposta ser óbvia, e eu tenho vontade de contar a ela sobre os ratos, os insetos, as placas lá fora com os dizeres "Proibida a entrada" e "Proibido ocupar", mas não digo coisa alguma. Acho que ela provavelmente sabe de tudo isso. Pearl não responde a minha pergunta, apenas me encara, seus olhos hipnóticos tentando ler os meus enquanto os meus tentam ler os dela. Em vez disso, eu digo:

— Dizem que esta casa é mal-assombrada. — E não sei se devo contar mais, sobre Genevieve, a garotinha que morreu em uma banheira, de como dizem que seu espírito persegue todos que entram nesta casa. Mas não conto. Não tenho tempo de dizer qualquer outra coisa antes que ela sorria, um sorriso confiante, e diga, decidida, dando de ombros:

— Eu não acredito em fantasmas.

Eu sorrio de volta.

— Sim. Nem eu.

Minhas mãos, que sem querer entraram em meus bolsos, encontram o croissant de chocolate. Mas meu sorriso não é confiante, de forma alguma, minha voz sai grossa e nasalada, como se eu tivesse engolido algodão e mal conseguisse falar. Ela treme também, assim como minhas mãos. Talvez eu esteja até bufando. Eu tiro o croissant do bolso, todo amassado e um pouco patético, e ofereço a Pearl, um pouco hesitante. Ela balança a cabeça e diz:

— Não.

Aqui está ela, na minha frente: uma ingênua. É como ela me parece. A garota certinha ou, talvez, uma donzela em apuros. Algo nessa linha, mas talvez isso seja apenas o que eu gostaria que ela fosse. Pearl parece cansada, com frio e talvez até um pouco assustada. De perto, vejo que suas roupas estão gastas – e não, claro, aquele desgaste chique, mas do tipo que faz parecer que ela está há dias andando pelo país, dormindo em algum chão duro e sujo. Ainda assim, ela faz que o introvertido dentro de mim desperte, aquele solitário antissocial que não tem a menor ideia de como conversar com garotas. Isso não tem nada a ver com ela, é só que ela é uma garota – *uma mulher* –, e uma garota muito bonita, inclusive. É isso que faz minhas mãos tremerem, que faz que as palavras sejam difíceis de encontrar, que eu baixe os olhos para o chão repulsivo aos meus pés em vez de olhar direto para ela.

— Qual o seu nome? — pergunta ela, e, olhando-a rapidamente, de passagem, eu digo que é Alex.

Mas quando pergunto a ela o seu nome, ela responde sabiamente:

— Minha mãe me ensinou que não devo conversar com estranhos — e o sorriso em seus lábios diz tudo. Ela não é tão tímida como gostaria que eu acreditasse. Ela está brincando um pouco, talvez querendo me enganar, mas eu não consigo identificar o que é exatamente. Na verdade, eu até gosto.

— Você já está falando comigo — digo, mas ela não vai mesmo me dizer seu nome.

Não insisto. Ela pode ter uma série de razões para agir assim. Ela pode estar fugindo, estar escondida aqui. Ela pode estar tendo problemas com a polícia, ou talvez com algum cara. Não é da minha conta. Eu penso sobre ela e o doutor Giles, no modo como seus olhos o contemplavam através da janela do café. O modo como a vi ontem, indo embora pela rua, ele observando enquanto ela desaparecia do outro lado da colina no limite da cidade. Será que ela já tinha estado ali, no chalé azul, conversando com ele? Não sei. Eu suspeito que a presença dela aqui tem alguma coisa a ver com ele. Talvez ela seja uma paciente, mas o modo como vigia pela janela do café, com fascinação e curiosidade, talvez até com um pouco de nostalgia, diz que pode ser mais do que isso. Pode ser alguma coisa além disso, algo além da esfera da relação médico-paciente. Mas isso é só um palpite, um conto de fadas que inventei. Na verdade, não sei de nada.

— Há quanto tempo você está aqui? — pergunto e ela dá de ombros.

— Alguns dias — diz. — Acho.

Há um hotel barato na cidade, há uma pousada e um hotel para temporada. Há casas para alugar no verão, casas de praia, um ou dois campings. Mas acho que ela não pode pagar por esses lugares, então não digo nada. Eu daria dinheiro a ela, se pudesse, mas não tenho dinheiro. Apesar de ser difícil enxergar na escuridão da sala, procuro, de qualquer maneira, por sinais de maus-tratos ou abuso, hematomas, um osso fraturado, alguma dificuldade de andar. Mas não encontro nada disso.

Quando ela enrola aqueles braços magros em torno do corpo e treme de frio, eu digo:

— É uma pena que não dê para acender o fogo ali — apontando para a lareira arruinada, hoje pouco mais que um buraco na parede.

Quando me movo em direção à lareira, sinto o chão sob meus pés começar a ceder e me movo mais rápido, porque se demorar muito ali posso simplesmente desaparecer na areia movediça, em um buraco negro. Felizmente não acontece nada. Quando paro para tomar ar – vendo como o carpete afundou uns bons cinco centímetros com a minha passagem – agradeço por ainda estar inteiro. "Não ocupar", diz a placa, e agora eu sei o motivo. Quando chego à lareira, examino a parte interna, na certeza absoluta de que a chaminé deve estar entupida de ninhos de pássaros, ninhos de esquilos, fuligem e detritos diversos. Eu não sou um limpador de chaminés, mas aposto que há tijolos faltando e que o cimento precisa ser refeito. E isso é só na parte externa, na parte de dentro a armação de ferro fundido está coberta por tanta sujeira e fuligem que provavelmente seria a primeira coisa a queimar se eu começasse um fogo, ou isso ou o interior da casa se encheria de monóxido de carbono e, sem nem notar, nós iríamos adormecer e morrer, nos juntando a Genevieve na vida após a morte.

— Tem certeza? — pergunta ela, olhando também para a lareira e eu considero a perspectiva "fogo, monóxido de carbono, morte" e digo apenas:

— Seria uma péssima ideia.

Mas tenho algo mais em mente.

Abro o zíper do meu casaco e o tiro, dando-o para a garota.

— Aqui — digo. — Vista isso.

Mas ela não o aceita de imediato. Em vez disso, ela olha fixamente para o casaco em minha mão trêmula e eu começo a me sentir um idiota, como se tivesse cruzado algum tipo de linha, feito algo impróprio. Penso em retroceder, vestir o casaco de novo e fingir que nada aconteceu. Sinto seus olhos me observando, olhando para o casaco na minha mão.

Mas daí ela pega o agasalho e me diz:

— Muito amável da sua parte. De verdade. Mas você não vai ficar com frio?

Eu dou de ombros e resmungo:

— Não.

Mas claro que isso é mentira. Eu já estou com frio. Mas logo vou para casa dormir em uma cama macia sob cobertores, em uma casa onde o termostato de aquecimento central está regulado para vinte graus. Logo eu não estarei com frio. Mas ela sim. Ela vai estar aqui, nesta casa fria e em ruínas, a noite toda.

E quando Pearl veste meu casaco sobre o dela, com seus longos cabelos ondulados caindo sobre o capuz estufado e suas mãos enfiadas no algodão macio dos bolsos já quentes, percebo que gosto da ideia de meu casaco mantê-la quente durante a noite.

Eu não me demoro muito mais. Não quero abusar da hospitalidade.

Mas mais importante que isso tudo é que até agora não fiz nada para me humilhar e gostaria de manter isso assim. Mas fico mais alguns minutos. Fico enquanto ela se senta no chão, cobrindo-se com o cobertor esfarrapado. Eu fico enquanto ela encolhe as pernas "que nem índio", da forma que costumávamos chamar, e murmura baixinho uma canção. Cruzo os braços em volta do meu corpo – aquecido agora apenas por uma camiseta fina – e penso comigo que a garagem de casa seria mais quente que isso. Ou mesmo o nosso barracão de madeira no quintal. Mas essa garota não tem a menor ideia de quem eu sou. Eu acho impossível acreditar que ela aceite passar a noite na nossa garagem.

Porra, com Pops possivelmente já desmaiado de tanto beber, eu poderia levá-la para o meu quarto, onde ela poderia dormir na minha cama, confortável, aconchegada e quente – eu dormiria no chão, claro. Deixo essa cena permanecer na minha mente por apenas um momento.

Mas ela não parece ser tão ingênua, então nem me dou ao trabalho de perguntar.

Ela apenas recusaria e aí eu me sentiria como algum degenerado só por ter imaginado que isso seria uma boa ideia. Ela acharia que eu sou um pervertido. Teria sido uma grande bobagem.

— Você é desta região? — pergunto, e ela responde de forma vaga.

— Mais ou menos. Na verdade, não.

E eu dou um sorriso condescendente e pergunto o que ela quer dizer com isso.

Ela dá de ombros:

— Acho que você poderia até dizer que sou daqui. — E mesmo assim, eu continuo sem saber nada.

— Mais para o lado de Battle Creeck? — pergunto, sabendo que essa é uma pergunta idiota.

Deve haver umas mil cidades em Michigan, talvez até duas mil. Por que Battle Creek? Mas pergunto mesmo assim porque é o que sai quando abro a boca. Para minha surpresa, ela assente, de forma impassível, e vejo que ou foi apenas um palpite feliz da minha parte ou ela quer só que eu pare de falar.

— Você gosta de nadar? — pergunto, mudando de assunto, pensando naquele dia no lago, mas em vez de responder sim ou não, ela pergunta de volta:

— Você gosta?

É uma técnica, devolver as minhas perguntas, de forma que ela nunca erre e sem querer revele alguma coisa sobre si. Ela não quer que eu saiba nada.

— Eu até gosto — digo, — mas a água fica muito fria nessa época do ano.

— Você acha? — ela pergunta, e eu ainda não sei se ela concorda ou não, e me lembro dela boiando de costas na superfície gelada do lago Michigan enquanto gotas de chuva caíam do céu escuro. Eu não sei se isso é uma pergunta, uma afirmação ou algo entre uma e outra, mas de qualquer forma balanço a cabeça e digo:

— Sim, eu acho. É gelado.

— Você é daqui? — pergunta ela.

— Nascido e criado — respondo, notando que ela começou a esticar aquela pulseira que envolve seu pulso, aquele poc poc poc de sempre que lhe valeu o apelido de Pearl. Eu não sei por quanto tempo fico olhando.

Quando ela deita a cabeça no travesseiro xadrez azul, digo adeus e me vou. Mas naquele momento seus olhos já estão semicerrados, e se ela responde, eu não ouço. Eu me vou, de qualquer forma, olhando só por mais um instante enquanto ela adormece.

E enquanto refaço meus passos pela velha casa, de volta à janela quebrada, descendo apoiado no banquinho do lado de fora, sabendo muito bem e com toda certeza que Pearl estará no palco principal de meus sonhos esta noite – isso se eu conseguir dormir –, eu entendo uma coisa: o que os olhos não veem, o coração continua sentindo.

QUINN

Ben segura meu cabelo enquanto vomito.

A boa notícia é que apenas belisquei o sanduíche de rosbife no almoço. O que sai de mim é na maior parte ácido estomacal e bile. E cheguei ao banheiro a tempo, então não é como se tivesse deixado uma bagunça pelo caminho para limpar.

Sentamos juntos no chão do banheiro minúsculo, um xadrez branco e preto como todos os outros ladrilhos do apartamento. Há poeira acumulada e resíduos de sabonete. O que não faz sentido, já que não tomamos banho no chão do banheiro. Ainda assim, lá está. Tenho certeza de que há urina no assento do vaso também e silenciosamente xingo Landon ou Brandon, Aaron ou Darren – seja lá quem foi o homem que eu trouxe para casa sábado à noite –, porque ele é o único que seria capaz de deixar essa nojeira. Eu e Esther não costumamos fazer xixi no assento. Mal sabia eu que sessenta e poucas horas após nosso pequeno encontro, encararia de frente o xixi dele enquanto pairava em cima do trono de porcelana e vomitava. Um presente de despedida e tanto.

Quando o vômito muda para ânsia de vômito e lentamente acaba, Ben coloca uma toalhinha de rosto na minha cabeça e me traz um refrigerante 7-Up com um canudo de plástico rosa.

— Você deveria ir embora — sussurro para ele, sabendo muito bem que são quase seis da tarde.

Priya, em seu apartamento, a quilômetros daqui, vai se perguntar onde Ben está. Eles não moram juntos, mas Ben gostaria. Ele mesmo me disse e eu fingi me importar, sabendo que, se o fizessem, economizariam no aluguel. *Muito dinheiro de aluguel*, diz Ben. Mas Priya diz não. Ele confessou para mim, uma única vez, que fica louco com o jeito que Priya fica na defensiva o tempo todo, como se tivesse apenas um pé *dentro* da porta. Não um pé fora – ela não tem planos de ir embora –, mas não está pronta para entrar de vez. Ele imagina se algum dia estará. Ela é superindependente, algo que o intrigou desde o início – autossuficiente e autoconfiante, o tipo de namorada que não gruda. Agora parece que ele gostaria de uma grudenta, ou então que Priya grudasse. Ou então que Priya precisasse dele do jeito que ele precisa dela.

Mas, ainda assim, jantam juntos muitas noites, e hoje é a vez de Priya cozinhar. Ben tem de chegar lá às seis horas. Ela está fazendo *aloo gobi*, não que eu tenha perguntado, mas ainda assim ele me contou – embora tenha sido antes da mera menção à comida me mandar correndo para o banheiro.

— Não vou a lugar algum — diz ele, pedindo licença e deixando o banheiro. Eu fico lá e escuto a voz dele. Ele está no corredor, logo depois da porta, dizendo a Priya por que está cancelando os planos.

— Ei, querida — ele diz, mas não faz menção a mim.

Ou estar no meu apartamento.

Ou a Esther.

Ou à morte acidental da sua ex-colega de apartamento.

Em vez disso, Ben culpa a produção dos documentos, que precisam ser enviados por FedEx antes que a agência feche, às nove da noite. Não é tão forçado. Já aconteceu antes, dúzias de assistentes de projeto correndo para lá e para cá rotulando e copiando documentos para que os processos sejam finalizados antes de um prazo iminente.

— Sinto muito — diz ele —, mas um advogado despejou isso em nós esta tarde. Será uma noite longa.

E Priya sendo Priya – não que eu pudesse saber disso – o absolve completamente de seu pecado.

— Obrigado por compreender — diz Ben —, você é a melhor. — E termina a conversa com um *amo* e um *você* e um beijo no ar nauseante que me faz querer vomitar de novo, e então vomito.

Ele volta ao banheiro e se junta a mim no chão.

— Está pronta para falar sobre isso? — pergunta com o tablet, como sempre, ao alcance da mão. — Nós deveríamos falar sobre isso, não acha? — Depois, acrescenta: — Quando estiver pronta.

E eu respondo que estou pronta. Embora não tenha tanta certeza.

Ben escava a internet e encontra um artigo, um que afirma que os paramédicos atenderam a chamada do 911 no nosso endereço, que encontraram Kelsey Bellamy inconsciente, que ela foi levada ao Hospital Metodista e foi lá que a declararam morta. Eu imagino os médicos do pronto-socorro se esforçando para dar o melhor perante a linha reta do eletrocardiograma, e um homem sombrio declarando, categórico, *Hora da morte: oito e vinte e três*, ainda que, claro, eu não saiba a hora em que ela morreu.

Mas então outra imagem surge em minha mente: folhetos sobre o luto, sobre o processo de luto e seus sete estágios. Será que Esther estava de luto porque Kelsey morreu?

Amigos e parentes citam, na página de Kelsey no Facebook, falta de cuidado, negligência e desrespeito completo como causas da morte. Mas por quê? As mensagens são estranhas, para dizer o mínimo; deixam de fora algum tipo de informação que o leitor comum não entenderia, alguém como eu, apenas bisbilhotando a página da Kelsey em busca de informações de primeira mão.

Ela não era minha colega de apartamento, ela não era minha amiga. Por que, então, eu vejo fotos de Kelsey Bellamy e fico triste? Meus olhos se enchem de lágrimas e quando Ben me entrega um lenço, eu as enxugo.

— Esther não fez isso — digo, embora, no fundo, estejamos pensando a mesma coisa.

Sim, ela fez.

Esther tem o hábito de tomar todas as tarefas para si, de transferir itens da agenda dos outros para a dela. Não é uma má qualidade para se ter, uma trabalhadora entusiasmada com um coração gigante.

Um exemplo típico: Nancy, do segundo andar, resolveu que os moradores do nosso prédio precisavam se comprometer mais com a reciclagem. Nancy estava cansada de ver garrafas velhas de cerveja e jornais nunca lidos enfiados na lixeira e a senhora Budny – a velha senhora Budny já com um pé na cova, que não precisava se importar com a preservação do planeta para seus filhos e para os filhos dos seus filhos (não tinha nenhum deles) – não faria nada a respeito.

Mas tudo que Nancy fez foi pregar um pôster – mostrando a localização dos centros de reciclagem pela cidade – na entrada, ao lado das caixas de correio, o qual, de uma forma ou outra, todos os moradores conseguiram ignorar.

Mas Esther, sendo quem é, deu um passo à frente. Ela contatou os serviços de reciclagem para fazer um acordo. Ela comprou várias lixeiras para reciclagem – com seu próprio dinheiro, devo acrescentar – e as deixou lá fora, ao lado da caçamba fedida na viela atrás do prédio e na lavanderia. Ela pendurou avisos, listando o que era reciclável e o que não era, e o efeito que *não* reciclar causava em nosso planeta: lixões lotados e a necessidade de se criar mais aterros. Ela encorajou o uso dos três Rs: reduzir, reutilizar, reciclar. Ela ofereceu um prêmio para o residente que fosse o melhor reciclador (não fui eu).

E ao contrário do plano infalível de Nancy, que falhou miseravelmente, o plano dela não fracassou. Foi até um sucesso. Viramos recicladores ávidos.

Esther era quem me encorajava a comer alimentos mais saudáveis; persuadiu-me a buscar uma mudança na carreira. Uma simples observação – *eu odeio o meu trabalho* – virou a deixa para Esther resolver o problema, para fazer disso um dilema seu, embora nunca o fizesse de um jeito autoritário, opressivo ou chato. Ela fez de um modo simplesmente amável. O que Esther decidiu é que, em vez de uma assistente apática, eu tinha de ser professora. Quase ri ao pensar: eu, professora. Parecia ridículo, e mesmo assim foi Esther quem me convenceu a tentar e a tirar um certificado em educação infantil, depois que eu comecei a me encantar com os pequeninos na hora da história na livraria dela.

— Você é boa com crianças — ela disse para mim — e, depois, não quer ficar naquela porcaria de emprego para sempre, quer? Você é melhor do que isso, Quinn.

— Não sou inteligente o bastante para ser professora — eu disse a ela na época, enquanto perambulávamos pela livraria depois da hora da história.

Eu, no chão, com alguma criança de cabelos cacheados que eu não conhecia, ajudando-a a encontrar o livro ilustrado perfeito sobre princesas. Não é como se eu trabalhasse lá ou algo assim – eu não trabalhava –, mas me tornei uma frequentadora habitual da hora da história e cheguei a conhecer algumas crianças. Eu gostava das histórias, sim, mais do que gosto de admitir, mas gostava ainda mais da sensação de pertencer ao mundo da Esther. Ela é como uma irmã, de quem gosto ainda mais do que da minha irmã de fato.

— Você é mais inteligente do que uma criança de quatro anos, não é? — Esther perguntou, e eu dei de ombros. Deus, como eu queria ser mais inteligente do que uma criança. — Você pode fazer isso — disse ela.

Ainda não havia se passado uma semana quando procurei informações on-line sobre programas de certificação de professores em Chicago, e Esther se inscreveu também para me ajudar a me preparar para o teste de habilidades básicas, que avalia os meus conhecimentos – ou a falta deles – em língua inglesa, redação e matemática. Eu só posso fazer o teste cinco vezes; já falhei na primeira. Esther vem me ajudando a estudar e jura que passaremos no teste na próxima vez. Nós. Eu e ela. Ela já me disse umas dez vezes que isso não é algo que eu tenha de fazer sozinha. Somos um time, eu e ela. Foi o que ela disse para mim.

Outro exemplo de liderança na personalidade de Esther: quando mencionei o fato de que gostaria de me exercitar mais, de entrar em forma. Não sou uma pessoa pequena, nem baixa, magra ou miúda. Esther é miúda, mas eu não. Não sou pequena de jeito nenhum. E não sou gorda. Secretamente, culpo minhas ancestrais amazonas mitológicas pelos meus ossos largos e minha altura, pelo fato de ser forte. É assim que gosto de ver: forte. E é o que vejo, também, quando faço compras on-line. Consigo obter muito mais de um suéter ou de uma saia com meu dinheiro – muito mais tecido do que uma peça pequena tamanho 2, vamos dizer – por exatamente o mesmo preço. Eles perdem, eu ganho.

Mas, ainda assim, não estou rejuvenescendo, ou diminuindo, no caso, e cometi o erro – ou talvez tenha sido uma benção – de dizer isso a Esther, e de imediato ela preparou um plano de treinos para seguirmos. Esther não é uma corredora frequente, mas corre às vezes. Não vai se inscrever na Maratona de Chicago ou algo assim, mas aguenta dois ou três quilômetros, e foi exatamente o que fizemos. Esther criou o hábito de me tirar da cama cedo – bem antes do sol nascer –, e seguíamos o mesmo percurso, pela Clark até a Foster, onde cruzávamos sob a Lake Shore Drive até o Lakefront Trail, um caminho pavimentado que se expande por doze quilômetros de norte a sul às margens do lago Michigan. Não corremos todos os doze quilômetros. Nem perto disso. Para todos os efeitos, nem sei se corri. Correr, por definição, requer os dois pés fora do chão ao mesmo tempo, e não tenho certeza de que estavam. Se muito, talvez tenhamos caminhado três quilômetros do total do percurso, que pode ter sido uma caminhada rápida, tentando desesperadamente manter a pose em meio a todos aqueles maratonistas ou futuros corredores olímpicos passando disparados por nós no Lakefront Trail.

Minhas pernas queimavam; tive uma cãibra. Tive muitas. Não podia respirar.

Mas Esther, sendo Esther, me animou. E me encorajou.

— Você consegue — disse.

Ela diminuiu o ritmo para ficar ao meu lado e para que eu não me sentisse uma pateta, embora eu tivesse certeza de que parecia uma, com meus braços balançando como um pássaro morrendo e caindo do céu.

Mas Esther não desistiu. Ela me arrastava da cama dia após dia, embora em todos eu tentasse resistir bravamente, culpando bolhas nos pés, dores perto das juntas, nos músculos e tendões. Doía tudo. Mal conseguia me agachar para usar o banheiro, vestir um par de meias ou calçar os sapatos. Mas Esther não desistiu de mim. *Bom dia, bom dia*, ela cantava para mim todas as manhãs, induzindo-me a sair da cama. Esther preparou um banho quente para meus membros doloridos, acrescentando sulfato de magnésio – *a panaceia das dores musculares*, como costumava dizer. Ela me fez alongar. Ajudou com as meias. Amarrou os tênis. Arrastou-me até o Lakefront Trail.

E eu corri.

Foi o que percebi quando voltei para o closet do meu quarto, sentada lá dentro e olhando para a palavra gravada na parede – *Kelsey* –, como um tipo de pedido de ajuda desesperado. Quando Esther colocava algo na cabeça, não havia nada que não pudesse fazer.

Mas não posso evitar de pensar no que foi que Esther colocou na cabeça desta vez.

Depois de um tempo, Ben e eu fomos até o quarto dela, onde eu mostro a ele meu último trabalho em andamento, as fitas de papel espalhadas pelo chão.

— O que é isso? — pergunta Ben, e eu explico como peguei os pedaços de papel da fragmentadora.

— Talvez nada — digo —, ou talvez algo — dou de ombros, admitindo. — Eu ainda não sei.

E sem combinar, nós nos jogamos no chão ao mesmo tempo e nos apressamos a montar as peças rasgadas do meu quebra-cabeça, mais curiosos do que nunca para saber quem aparece na fotografia.

Trabalhamos rápido, não falamos. Não precisamos falar. É Esther na imagem, ou talvez, apenas talvez, seja Kelsey Bellamy. Juntos começamos a construir um prédio de tijolos, um pedaço de concreto, e em algum lugar no centro da imagem uma mulher começa a tomar forma: pernas, mais finas que as de um homem, vestindo um par de jeans *flare*. Ela ainda não tem rosto, nada que nos diga quem é, nem acessórios que se destaquem na imagem meio montada. É uma fotografia com zoom, não um close, então é difícil enxergar detalhes, ainda que Ben e eu fiquemos acordados até muito depois da hora trabalhando duro na tarefa.

Lá fora a Lua está cheia, um globo dourado que brilha pela janela espirrando luz no chão. Quando as nuvens passam, levam com elas a claridade, e o quarto fica mais escuro, as peças do quebra-cabeça em nossa frente mais difíceis de enxergar.

Mas então a Lua volta, nos provocando e zombando de nós, com a sua luz explodindo no chão, e eu tenho que imaginar se uma malvada Esther está lá fora, em algum lugar, também zombando de nós e nos provocando.

QUARTA-FEIRA

ALEX

Eu acordo mais cedo que o normal e vou de bicicleta até a única mercearia vinte e quatro horas da cidade. Não tem mais quase nada na nossa geladeira, e o que tem ou já passou da data de validade ou está ficando verde de mofo. São cinco quilômetros de ida e o mesmo tanto de volta, então vou de bicicleta e, em uma sacola de plástico pendurada no guidão, trago uma dúzia de ovos, uma caixa de leite, queijo fatiado e frutas. Não tem muitas frutas frescas nesta época do ano, mas consigo algumas maçãs e uvas vermelhas. É o que temos.

De volta à casa de Pops e à minha cozinha, começo a lavar as frutas e a fazer ovo mexido. Acrescento leite e queijo aos ovos, do jeito que meu pai gosta, além de um pouco de sal e pimenta. A casa começa a se encher do aroma de comida caseira, mas nem isso acorda Pops, dormindo pesado, com a porta de seu quarto trancada. Eu procuro entre a nossa louça por algum prato que não esteja rachado ou quebrado, e começo a servir a comida aqui e ali, um pouco de ovo, um punhado de uvas. Quando termino, o prato ainda parece vazio – vazio e triste, meio patético – e eu percebo que devia ter trazido mais coisas: torradas, pão, linguiça. Algo desse tipo. Mas não trouxe. Ah, bem. Eu sirvo um copo de leite e então acho que está tudo errado, que devia ter comprado suco. Ou café. Ou cereal. Só por desencargo de consciência, pego um refrigerante na geladeira. Você nunca sabe o que uma pessoa gosta de beber com os ovos.

Então seguro tudo nos braços, saio pela porta da frente e atravesso a rua, deixando um prato para Pops.

Ela ainda está dormindo quando entro, mas o som de meus passos a acorda. Isso ou o cheiro dos ovos. Ela se senta devagar em sua cama improvisada como se fosse uma senhora idosa, alongando partes do corpo – braços e pernas e tal – como se doessem, os ossos e músculos sendo encaixados de volta ao seu lugar, membros que haviam se tornado insensíveis e dormentes sendo ressuscitados.

— Bom dia — digo, talvez com excesso de animação.

E ela me diz:

— Bom dia.

Suas palavras são ásperas, sua voz ainda lenta e entorpecida, mas, de qualquer forma, eu sorrio.

Eu estou só feliz por ela ainda estar aqui.

Eu pensei sobre isso por metade da noite, sobre as frutas e os ovos e se eu não encontraria a casa abandonada quando eu voltasse pela manhã. Considerei a possibilidade de Pearl ter saído, de estar andando a esmo pelas ruas da cidade, ou mesmo de ter pegado o Pere Marquette e ido embora para longe daqui. Mas aqui está ela, em carne e osso, com seu cabelo uma maçaroca e sua pele pálida toda vincada. Ela ainda está usando meu moletom, o capuz cobrindo sua cabeça. No minuto em que eu entro, ela começa a tirar o casaco – como se essa fosse a razão pela qual eu vim – e eu digo:

— Não, não precisa tirar.

E ela não o tira. Eu tomei banho e me vesti, e estou com outro moletom hoje, do mesmo tipo de algodão, de outro tom de cinza.

— Eu trouxe café da manhã — digo, colocando a bandeja de comida no chão, ao lado dela. Eu meio que espero que roedores surjam de todos os lados da sala em busca da comida, mas não aparece nenhum. A casa está silenciosa e calma.

Pearl pega o garfo e o enche de ovos, assoprando antes de levá-lo à boca. Eu ouço seu estômago roncar. Posso ver pelo seu rosto que ela gostou, ou isso ou ela está tão faminta que comeria qualquer coisa e diria que está ótimo.

— Está bom — diz ela. Mas então outra expressão aparece em seu rosto, uma expressão de espanto ou de gratidão, ou talvez de confiança, e aí ela diz. — As pessoas normalmente não fazem coisas boas para mim. — Fico em silêncio, sem saber ao certo como responder, e ela acrescenta: — Você não precisava fazer isso, sabe?

Eu digo a ela que sei, sim. Mas por dentro meu peito se enche de calor, apesar de a casa abandonada continuar gelada.

— Tem mais — digo, e me afasto enquanto ela come. Peço a ela para continuar comendo. — Não espere por mim — completo. — Já volto.

E então eu me vou, saindo pela mesma janela nos fundos da casa. No quintal, em meio à densa vegetação rasteira do que um dia foi, sem dúvida, um lindo jardim, eu paro para olhar os arbustos que precisam ser aparados. Eles crescem pelas paredes da casa, penetrando em qualquer rachadura que encontram, se esgueirando sob as cantoneiras de alumínio. Na verdade, arrancando as cantoneiras das paredes. Os tocos de árvores cortadas continuam no terreno, sucumbindo um após o outro aos fungos e às bactérias.

O que realmente me chama a atenção é o balanço de pneu, uma velha câmara de borracha, agora vazia, pendurada em um velho carvalho por uma corda. Eu ando até o balanço e o empurro de leve, e então fico olhando enquanto ele se move para lá e para cá no ar cinzento de novembro. Eu ouço crianças imaginárias gritando de prazer. *Uiiii!* E implorando: *De novo, de novo!* Um dia elas estiveram aqui, mas agora se foram.

E daí eu volto para a minha casa, para a garagem, para pegar o que preciso. A rua está em completo silêncio, é muito cedo para alguém mais estar acordado.

Não dormi muito na noite passada. Na verdade, quase não dormi. Fiquei acordado metade da noite pensando em Pearl dormindo naquele chão duro, morrendo de frio. Foi quando me lembrei do aquecedor a querosene em nossa garagem e de um galão de querosene de vinte litros, cheio pela metade, que Pops costumava manter à mão em caso de queda de energia, algo que só aconteceu depois de algumas tempestades de neve no inverno. Nós precisávamos de algo para nos manter aquecidos quando a neve pesada quase nos enterrou vivos, então temos isso. Pops o comprou faz anos – dez, talvez quinze – e muitas vezes ele foi a nossa salvação. Naquele tempo ele não me deixava tocar naquela coisa – muito perigoso, ele dizia. Hoje eu não deixo que ele chegue nem perto do aquecedor.

Eu carrego aquele equipamento pesado e desajeitado até a casa. Lá dentro, ela está sentada, Pearl, o prato de comida em seu colo. Ela quase acabou de comer, e posso ver que ela está bem alimentada, talvez até satisfeita. Ela vê o aquecedor em minhas mãos e pergunta:

— O que é isso? — E eu digo para ela enquanto encho o aparelho com querosene e acendo a mecha, ligando o aquecedor. Em um instante a chama fica laranja e a sala começa a esquentar, iluminando o rosto de Pearl de uma forma que eu ainda não tinha visto. Ela sorri.

Eu ajusto a altura da mecha e digo a ela, apesar de achar que isso nem precisa ser dito:

— Essas coisas podem ser perigosas. Precisa ficar de olho, ter certeza de que está desligado antes de sair. — Mas então dou de ombros, sem querer fazê-la se sentir uma tola. — Mas tenho certeza de que você sabe disso.

Mas é como uma segunda natureza, acho, consequência de precisar, o tempo todo, dizer para Pops desligar o forno, trancar a porta da frente, dar a descarga.

Em vez de falar alguma coisa sobre o aquecedor, ela diz:

— Gosto do seu colar.

E automaticamente minha mão segura o colar de dente de tubarão que Ingrid fez para mim há tantos anos.

— Obrigado — respondo, mirando seus olhos, de um castanho-claro como âmbar.

— Foi uma garota que deu para você? — pergunta ela à queima-roupa, e tenho certeza de que meu rosto fica vermelho como a chama do aquecedor.

Eu balanço a cabeça em negativa e me sento no chão.

— Apenas uma amiga — digo, mas sinto vontade de falar mais, de contar a ela sobre Leigh Forney e sobre como, para mim, não existem *garotas*. *Para dar força e proteção*, foi o que me disse Ingrid quando me deu o colar anos atrás, quando comecei a trabalhar para Priddy para poder sustentar Pops. Ela fez isso porque tinha pena de mim, igual à metade da cidade, todos tinham pena de mim naquele tempo. Minha mãe me abandonara e meu pai era um bêbado. Assim é a vida.

Eu passo a mão pela ponta do dente de tubarão e, olhando para os olhos de Pearl, até acho que talvez esteja funcionando.

Mas não conto nada disso para ela. Em vez disso, deixo como está – *só uma amiga* – e a sala fica silenciosa e tranquila.

Há coisas que quero perguntar a ela: para começar, seu nome e o que ela está fazendo aqui – nesta cidade, nesta casa. Mas não posso. Eu abro a boca para falar, mas a única coisa que sai é ar.

É Pearl, por sua vez, que pergunta sobre mim.

— Você mora do outro lado da rua — diz ela, e é quando eu percebo que ela esteve me observando, talvez me vendo com Pops na mesa de jantar, iluminados pelas luzes brilhantes de nossa casa. Talvez ela saiba mais do que parece sobre mim.

— Moro — respondo.

— Com sua família? — pergunta ela, e eu digo *Sim*, depois *Não*, e finalmente me contento com:

— Com meu pai.

Claro que ele é minha família, não me entenda mal. É só mais complicado que isso.

— Você não tem irmãos ou irmãs? — quer saber ela, e eu digo que não.

— Onde está sua mãe? — pergunta Pearl, e apesar de me ocorrerem inúmeras respostas falsas e *fáceis* – ela morreu, ou ela está em coma profundo, vegetando em um hospital após uma lesão cerebral traumática, ou ela está na prisão, cumprindo pena por várias acusações de porte de drogas e um assassinato – não dou nenhuma delas. Em vez disso, eu conto a verdade.

— Ela foi embora — digo, levando à boca uma uva esquecida na beirada do prato de Pearl para não precisar dizer mais nada.

Não tenho muitas lembranças da minha mãe, mas alguma coisa eu lembro. Não são boas recordações. Estou em pé ao lado de sua cama, tinha tido um pesadelo. Chorando. Não era só um choro de manha, mas um choro realmente assustado, porque havia monstros embaixo da minha cama, e eu preciso que ela vá lá dar um jeito neles. Ela finge dormir um pouco, depois se senta na cama e me manda voltar para o meu quarto. *Estamos no meio da madrugada, Alex.* Mesmo aos cinco anos, eu sei que não há nenhuma compaixão na voz dela, nenhuma afeição. Ela é fria e distante. Eu digo a ela que estou assustado, mas ela coloca o cobertor sobre a cabeça e finge não me ouvir. Pops, trabalhando no turno da noite, não está em casa. Eu cutuco o cobertor e imploro a ela que venha comigo. Ela me afasta com as mãos. Ela não se move, e depois de algum tempo, desisto. Mas não vou pôr os pés no meu quarto. Eu não vou dormir lá com os monstros. Em vez disso, durmo no chão do corredor. Pela manhã, ainda exausta, com seus olhos apenas meio abertos, ela pisa em mim. Quando grito, ela berra comigo de novo. É culpa minha.

A maternidade a deixava aterrorizada. Ela nunca quis ser mãe. Qualquer forma de afeição a assustava também. Os sorrisos da minha mãe eram raros, seus abraços sempre sucintos, entremeados de tensão e angústia. Como se abraçar doesse. Como se fosse doloroso. Essa é uma das poucas coisas que lembro de meus primeiros anos, o modo como ela escapava do meu abraço quando eu passava meus braços desajeitados de menininho em volta de seus joelhos ou de sua cintura – a altura que eu alcançava –, quando eu a seguia, meus passos hesitantes, braços estendidos, querendo mais, *só mais um abraço*, até ela ficar irritada.

Saia daqui, Alex. Deixe-me em paz. Não me toque.

Essa é outra coisa que eu lembro. Os pequenos pés de minha mãe, descalços, trotando pelo carpete gasto de nossa casa, afastando-me como uma mosca. *Alex!* gritava ela, com a voz quase descontrolada, mas tentando se conter. *Eu disse para você sair daqui. Não me toque.*

— Para onde ela foi? — pergunta Pearl, e eu digo apenas:

— Embora.

Porque, honestamente, eu não sei para onde minha mãe foi e tento não pensar nesse assunto, sobre a possibilidade de ela ter outra família – outro marido, outro filho – em algum lugar por aí pelo mundo.

— Isso é uma bosta — diz ela abruptamente, empurrando o prato de comida para longe. — As pessoas podem ser bem egoístas às vezes, você não acha?

Respondo que sim, acho.

E então, por alguma razão, ganho coragem e pergunto:

— O que você está fazendo aqui?

Ela abre de novo aquele sorriso malandro e diz:

— Eu poderia até contar. Mas daí eu precisaria matar você.

E nós rimos, mas um riso abafado, um riso contido. Eu percebo como faz bem. Fazia tempo que eu não ria. Tempo demais. O barulho das risadas soa oco aqui nesta casa abandonada, ecoando nas paredes frágeis de volta para nossos ouvidos, fazendo com que eu me lembre de que rir é uma coisa boa. Significa que estamos alegres.

Eu tinha me esquecido de como é estar alegre.

Eu também noto que Pearl tem um lindo sorriso. Simples, com dentes brancos pequenos e precisos, que ficam quase escondidos atrás dos lábios. É despretensioso e doce. Tenho a impressão de que ela também não ria havia algum tempo. Pelo menos não um riso genuíno, verdadeiro, real.

— A verdade? — pergunta ela então, parando de rir e estendendo a mão pelo metro que nos separa para passar a ponta dos dedos por meu dente de tubarão. Sinto meu corpo ficar tenso, o sangue em minhas veias coagular e solidificar, mal consigo respirar. — Estou só de passagem — diz ela, mas a expressão em seus olhos me faz acreditar que há mais que isso, e de novo meus pensamentos se voltam para um único homem: o doutor Joshua Giles. Uma onda de ciúme me envolve e eu descubro mais uma razão para não gostar do cara.

Ela está aqui por causa dele e eu queria mais que qualquer coisa que ela estivesse aqui por mim.

Eu me pergunto o que isso significa – *só de passagem* – e penso em como seria a vida de andarilho, perambulando sozinho de cidade em cidade, só passando. Eu me pergunto se em algum lugar ela tem uma família, amigos, um namorado, alguém com saudade dela, alguém procurando por ela.

Alguém que esteja pensando nela do modo como eu agora penso.

— Quanto tempo você vai ficar — pergunto — antes de precisar partir?

Ela dá de ombros e diz:

— Não estou com pressa.

Não sei o que isso significa: um dia, uma semana, um ano? Eu quero perguntar a ela. Quero saber com exatidão em que dia eu vou entrar nesta casa abandonada e ela não estará mais aqui. Amanhã? Sexta-feira? Na próxima semana? Ela vai se despedir antes de partir? Ela vai me pedir para ir também, para acompanhá-la em sua viagem? Duvido muito, mas ainda assim, não custa sonhar.

Eu não pergunto nada disso. Em vez disso, mexo no aquecedor para evitar seus olhos sedutores.

Hoje eu não me demoro muito, não posso demorar. Consulto o relógio barato em meu pulso esquerdo e vejo a hora. Daqui a pouco preciso estar no trabalho, mais um dia limpando mesas em busca do salário mínimo que Priddy me paga.

— Você vai se lembrar de desligar o aquecedor antes de sair? — lembro a ela, que tira a mão de meu colar e diz que sim, vai lembrar. Balanço a cabeça e digo que preciso ir, olhando para ela mais uma vez, por cima do ombro, antes de sair.

QUINN

Há um prato que Esther prepara. É uma receita vegetariana, um refogado com feijões, brócolis e milho doce. E tofu. Deveria ser nojento, mas não é. É absolutamente delicioso. Também tem um molho completo, com vinagre de arroz e molho de soja.

E um quarto de farinha de amendoim.

O que não importa nem um pouco para mim, mas importa para Kelsey Bellamy.

Kelsey tinha quatro anos quando foi diagnosticada com alergia a amendoim. Foi o que o noivo dela, Nicholas Keller, contou para mim enquanto eu estava sentada na frente dele, em sua cozinha, em um flat recém-reformado no Hyde Park. É uma pequena mesa com tampo de vidro que geralmente comporta apenas uma pessoa.

Ele.

Os olhos são tristes, olhos castanhos que marejam quando menciono o nome dela. *Kelsey.*

— Ela havia comido amendoins antes sem efeitos adversos — diz ele para mim —, mas, com o tempo, as coisas mudam. É assim, especialmente quando se trata de alergia. Ela estava com quatro anos, e a mãe serviu um sanduíche de geleia e pasta de amendoim pela primeira vez, e no mesmo instante – foi assim que me contaram – Kelsey mal podia respirar. A garganta dela se fechou, a pele encheu-se de urticárias. Anafilaxia. Daquele dia em diante, sempre carregava consigo uma EpiPen. Benadryl. Estava sempre pronta.

— Ela sempre foi muito cuidadosa sobre comer amendoim — prosseguiu Nicholas. — Quase nunca comíamos fora porque muito arriscado. Ela lia os rótulos de tudo. Absolutamente tudo. Kelsey não comia produtos que tinham sido fabricados em linhas de produção compartilhadas por medo de contaminação cruzada. Sem cereais processados, sem barras de cereais, sem biscoitos.

— Então o que aconteceu? — pergunto, e ele balança a cabeça e diz que foi um acidente, um acidente horrível.

Não foi difícil encontrar Nicholas Keller. Havia apenas vinte deles nos Estados Unidos e só dois em Illinois. Foi para ele que liguei primeiro. Sorte. O percurso de Andersonville até o Hyde Park levou quase uma hora e meia: uma viagem de metrô, mais dois ônibus e uns oitocentos metros a pé.

Eu esperei até a noite, quando sabia que ele voltaria do trabalho. De acordo com o LinkedIn, Nicholas Keller é um consultor financeiro, fato que ele confirmou mais tarde na entrada de sua casa, papo furado até eu entrar no motivo da visita. Ele parece um cara bem puritano, não o que eu teria imaginado para Kelsey Bellamy. Como diz o ditado, *os opostos se atraem*.

— Eu frequentei o primário com Kelsey — minto —, em Winchester.

— Você é de Winchester? — pergunta.

Digo que sou. Winchester, Massachusetts. Acrescento, "Vai, Red Sox", porque eu não sei nada sobre Boston além de que possuem um time decente de beisebol. E que tomam chá, se bem me lembro.

— Você não tem aquele sotaque todo de Boston que a Kelsey tinha — ele diz, e respondo que sou filha de militar, que nossa parada em Massachusetts durou pouco tempo.

— Fort Devens? — ele pergunta, e eu balanço a cabeça e digo:

— É — embora eu não tenha certeza para o que estou dizendo que sim. Digo que estudamos juntas na quarta série. — Quarta, ou... — pauso, finjo pensar — quinta, talvez? Não consigo lembrar com certeza.

Meus olhos observam o flat, um lar que é todo masculino. Um apartamento de solteiro. Ele me conta que planejavam se mudar para cá após o casamento. Tinham comprado a unidade, mas moravam em lados separados da cidade enquanto o imóvel estava em reforma – ela dividia um apartamento com uma colega em Andersonville e ele morava em um edifício médio em Bridgeport. O prédio era um tanto maltratado quando puseram os olhos nele, um depósito convertido em prédio de apartamentos. Mesmo assim, tinha os elementos que buscavam em uma nova casa: cômodos amplos, canos e dutos expostos, paredes de tijolos, revestimento de madeira. E Kelsey tinha uma ideia de como gostaria de deixar o lugar, embora tenha morrido antes de terminar seu projeto. O que ficou foi um espaço mal-mobiliado com pratos sujos na pia e roupas no chão. E um noivo inconsolável.

Eles teriam se casado um ano após a morte dela. Ela já havia comprado um vestido, e ele o mostrou para mim, um vestido simples de tafetá que ficava pendurado no closet vazio, sozinho, azul-claro, porque, como Nicholas disse: "Ela era rebelde demais para usar branco". E ele disse essas palavras não como uma crítica, mas de um jeito romântico, como se a rebeldia de Kelsey fosse uma das razões pela qual a amava.

Nem me fale sobre tristeza.

Eles haviam reservado um salão para os trezentos e poucos convidados que eram esperados na recepção. Ainda não tinham decidido sobre a lua de mel, divididos entre Romênia e Botswana.

— Kelsey não era de se deitar em uma praia de biquíni — disse Nicholas —, isso não tinha nada a ver com ela — ele me conta, e eu respondo que sei disso.

Eu não sei. Mas vi a foto gótica, o preto dos pés à cabeça, a pele albina, então posso imaginar.

— Foi há muito tempo, eu sei, mas acabei de saber sobre Kelsey. Sinto muito. Não tivemos contato por anos. Eu sei que não deveria, mas tive de passar aqui e prestar meus sentimentos — digo, e então ele me leva à mesa com tampo de vidro na cozinha e me conta sobre a alergia a amendoim dela.

— Como você me encontrou? — pergunta. Não há um pingo de censura. Ele está curioso.

— Um amigo de um amigo — digo, sabendo como soa vago.

— Foi John? Johnny Acker — ele pergunta, e eu digo que sim. Não poderia ter sido mais fácil.

— Pensei que sim — diz Nicholas —, ele é o único de quem me lembro da época dela de escola primária. Difícil imaginar que ainda mantivessem contato depois de tantos anos.

— Pois é.

Há fotos de Kelsey no flat. O mesmo cabelo da cor de azeviche e olhos esfumaçados, a mesma pele branca, mas, nestas fotos, o look gótico está mais leve. Há um pudor, isso é evidente. Muito preto mórbido no vestuário, sim. Mas, ainda assim, sem caveiras ou ossos cruzados, sem corpetes da moda ou botas vitorianas esquisitas. Nada *steampunk*. Nada emo. Apenas *dark*. Nas fotos, Kelsey e Nicholas estão lado a lado na Estátua da Liberdade, no Grand Canyon, no topo do Pico Pikes. São como opostos: ele parece arrumado e apropriado, ela, de jeito nenhum. Também parecem estar apaixonados.

— Eu recebi uma ligação da colega — ele continua a explicar enquanto lágrimas enchem seus olhos. Quase pergunto, *Esther*?, mas paro a tempo. — "Algo está errado", ela me disse ao telefone. "Ela não está respirando. Kelsey não está respirando", e eu soube imediatamente o que tinha acontecido. Disse "Encontre a EpiPen. Ela precisa da EpiPen", mas tudo que ela disse foi "Já é muito tarde. É muito tarde, Nick", várias vezes. Kelsey já estava morta.

E agora sou eu quem começa a chorar. Não sou chorona assim. Não me engasgo. Mas estou tão dominada pela emoção – raiva, medo, tristeza – que dessa vez choro. Eu quero me sentar com Esther na minha frente e perguntar: *O que você fez? Como pôde fazer isso com a Kelsey?*

— Sinto muito — diz Nicholas com um toque na minha mão. Ele se levanta da mesa e pega um lenço. — Isso também é difícil para você. Esqueço, às vezes, que não fui o único a ser deixado para trás.

— Ela comeu amendoins — pressuponho, quando finalmente consigo me recompor o bastante para falar, e Nicholas responde:

— Sim. — Em seguida: — Não. — Finalmente decidindo: – Foi farinha de amendoim.

Ele me fala sobre a receita. O molho de soja. O vinagre de arroz. A farinha de amendoim. Uma refeição que comi tantas vezes antes. Eu tenho essa memória da Esther, ao voltar para casa da aula noturna, sentindo-se cansada. Exausta. A voz de Hannibal Lecter – dizendo algo do tipo, *O endro fica aqui. E a farinha de amendoim fica aqui*, enquanto batia os dois itens dentro do armário, enquanto a farinha bege empoeirava o balcão. Ela estava chateada por eu ter pego o endro. Foi o que pensei na época. Não havia dúvida na minha mente, mas agora não tenho tanta certeza. Talvez não tenha sido o endro, afinal.

— Foi apenas um erro, então. Um acidente horrível — digo, e ele fala que sim, com uma ponta de dúvida no tom de sua voz, de que realmente foi. Um erro. Um acidente horrível. Mas será?

— Elas beberam — diz ele. — Margaritas. As duas beberam demais. A colega da Kelsey disse que sempre trocou a farinha de amendoim pela farinha normal para Kelsey. Mas não naquela noite. Naquela noite, ela esqueceu. — E repete: — Elas beberam.

Ele diz a palavra *erro*, mas, ainda assim, sinto que nem ele acredita nisso. A EpiPen dela, diz, sempre estava na bolsa. Sempre. Naquela noite, porém, não estava. Naquela noite, a EpiPen não estava em lugar algum.

Esther acrescentou a farinha de amendoim na receita e por essa razão Kelsey Bellamy estava morta. Não havia antídoto para reverter a alergia: a EpiPen simplesmente desaparecera.

— Um erro é uma coisa, mas dois erros... — a voz dele some. Sei o que ele está pensando. Está pensando que Esther matou sua noiva, e eu também.

— Kelsey nunca foi a lugar algum sem a EpiPen — disse ele.

— Você nunca a encontrou? — pergunto.

— Não — ele responde.

E me deixa com isso:

— O nome dela — ele diz, se tivessem tido a chance de se casar — teria sido Kelsey Keller. — E sorri com tristeza, evocativamente, falando como ela sempre achou isso engraçadíssimo. Kelsey Keller.

Sorrio.

— Isso soa exatamente como Kelsey — digo, citando seu senso de humor, como se eu realmente o conhecesse.

ALEX

Passo o dia no trabalho observando, pela janela, os clientes do doutor Giles irem e virem. Cada vez que a porta se abre, rangendo, lá está ele na soleira, feliz como um passarinho, com um sorrisinho bobo naquela cara, apertando uma das mãos ou dando tapinhas nas costas, fazendo o paciente entrar.

E aí ele fecha a porta e baixa as venezianas, e eu fico imaginando o que eles estariam fazendo lá dentro.

Noto que a maioria dos pacientes que vêm se consultar com o doutor Giles é mulher, algumas vezes uma adolescente ou pré-adolescente. Algumas eu reconheço, outras não. Algumas moram na cidade, mas outras vêm de longe, estacionam seus carros na rua e olham bem para os dois lados antes de correr para o consultório do doutor Giles, PhD, psicólogo licenciado, como uma dama da alta sociedade se esgueirando pela porta do *sex shop* da cidade, na esperança de que ninguém a veja.

Hoje Pearl apenas passa rapidamente pelo café. Ela aparece e, quase em seguida, desaparece. Mas nos poucos minutos fugazes em que está lá, ela se senta em seu lugar perto da janela e olha fixamente para a rua. Pede um café desta vez, apenas um café, que bebe, pensativa, enquanto observa o mundo do outro lado do vidro. Eu a olho de longe. Olho para a sua nuca. Conto os goles metódicos de café, o modo cuidadoso como ela retorna a xícara para o pires, para que não derrame ou faça barulho.

Ela não se demora. Eu olho de longe, incapaz de tirar os olhos dela. Não quero estragar aquele momento.

Logo Priddy me diz para ir fazer alguma coisa. Eu dou voltas, passando um pano imundo em círculos disformes pelas mesas sujas, aproximando--me cada vez mais de onde Pearl está sentada. Red traz a conta e, então, a duas mesas de distância, vejo Pearl procurar inutilmente em sua bolsa por dinheiro para pagar. Quando sua mão sai vazia da bolsa, eu pego minha carteira e tiro uma nota de cinco dólares.

— Eu pago — digo antes que ela possa dizer a Red que não tem como pagar a conta, e coloco o dinheiro sobre a mesa, dando um passo para trás.

— Ah, não — diz ela. — Não posso...

Mas sua mão sai da bolsa sem nenhuma nota. Isso me deixa feliz, saber que eu a ajudei, ainda que só um pouquinho, de um modo insignificante. Seu rosto fica vermelho e ela tem vergonha de admitir que não tem dinheiro, nada exceto as três moedas de vinte e cinco centavos que ela finalmente encontra no fundo da bolsa. Três míseras moedas, setenta e cinco centavos.

Eu dou de ombros.

— Não é nada — digo.

Mas é alguma coisa. Eu fiz algo de bom.

— Você é um bom amigo — ela me diz, sua mão roçando a minha. Então, quando não respondo — já que estou atordoado demais para falar, porque sou acometido por um súbito ataque de afasia e perdi a capacidade de me comunicar –, ela continua: — Nós somos amigos, não é? — pergunta ela, e desta vez sou eu quem enrubesce. — Você e eu. Somos amigos.

Não tenho certeza se essa última frase é uma pergunta ou não. Ela está me perguntando ou apenas dizendo? Ela está me dizendo que somos amigos?

Eu balanço a cabeça. Digo que somos amigos. Ou talvez não diga, talvez apenas pense. Eu não sei. De qualquer jeito, somos amigos. Eu sinto a necessidade de colocar isso por escrito, tirar uma foto, selar o pacto com sangue – alguma coisa que prove que isso é real. Pearl e eu somos amigos.

Então, Priddy arruína o momento me chamando e apontando para uma mesa que precisa ser limpa. Eu me viro para o outro lado por no máximo dez segundos e, quando olho de novo, Pearl se foi, assim, minha nota de cinco dólares ali ao lado da conta. Na mesa encontro uma embalagem vazia do adoçante cor-de-rosa, o que me prova que ela realmente esteve ali. Pearl. Ela não é um sonho, como o senso comum gostaria que eu acreditasse. Ela é real.

Nós somos amigos, não é? Você e eu. Somos amigos.

E mais tarde, naquele dia, quando Priddy finalmente me libera para ir embora, eu não vou para casa. Eu fico por ali, perto do café, matando o tempo em um banco de metal forrado de plástico – mãos e orelhas ficando vermelhas por causa do frio, meu nariz começando a escorrer, esperando e confiando que Pearl vai voltar, que ela vai passar por aqui a caminho de uma consulta com o doutor Giles, ou talvez que ela volte ao café para me ver.

Mas ela não volta ao café. Não vai ao doutor Giles.

Eu não estou pronto para ir para casa. Então, em vez disso, fico fazendo hora naquele banco e vejo o carteiro descer a rua em sua caminhonete suja, coletando e entregando correspondências. Ele não tem pressa. É tarde para o carteiro estar na rua, quase pôr do sol. Mas nesta época do ano todos se movem mais devagar. Não há pressa para fazer as coisas. As pessoas andam mais devagar, comem mais devagar, falam mais devagar. A vida se torna apenas uma grande perda de tempo, até que a primavera chegue e, de repente, todo mundo esteja correndo.

Observo quando um gato vira-lata malhado rebola pela calçada perto de uma lata entupida de lixo, o conteúdo prestes a transbordar. A dona de uma loja arranca crisântemos mortos de um vaso de cerâmica e os substitui por sempre-vivas e ramos de azevinho de plástico, preparando-se para o Natal. A senhorita Hayes, dona da loja de cartões-postais e bugigangas, já está pensando no Natal, antes mesmo do Dia de Ação de Graças.

Quando o céu começa a escurecer e a noite lentamente se apresenta, eu desisto. Pearl não virá, pelo menos não esta noite. Ainda assim, não estou preparado para voltar para casa. Não quero ir para casa.

Então me levanto do banco e atravesso a rua, pegando a correspondência de Ingrid da caixa de correio de cobre. Bato na porta de sua casa.

— Ingrid — chamo, levantando a voz para que ela me ouça através da madeira grossa da porta. Eu bato na porta novamente, pela segunda e depois pela terceira vez seguida, e chamo de novo:

— Ingrid, sou eu. Alex Gallo.

Lá dentro, através da porta, ouço a TV, o volume tão alto que ela mal pode me ouvir. Eu toco a campainha e ouço o som de sinos anunciando minha chegada, o fato de eu estar há quatro minutos inteiros parado na varanda, com a minha bunda congelando. Eu corro no lugar, tentando me aquecer. Não está funcionando. Estou com frio. Examino a pilha de correspondências em minhas mãos enquanto espero: a revista *Clipper*, contas, uma revista mensal de decoração, um envelope com endereço errado do Departamento de Estado, o destinatário não é Ingrid, mas uma senhora chamada Nancy. Nancy Riese. Eu solto um grunhido: o carteiro está ficando relapso. Na semana passada, Pops e eu recebemos a correspondência dos Ibsen, na semana anterior a dos Sorensons.

Quando Ingrid finalmente abre a porta, não sem antes conferir através do vidro lateral, para ter certeza de que era eu, ela fica feliz ao ver a correspondência em minhas mãos.

— Querido — me diz ela, pegando a pilha de papéis das minhas mãos. Ela está usando um avental listrado azul-marinho e segura uma tesoura de cozinha. Ela está fazendo o jantar. Eu sinto o cheiro de algo quente, delicioso e caseiro vindo de dentro da casa, onde a TV berra, alto e claro, na voz de Emerson Lagasse, naquele sotaque característico de Nova Orleans e com aquelas conhecidas frases de efeito (*Bam!*), nos ensinando a cozinhar.

Ingrid então diz:

— Entre, entre, entre — e me puxa com a mão livre pela minha manga branca para o corredor de sua casa. Rapidinho, ela fecha e tranca a porta, olhando mais uma vez pela janela lateral, para ter certeza de que eu não fui seguido, de que o vento não entrou junto comigo.

Sigo Ingrid até a cozinha. Lá ela para em frente ao fogão, mexendo o que quer que esteja cozinhando hoje. Eu sinto o cheiro de alho, cebola e orégano.

Cometo o erro de dizer a ela que o cheiro é delicioso, e ela diz:

— Fique para jantar — e não é nem uma pergunta nem um convite, é mais uma ordem: *Você vai ficar.*

— Ah, não posso — repondo rápido. Eu quero comer o que quer que Ingrid esteja inventando — algo que não saiu de uma caixa ou de uma lata — mas não posso. Não devo. — Meu pai, ele está em casa. — E não elaboro mais, com vergonha de dizer o resto, que ele está acabado ou desmaiado no sofá depois de ter passado o dia bebendo, que ele provavelmente não comeu nada desde que eu saí para trabalhar de manhã. Que eu tenho que correr para casa antes que ele decida fazer o jantar sozinho, ligue o forno e o esqueça ligado. Não seria a primeira vez.

— Tem o bastante aqui para o seu pai também — diz Ingrid, abrindo o armário e começando a pegar pares de pratos. — Nós deixamos um pouco para ele. Quando você for, leva em um *tupperware* e ele pode esquentar. — Dessa forma, Ingrid me assegura que eu *posso* ficar. Que eu devo ficar. E antes que eu perceba o que está acontecendo, ela coloca uma porção de algum tipo de pasta em uma tigela para mim – com molho de tomate, cogumelos, macarrão cabelo de anjo. Ela também me serve um copo de leite. Como uma mãe faria. Não a minha mãe, mas *uma* mãe. Eu não me lembro da minha mãe cozinhar para mim. Mas ela deve ter cozinhado, não é? Deve ter cozinhado.

Houve um tempo, depois que minha mãe partiu, em que eu me agarrei a mães – mães de outras pessoas – desesperadamente. Hoje, anos depois, tenho certeza que Freud teria algo a dizer sobre isso, mas na época eu não sabia mais o que fazer e não me importava.

Quando eu tinha apenas seis anos, eu saí de casa sozinho e caminhei até um parquinho a alguns quarteirões de casa. Pops estava em casa, mas ele estava bêbado. Pops não sabia que eu tinha saído. No parquinho, fiquei brincando com um garoto mais ou menos da minha idade, cuja mãe estava sentada em um banco próximo e nos observava enquanto brincávamos. Mas quando chegou a hora do garotinho ir embora, eu tentei ir para casa com ele. Quando ele correu e segurou a mão estendida de sua mãe, eu corri junto e segurei a outra mão. Ela não me afastou, ela não disse *Não me toque*.

A mulher, então, percebeu pela primeira vez que eu estava sozinho.

— Onde você mora? — perguntou ela, e eu perguntei de volta se podia ir para casa com eles. Ela me disse que não, mas seus olhos eram gentis e atentos, na expectativa de que eu, como um cachorrinho perdido, voltasse para casa.

Não foi a única vez que algo assim aconteceu.

— Coma — diz Ingrid, olhando para a comida posta sobre a mesa na nossa frente. E: — Por favor. Tem demais para mim. Eu não quero jogar fora. Você vai ficar, não vai, Alex? — pergunta ela com um tom de leve súplica, olhando para mim ali, parado perto da mesa, meus olhos fixos na comida posta à minha frente, quase com certeza babando como um cão faminto.

Olhando para seus olhos, eu me lembro de como eles são tristes. Ingrid tem olhos tristes, olhos solitários. Ela diz querer que eu fique por causa do excesso de comida, mas a razão real é só uma: ela está sozinha. Ingrid não tem com quem conversar, ninguém além das celebridades da TV para jantar com ela, e uma conversa de mão única com a televisão não é apenas triste e solitária, é patética.

Então eu me sento e como. Primeiro o macarrão, seguido de uma compota de pera com sorvete de creme. Ela me convence a jogar uma partida de *gin rummy*. É difícil dizer não para Ingrid, e conforme o tempo passa, descubro que nem quero dizer não. Quero ficar. Sem que eu nem perceba, Ingrid e eu estamos vendo TV, ainda sentados à mesa da cozinha, nossos pratos empurrados para o lado – reprises de *Jeopardy!*, e nós estamos gritando as resposta juntos. *Quem é Burt Reynolds?,* exclama ela, e eu vou para a próxima pergunta: *O que é Provença?* E daí ela pega um baralho e começa a dar as cartas. Dez para mim, dez para ela.

Ser parte de uma família deve ser assim.

Eu passo a maior parte das noites sozinho. Bem, não exatamente sozinho, mas com Pops, o que é, no fundo, o equivalente a estar sozinho. Nós nos sentamos no mesmo cômodo algumas vezes, mas nunca conversamos, e algumas vezes nem sentamos no mesmo cômodo. Meus amigos se foram, minhas namoradas não existem. Eu, como Ingrid, passo minhas noites na companhia da TV, quando não estou seguindo o psicólogo da cidade do trabalho para casa ou invadindo uma casa abandonada.

Eu me ofereço para ficar e lavar os pratos depois que *Jeopardy!* e a partida de *gin rummy* acabam. Ingrid tenta muito recusar.

— Você é meu convidado! — diz ela, mas eu insisto, parado na frente da pia de aço inoxidável, olhando enquanto ela se enche de bolhas de sabão translúcidas, que eu estouro uma a uma com o indicador. Aí eu submerjo os pratos e começo a lavar. No escorredor, os pratos rapidamente se acumulam e começam a bater, uma torre de pratos saturados crescendo rápido, de forma que, quando eu coloco mais um no topo, eles escorregam e ameaçam cair.

— Onde estão os panos de prato? — pergunto a Ingrid, abrindo as gavetas da cozinha, procurando algo com que secar os pratos.

Mas Ingrid diz que não.

— Deixe-os aí — diz ela, explicando para mim que eles secam sozinhos durante a noite. — Você trabalha demais — diz ela, acrescentando então: — Você é um bom rapaz, Alex. Você sabe disso, não sabe?

Então eu enxergo, o *dégradé* na pele em torno dos olhos dela, a pele fina e enrugada. A secura das íris, a vermelhidão da esclera. Conjuntivite, penso. Infecção. Alergias.

Ou talvez apenas alguém triste.

Eu balanço a cabeça, digo que sim, eu sei, apesar de algumas vezes não ter tanta certeza. Bom ou não, eu ainda me sinto um parasita. É aquele pensamento que me persegue no meio da noite: o fato disso ser tudo o que há e tudo o que vai haver na minha vida. Que é isso, a vida como eu a conheço. Que nunca vai haver nada além disso. Esta cidade, esta existência, o café de Priddy. Uma vida lavando os pratos sujos de outras pessoas. Eu ouço a garota nos meus sonhos me chamando, *Vamos...*

Será que algum dia eu terei a chance de ir?

— Sua mãe — diz ela, deixando que sua voz desapareça antes de ter coragem de completar o pensamento, de dizer em voz alta o que está pensando. — Ela nunca deveria ter partido. — E então ela me dá um tapinha no braço, e eu me vou, levando comigo um pote com o macarrão que sobrou.

Enquanto caminho, um coiote uiva ao longe para o trem que cruza a cidade chacoalhando, desta vez um trem de carga, é muito tarde para o trem de passageiros estar passando. Mas ele passou, há algumas horas, aquele trem de passageiros. Será que Pearl embarcou nele ou continua por aqui, patrulhando as ruas da cidade?

Já passa bem das nove da noite e a cidade dorme um sono profundo, hibernando, como fazemos até a primavera.

Quando chego em casa, Pops está dormindo no sofá com a cara enfiada na almofada. Ao lado de sua cerveja derramada há outro "Último aviso", molhado e cheirando a álcool fermentado. Ele gruda na mesinha e quase rasga quando eu o levanto, xingando alto: "Puta merda, Pops". Dessa vez é a eletricidade. Logo estaremos sem luz. Meus olhos percorrem a casa, passando pela TV, pelo abajur, pela velha e feia luz embutida da sala de estar e pela porta aberta da geladeira – tudo ligado, tudo em uso. Ele conseguiu deixar tudo ligado, aumentando ainda mais a conta de luz. Eu vou ter de fazer horas extras para pagar a conta, mais tempo me matando para a Priddy enquanto Pops fica em casa se acabando. E gastando o dinheiro que ele recebe para a cerveja. Esta é a melhor parte. Pops não tem dinheiro para a cerveja. Há muito tempo, quando eu era só um garoto, ele quebrou meu cofrinho de moedas. Ele também já encontrou e falsificou os cheques do meu salário assinados pela Priddy e pediu ao banco que os descontasse. Então ele começou a entrar escondido no meu quarto e roubar minhas coisas – velhos troféus de beisebol, meu anel de formatura do ensino médio – qualquer coisa que pudesse vender na loja de quinquilharias da cidade. Agora eu dou uma pequena mesada para ele, para ver se ele deixa minhas coisas em paz. Mas, ainda assim, ele continua pegando coisas. Na semana passada mesmo eu descobri que meu telescópio tinha desaparecido, outro tesouro vendido para comprar bebida.

Mas isso são só coisas para mim. Coisas materiais. O que mais me importa não vale mais que alguns dólares, mas mantenho escondido sob a cama para que Pops nunca encontre. Minha coleção de crinoides. Contas indianas coletadas na praia. Pequenas criaturas fossilizadas, guardadas em um ziploc. Pops pode ficar com o telescópio, se ele precisa tanto, mas os crinoides são meus.

Como era de se esperar, uma boca do fogão foi esquecida acesa, um cheiro de queimado estava se espalhando rapidamente pela casa. Um pedaço de queijo – agora completamente preto – foi deixado sobre o fogo, dentro de uma frigideira, enquanto Pops dorme e ronca, com um fio de baba escorrendo de seu queixo para sua mão indolente. A manteiga foi deixada fora da geladeira, sobre a mesa, ao lado de um pacote de queijo americano. Os dois me parecem cheirar mal, então vão para o lixo. A porta da geladeira está escancarada, a comida lá dentro esquentando. Há cerveja derramada por todo o chão, o líquido se infiltrando no piso da cozinha, estufando-o.

Eu tento acordá-lo para fazê-lo limpar sua maldita bagunça. Ele não se move. Coloco a orelha sobre seu peito para ter certeza, ele ainda respira. Melhor assim.

Dessa forma posso matá-lo quando ele finalmente acordar.

Ele podia ter posto fogo na casa.

Eu abro as janelas para arejar o fedor e começo a limpar a bagunça – a bagunça de Pops – mais uma vez, minha raiva amortecida apenas pelo fato de meu estômago estar cheio.

Hoje eu fui alimentado e cuidado por uma mãe, alguma mãe, não importa se aquela mãe é minha ou não.

QUINN

Já está escuro quando deixo o apartamento de Nicholas Keller. Está mais escuro do que escuro. Está escuro como breu, uma noite de novembro sem estrelas, o céu tingido de negro.

Eu subo no ônibus 55 no Hyde Park, uns nove ou dez quilômetros ao sul do Loop. Minha casa, a mais ou menos quinze quilômetros ao norte do Loop, parece muito distante. Completamente em outro mundo, em outro planeta, em outra galáxia, e embora eu queira estar lá, eu me pergunto se minha casa será outra vez um lar.

O percurso para o meu apartamento é uma tragédia mesmo antes de começar. Leva mais de uma hora, refazendo os passos que fiz no caminho para o Hyde Park há menos de uma hora, enquanto o sol começava a se pôr na noite fria. Dois ônibus, uma viagem de metrô e uns oitocentos metros de caminhada.

Mas isso foi antes. Antes de eu ter a confirmação de Nicholas Keller que Esther matou a noiva dele, uma mulher agora enterrada sob uma lápide de bronze em um cemitério idílico nos subúrbios de Boston.

O que não entendo é o que todas essas ocorrências estranhas têm em comum: o desaparecimento de Esther, a busca por uma nova colega, a petição para troca de nome, a morte de Kelsey Bellamy.

Há um pensamento que não sai da minha cabeça. Esther está procurando uma nova colega porque me quer morta?

Esther está tentando me matar?

Um calafrio corre pela minha espinha e imagino aranhas subindo pelas minhas vértebras como um lance de escadas. Milhares de aranhas escalando minha pele com as longas pernas segmentadas percorrendo o caminho e garras me escavando, fiando teias sob minha blusa.

Esther é uma assassina?

De repente, estou assustada.

E, ainda assim, nada disso explica a identidade de *Meu bem*. Quem é *Meu bem*? *Quem, quem, quem?* Exijo saber, preciso de respostas agora.

Vasculho minha mente em busca dos homens que Esther trouxe para casa nos meses que passamos juntas. Não houve muitos, isso é certeza. Havia o que gostava de cozinhar, um bonitão com maçãs do rosto altas, um queixo bem-desenhado e grandes olhos galantes. Havia um admirador secreto que mandava flores, uma dúzia de rosas sem cartão.

Algum desses homens era *Meu bem*? Eu não sei.

E o que essas coisas têm a ver *comigo*?

De uma coisa tenho certeza: algo perigoso está acontecendo. Sirenes de tornado começam a gritar silenciosamente no meu ouvido. Sirenes de ataque aéreo avisam-me sobre uma ofensiva nuclear iminente. Para onde quer que olhe, vejo uma bandeira vermelha gigante. *Perigo, Will Robinson!*

Estou assustada.

A hora do rush veio e se foi. O ônibus não está tão lotado como de costume, o que é uma benção e uma maldição. Eu daria boas-vindas ao barulho, para variar, aos corpos pressionados contra o meu, ao fedor horrível dos hálitos e dos odores corporais. Eu os aceitaria por uma única razão: o fato de que há segurança em números.

Mas não esta noite. Hoje estou sozinha.

Deslizo por um banco rasgado completamente sozinha e olho a noite sombria pela janela. Ponho o casaco ao meu redor para ajudar a me esquentar. Sem chance. Graças às luzes de LED do ônibus, é difícil ver alguma coisa. As luzes da cidade queimam distantes e nosso Grande Lago nada mais é que um abismo negro. Um poço sem fundo. Eu me pergunto o que há do outro lado do enorme lago negro. Wisconsin. Michigan.

Além daquilo, não há nada. Só escuridão.

Mas não me impede de imaginar as coisas que não posso ver.

Eu vejo Esther aqui e lá, ao lado da Lake Shore Drive, escondida atrás de uma árvore sem folhas. Sou tomada por essa certeza repentina, misteriosa, de que ela está lá e que Esther, minha querida amiga Esther, está me procurando. Tenho certeza de tê-la visto no banco do motorista de outro carro na LSD, um cupê vermelho de duas portas, uma mulher que olha para mim através da janela do ônibus, os olhos ameaçadores, hostis e vis. Eu avisto o casaco de Esther em uma parada de ônibus na qual passamos a caminho da estação na linha vermelha: o casaco xadrez preto e branco, um gorro preto na cabeça. Eu me viro no assento, desesperada por um vislumbre da mulher que veste essas coisas, mas, quando me viro, ela já foi. No lugar dela, onde eu imaginava que estivesse, há um cabelo preto cacheado na cabeça de uma adolescente. Um moletom de zebra. Jeans.

Meus olhos observam os passageiros do ônibus um a um – não é Esther, não é Esther, não é Esther. Em silêncio eu elimino cada um deles como possibilidade. Inspeciono todos enquanto pagam a passagem e embarcam. Faço isso a cada parada – olhos examinando os cabelos, os olhos, buscando traços da Esther, lembrando-me de olhar mais de perto, ela poderia estar disfarçada. Uma mulher de meia-idade olha de volta para mim e pergunta:

— O que está olhando, garota? — E eu desvio os olhos enquanto ela passa bufando e toma um assento atrás de mim.

Quando não vejo Esther, digo a mim mesma que talvez ela tenha contratado alguém para acabar comigo. É bobo, mas não parece mais tão bobo quando eu somo dois e dois na minha cabeça. Esther matou Kelsey e então me encontrou. Kelsey, com suas alergias alimentares, era um alvo fácil. Esther poderia matá-la de olhos fechados e com as duas mãos nas costas. Primeiro passo: sumir com a EpiPen. Segundo passo: farinha de amendoim. Fácil, fácil.

Mas não comigo. Eu não sou alérgica.

E agora Esther está em busca de uma nova colega de apartamento, Megan, de Portage Park. O tempo dela comigo acabou. É o que digo a mim mesma, enfim, enquanto estou sentada no ônibus, agora paralisada de medo. Esther está tentando me matar.

Meu raciocínio me leva a isso: Esther contratou um assassino de aluguel para me matar. Ela não pode me matar, então contratou outra pessoa para fazer o trabalho. Por que mais ela teria todos aqueles comprovantes de caixa eletrônico que encontrei na lixeira da cozinha? Três comprovantes de três dias consecutivos, de quinhentas pratas cada, totalizando mil e quinhentos dólares.

Minha vida vale mil e quinhentos dólares?

Vale para mim.

Como se parece um assassino de aluguel?, eu me pergunto enquanto desço do ônibus e entro na estação de metrô da linha vermelha. Ali está mal-iluminado e sombrio, minha visão das pessoas que passam é embaçada e vaga. Todas têm pressa. Elas passam rapidamente por mim com lugares para ir, pessoas para ver. Eu permaneço parada ali, atordoada, tentando encontrar o meu cartão de embarque, mas prefiro avaliar os rostos ao meu redor e meus pés congelados no concreto imundo. Alguém esbarra em mim, e rosna:

— Você está impedindo a passagem.

Mas ainda não consigo me mover. *Como é um assassino de aluguel?*, eu me pergunto de novo, ficando mais e mais assustada. Ele é grande, brusco, tem voz gutural e ríspida? Lutadores de vale-tudo me vêm à mente. Mas vêm, também, homens magérrimos com piercings no rosto e um milhão de tatuagens. Viciados em drogas, esqueléticos. E então há os carecas, barrigudos e com óculos. Eles também vêm à minha mente. Um assassino é um deles ou todos eles? Ou uma combinação dessas características? É sempre um *ele* ou pode às vezes ser *ela*? Há algum tipo de regra de como um assassino deve parecer ou se comportar, ou é melhor que sejam despretensiosos como o homem com cara de nerd, desajeitado e sem graça, que lê um jornal de pé no meio da plataforma enquanto pago a tarifa e tomo meu caminho para os degraus? É possível que Esther tenha contratado esse homem para tirar a minha vida?

Os olhos dele se levantam do jornal quando eu apareço e ele sorri. *Estive esperando*, dizem seus olhos. Procuro uma arma no bolso ou na mão dele, por algo que ele vai usar para matar, e então me ocorre: é o trem que vai me matar.

Esse é o pensamento que passa pela minha cabeça quando ponho os pés na plataforma, olhos girando como um camaleão com visão de trezentos e sessenta graus, para me certificar de que ninguém está me seguindo. Meu coração bate depressa. Eu derrubo meu cartão uma, duas, três vezes antes de conseguir colocá-lo dentro da minha bolsa.

Às vezes acidentes acontecem no trem, uma ou outra pessoa cai na linha eletrificada ou fica presa e é atingida pelo trem que chega. Já aconteceu antes. Já vi no noticiário. Não é tão comum, mas acontece. Homem ou mulher eletrocutado no trilho, mulher ou homem atropelado pelo trem. Quase sempre, suicídio. As linhas do CTA fecham para investigação, e para o resto do mundo nada mais é do que uma inconveniência. Apenas uma chatice desagradável, algum idiota resolve acabar consigo em público no meio da hora do rush, no principal meio de transporte da cidade.

Mas não é nisso que penso agora. Não, agora estou pensando na sensação do tombo, de ser frita por milhares de volts, de ser esmagada por um dos maiores sistemas de transporte rápido do mundo. Em estar morta. É nisso que estou pensando quando mantenho distância do homem com o jornal, do tatuado, do homem careca de óculos e da mulher de meia-idade – sim, mulher – com cabelos grisalhos. Todo cuidado é pouco.

Como seria estar morta?

É nisso que penso.

O trem da linha vermelha chega à estação e eu embarco. Fico de pé, pronta para correr se precisar. Poderia ter pegado um táxi. *Por que não peguei um táxi?*, eu me pergunto, mas a verdade é: segurança em quantidade. Há segurança em quantidade.

Isso é algo que minha mãe diria.

Talvez ela não seja tão tola, afinal.

Ela também me disse para carregar um spray de pimenta. Um milhão de vezes. Eu disse que ela estava sendo ridícula. Uma pessimista, eu dizia quando ela estava aterrorizada por eu deixar o manto de segurança da nossa vida suburbana. Temia os hooligans que a cidade tinha a oferecer, as gangues, as altas taxas de crimes.

— Relaxa, mãe — disse eu a ela. — Você se preocupa por nada.

Mas agora não tenho certeza. Eu quero um spray de pimenta. Mais importante, eu quero a minha mãe. Pensei em todas as evidências, uma por uma: o fato de que Esther sumiu, as cartas para *Meu bem,* a ligação obscura no celular de Esther sobre o encontro perdido na tarde de domingo, o pedido de troca de nome, os comprovantes de saque, a busca por uma nova colega, alguém para me substituir depois que eu for embora. *Embora*? Embora para onde? A morte de Kelsey Bellamy, que, na minha mente, ultrapassa todas as outras evidências, ainda que eu me pergunte se alguma dessas pistas é genuína ou são apenas falsos indícios, tramas enganosas para me tirar do rumo. Eu não sei.

Quando o trem chega à estação, há ainda uma viagem de ônibus pela frente. Apresso-me para a rua e para o terminal de ônibus. Agradeço a Deus porque o ônibus para assim que chego, e não preciso esperar lá fora, na noite fria e escura. Embarco rápido, subo os degraus e pego um assento bem atrás do motorista. O motorista vai me proteger, penso de um jeito bem estúpido. Ele dá a partida antes que eu me sente. Quase caio com o movimento. Uma vez sentada, procuro em minha bolsa pela chave e qualquer coisa que possa ser usada para me proteger: uma lixa de unhas, protetor labial, desinfetante para as mãos. Penso nos próximos passos. Quando o ônibus chegar à minha parada, vou correr para casa. Vou subir os três andares do prédio e entrar no apartamento 304. Trancarei a porta, mas já que Esther tem as chaves, isso será inútil. Será em vão.

Então vou reforçar a porta com cadeiras, resolvo, com todas as cadeiras que encontrar. A poltrona xadrez, as cadeiras da cozinha, a cadeira da escrivaninha da Esther. Apoiarei o sofá da sala, também, a mesa de centro, a escrivaninha. O que eu encontrar. Mas então me lembro de que Esther não tem a chave do apartamento. Não mais. John, o cara da manutenção, trocou a fechadura. Depois desse pensamento, dou um pequeno suspiro de alívio, sabendo que mesmo assim vou reforçar a porta com cadeiras e a mesa, só para garantir. Por via das dúvidas.

Não vou comer coisa alguma por medo de que a comida do apartamento esteja envenenada com ricina ou cianeto. Também decido isso.

E então há a saída de emergência, se Esther optar por voltar do jeito que saiu, pela saída de emergência e pela janela do quarto dela, para dentro de nossa casa. A janela está fechada e trancada, mas isso não quer dizer que ela não possa cortar a tela e quebrar o vidro com o punho.

Ou talvez ela incendeie todo o maldito prédio. É isso que me vem à mente, nosso prédio de quatro andares consumido por chamas alaranjadas.

E então, eu sinto uma carícia gentil nos meus longos cabelos loiros.

E ali, dentro do ônibus, eu grito.

ALEX

Naquela noite, eu me deito na cama e, quando estou quase pegando no sono, acordo subitamente. Aquela descarga elétrica que nos assalta antes de dormir, o corpo pronto para se retirar, a mente não. Ou será ao contrário? Um tranco hipnagógico, uma partida a frio no meio da sonolência. É isso que me acorda, ou, pelo menos, é o que parece.

Tudo está silencioso, e então ouço um tilintar de vidro contra vidro. É como soa para mim. Demora um minuto para eu me dar conta do que está acontecendo. Quando finalmente presto atenção, percebo que o barulho está vindo da janela. Levanto-me da cama e me aproximo do vidro, a tempo de ver uma pequena pedra ser lançada da rua, sua trajetória a levando do chão ao vidro. Ela bate na janela e cai, rolando pela calha no teto da varanda.

Eu abro as persianas e espreito o gramado murcho lá embaixo, e ali está ela. Pearl.

Ela está vestindo seu casado listrado preto e branco, o gorro preto cobrindo sua cabeça. Está escuro lá fora, é difícil enxergar direito. Mas eu a vejo: ela está lá, em pé na noite silenciosa, como uma imagem em uma fotografia borrada. Vaga e imperfeita, mas ainda assim perfeita de tantas maneiras. Ela acena quando abro as persianas. Olho para fora, um pouco confuso. Por que ela está aqui? Eu não sei, mas agradeço aos céus por sua presença.

Toda a minha vida sonhei que uma garota viria me ver no meio da noite, e agora aconteceu.

Ergo minha mão e aceno de volta, um aceno meio indolente, apesar de por dentro eu me sentir tudo menos indolente: eu esqueço completamente que estava prestes a adormecer, ainda irritado com Pops e a conta de luz atrasada, com ele ter roubado meu telescópio. Esqueço que estava sentindo pena de mim mesmo. Amuado. Querendo e esperando algo além desta vidinha.

Eu levanto o dedo indicador e pronuncio silenciosamente as palavras, *Um segundo*, mas duvido que ela consiga ver. Pego o agasalho pendurado na maçaneta do armário e corro para fora, antes que Pearl mude de ideia e se vá.

— O que você está fazendo aqui? — pergunto, minha voz pouco mais que um sussurro, quando a encontro no gramado.

A grama está molhada, coberta de orvalho. A umidade entra nos meus tênis, molhando meus pés, deixando-os gelados. O cabelo dela está molhado e o que eu mais quero é estender a mão e tocá-lo, acariciar o cabelo *ombré* com a ponta dos dedos, sentir se a textura muda com a coloração: de arenoso para áspero para denso e sedoso, como veludo. É como me parece, como veludo. Choveu, acho, e é por isso que o cabelo dela está molhado. Mas eu não ouvi a chuva. Há orvalho na grama, mas o concreto da calçada e o da rua estão secos. Talvez ela tenha ido nadar novamente, chapinhar nas águas do lago Michigan. Talvez seja isso. Provavelmente foi isso, decido. Ela foi nadar.

Mas não pergunto.

— Eu estava entediada — admite Pearl.

É por isso que ela está aqui, então. Eu não sei o que responder, ou o que pensar. Quão entediada ela precisa estar para vir me ver?

Mas tento não deixar minha falta de autoconfiança levar a melhor. Ela está aqui e é isso que importa. Ela está aqui.

Ela se vira e começa a andar e, como um cãozinho perdido, eu a sigo. O ar parece energizado esta noite, e a cidade está estranhamente silenciosa. Pouco mais do que o som de nossos passos se ouve na noite, os chutes involuntários nas pedras sob os nossos pés, o chiado rítmico de um único sapato. Não há carros, não há trens, não há gaivotas ou corujas. O mundo inteiro está dormindo, exceto nós dois – Pearl e eu.

Andamos. Eu não sei para onde estamos indo, e também não acho que ela saiba. Até onde posso ver, não estamos indo a lugar algum. Não falamos muito. Algumas vezes, assim é melhor, pois daí eu não falo algo idiota e estrago tudo. Mas aqui e ali nós falamos alguma coisa inútil e boba como *Olha que casa feia* ou *Parece que a luz do poste está queimada de novo*. Só falando por falar. Esse tipo de coisa.

Mas então, quando estamos no meio da segunda volta no quarteirão:

— Meus pais me deram — diz ela.

As palavras vêm sem razão, mas eu aposto que estiveram presas ali no fundo de sua mente por um longo tempo, querendo sair, como ratos de laboratório tentando escapar de um labirinto.

— Quando eu era pequena — acrescenta ela, e eu junto as palavras na minha cabeça, sua confissão: *Meus pais me deram quando eu era pequena.*

Revelações como essa parecem bem mais fáceis de se fazer no escuro, quando você não precisa ver a expressão de pena no rosto de outra pessoa, um olhar que de alguma forma faz com que você se sinta pior, quando na verdade deveria fazer você se sentir melhor.

— O que você quer dizer com deram você? — pergunto. — Tipo, para adoção?

— Sim — diz ela.

— Sinto muito — digo, porque não consigo pensar em nada melhor para dizer.

Não me parece que eu tenha o direito de tentar saber mais, de qualquer forma. Então, em vez disso, eu resolvo ficar indiferente, *sinto muito*, esperando que ela saiba que é tudo o que eu de fato tenho a dizer. Pearl não é uma criança. Qualquer um diria que ela tem idade suficiente para já ter superado isso, mas, ainda assim, acho que ninguém realmente supera esse tipo de coisa. Não é como se eu tivesse superado ter sido abandonado pela minha mãe. É mais como uma dor latejante, não uma pontada súbita. Dura para sempre.

— Tudo bem. Eu já superei. — diz ela, dando de ombros, mas, por alguma razão, acho que ela não superou. Minha impressão é que ela tem vinte e cinco, talvez vinte e oito anos, e ainda sente raiva de seus pais porque a entregaram para adoção. Tem isso também, sobre esse tipo de coisa. Corrói. É da natureza humana guardar rancor. É difícil seguir em frente quando você mal consegue entender o que deixou para trás, ou o que deixou você para trás. Minha própria mãe já se foi há treze anos e não passa um dia sem que eu me sinta mal por isso. Na verdade, ainda estou puto com isso. E penso nela o tempo todo. Eu poderia dizer a Pearl como seria melhor se ela esquecesse o passado e seguisse em frente, para o futuro, mas isso é o que se chama o roto falando do rasgado. Eu não sou hipócrita. Às vezes é mais fácil falar do que fazer.

— Por quê? — pergunto, então. — Por que seus pais deram você para adoção?

Não consigo ver, mas imagino que ela dá de ombros.

— Por que qualquer pessoa desiste de seus filhos? — pergunta ela.

É uma pergunta retórica, Pearl não está esperando uma resposta de verdade. Mas por dentro começo a pensar em todo tipo de motivo, tal como problemas financeiros, divórcio, uma jovem mãe solteira, falta de ajuda, apenas uma mulher que não tinha ideia de como ser uma mãe. Eu tenho certeza de que ela não quer ouvir nada disso. Sua voz deixa transparecer o ressentimento, eu consigo ouvi-lo, claro como água. No máximo, ela quer que eu diga que quem desiste de seus filhos são pessoas horríveis e péssimos pais. Porque são simplesmente mesquinhos. Mas nem tenho chance de dizer coisa alguma.

— Menina má — ela diz de repente, a intensidade de suas palavras me dando um susto. Elas saem potentes, raivosas, e ali, no meio da noite, para ninguém em particular, ela aponta um dedo acusador, em riste, e repete: — Menina má. Você foi uma menina muito má.

É estranho, com certeza. A declaração de Pearl, ou lembrança, ou o que quer que tenha acabado de acontecer. Não é como se eu já não soubesse que ela é um pouco maluca, e isso agora me dá ainda mais motivos para questionar sua sanidade, mas por alguma razão não me importo. Talvez seja bom estar na companhia de alguém que não dá a mínima para as normas da sociedade, que não se importa com o que os outros pensam. Ainda assim, aquelas palavras, aquela declaração, *Menina má*, no meio de uma noite tão quieta, gruda na minha cabeça. *Você foi uma menina muito má*. É uma sentença que permanece com ela, assim como a minha fica comigo: *Saia daqui, Alex. Deixe-me em paz. Não me toque*.

A noite parece ficar mais silenciosa. Eu ouço o ritmo de nossos passos, meus pés sincronizados com os dela. Andamos devagar, sem destino, sequer em linha reta. *Vagando* seria uma palavra melhor. Nós vagamos rua abaixo pela noite, sob uma abóboda de estrelas e árvores. Em algum lugar ao longe, uma matilha de coiotes atravessa um bosque ou um campo soltando seus uivos agudos enquanto se reúnem para uma caçada. Nós escutamos, imaginando a matilha de coiotes perseguindo e cercando um cão-da-pradaria, um gato, um esquilo.

— Pelo menos foi isso o que sempre me disseram. *Você foi uma menina muito má* — repete ela, mas desta vez suas palavras vêm em um tom mais baixo, reservado. Eu tenho vontade de perguntar se é verdade, se ela foi uma menina má. Acho que talvez seja verdade, mas talvez não. Talvez tenha sido tirado de contexto ou visto de forma desproporcional, algo assim. Na verdade, crianças são más, não são? Egoístas e tal. É da natureza delas. Eu acho que eu também era, e que por isso minha mãe decidiu partir. Mas, de repente, saber que os pais dela a deram para adoção faz com que minha mãe não pareça tão ruim por ter me abandonado. Pelo menos eu ainda tinha Pops. Ela não me separou de Pops.

— Você só descobriu agora? — pergunto. — Sobre ter sido dada para adoção?

Mas ela diz que não, que sabe há algum tempo.

— Alguém contou para você? — pergunto.

Ela responde:

— Eu descobri sozinha.

Ela começou a ter sonhos, é o que me conta, sobre outra mãe, outro pai. Sobre dedos apontando para ela, dedos irados e acusatórios, e aquelas mesmas seis palavras sendo repetidas e repetidas, como um disco quebrado: *Você foi uma menina muito má*. Foi há anos, há muitos anos. Ela ainda estava em casa, morando com os pais. Ela contou a seus pais adotivos sobre os sonhos, apesar de não precisar fazer isso. Eles já a tinham ouvido gritando enquanto dormia. Eles sabiam dos pesadelos, ou o que ela achava que eram pesadelos naquele tempo. No fim eram *flashbacks*. Ela estava lembrando. E, pouco a pouco, juntou as peças e descobriu tudo. Tinha também aquilo, ela não se parecia com ninguém na sua família, todos altos e troncudos, com cabelos loiros avermelhados e olhos verde-claros. Eles não se pareciam nem um pouco com ela. Ela ficou triste, tomada por um sentimento de abandono e melancolia, não importando que tivesse uma família que a amava. Pearl se sentiu ferida, rejeitada pelos pais que a entregaram. Mas era mais que isso, ela sentiu que mentiram para ela, que tinha sido feita de boba.

Sua família adotiva ficou arrependida.

— Eles eram gente boa — conta ela enquanto caminhamos pela rua de paralelepípedos. — Eles *são* gente boa.

Estamos mais próximos agora, andando em linhas paralelas. Não nos tocamos, não intencionalmente, não, mas de vez em quando o balanço do braço dela roça o balanço do meu.

— Eles queriam fazer o melhor para mim — diz ela sobre seus pais adotivos. Ela não me diz seus nomes ou qualquer coisa sobre eles, mas admite que a encheram de amor e carinho, eles a mandaram para a terapia. E à menção de terapia, um alarme toca em meu cérebro.

Doutor Giles.

— Eles fizeram o melhor que puderam com o que tinham, sabe? Eu era uma criança cheia de problemas. Ainda sou, acho. E a fiz chorar muitas vezes, minha mãe. Eu enlouquecia meu pai também. Mas eles eram gente boa. Eles não gritavam, não me batiam quando eu fazia algo errado. E não era como se eles fossem me levar até a próxima cidade e me largar com alguma nova família desconhecida. Quem faz uma coisa dessas? — pergunta ela com uma risada sarcástica. Eu não respondo. Ela não espera que eu diga alguma coisa. — Eles estavam presos a mim, sabe? Eles me adotaram. Assinaram os papéis e tal, mas ainda assim eu os fiz comer o pão que o diabo amassou. Eu sei que fiz. Não conseguia agir diferente, sou assim. É como eu sou. Mas mesmo assim — diz ela —, quando fiz dezoito anos, fiz minhas malas e fui embora. Eles não precisavam mais de mim, parasitando a família deles. Era a família deles, não a minha.

— Eu tentei encontrar a minha família — confessa ela. — Minha verdadeira família, de qualquer jeito. E encontrei — diz ela, sua voz triste e distante.

Houve um longo hiato na sua confissão. Acho que era só o que ela ia dizer. *Eu tentei encontrar a minha família, e encontrei*. Quero saber mais. Quero me intrometer. Quero perguntar o que aconteceu. Mas não pergunto. Eu deixo estar, sabendo que, quando estiver preparada, Pearl me contará o resto.

Em vez de falar mais sobre o assunto, tiro o colar de dente de tubarão de meu pescoço e dou para ela. Para dar força e proteção. Neste momento, ela precisa disso mais que eu.

— Não posso... — diz Pearl, mas o aceita mesmo assim, tirando o cordão de minhas mãos trêmulas enquanto continuamos atravessando a escuridão da noite, andando até que eu não consiga mais andar; mas, mesmo assim, eu não quero ir para casa.

— Eu tentei encontrar a minha família — diz ela de novo depois de algum tempo, depois de um longo tempo, tanto tempo que eu já tinha decidido que ela não diria mais nada. — E eu os encontrei. Eu os rastreei. — Posso ouvi-la respirar na noite sonolenta, sua respiração ofegante, difícil. Não é fácil. Um efeito da caminhada – ou talvez do estresse. Talvez da dor.

— Mas eles ainda não me queriam — acrescenta ela. — Depois de todos aqueles anos, eles ainda não me queriam.

Meu coração se parte por ela, sabendo como foi quando minha mãe me rejeitou. Eu a ouço me contar como encontrou sua família, mas que, assim que os encontrou, eles tentaram fugir dela, recusando-se a atender seus telefonemas, tentando pagar para que ela fosse embora. E, de repente, a rejeição singular de minha mãe não parece tão ruim. Se eu visse minha mãe de novo e ela me rejeitasse pela segunda vez, não sei o que eu faria. Acho que ia surtar.

QUINN

— Silêncio, senhora — diz o motorista do ônibus, um homem grande com voz ainda mais impressionante. Ele mal se vira da cadeira, apenas o suficiente para verificar se não estou sendo estuprada sob a mira de uma arma. Mas ele não diminui a velocidade. Ele não pisa nos freios ou alcança o aparelho de walkie-talkie para chamar ajuda.

— Está tudo bem? — ele pergunta, a voz apática como se perguntasse se eu quero batatas fritas com a minha refeição.

Atrás de mim está sentado o andarilho que gosta de tocar no meu cabelo. E é quase instantânea a sensação de alívio. Não é um assassino, digo a mim. Apenas um esquisitão.

Mas o alívio é breve.

Quando ele sorri, vejo que metade dos dentes está faltando. Os outros são amarelos e disformes. Vai perdê-los também. Eu apenas sei. Não tenho certeza se alguma vez já o olhei nos olhos, além de uma olhadela e um pedido simples: *Pare de tocar no meu cabelo, por favor*.

Ele seria esquisito até mesmo em um dia bom, mas este não é um dia bom. Ele seria esquisito se o sol estivesse brilhando e fosse o meio do dia, mas não estamos no meio do dia, e lá fora o mundo está quieto e escuro. Aqui e agora, ele me parece absolutamente horripilante.

Ele tem um monte de cabelos, na cabeça, no rosto. São crespos, frisados e arrepiados nas pontas. Eu mal consigo ver a pele esburacada por causa de todo o cabelo. Ele usa um gorro no topo da cabeça, é azul--marinho e não ajuda em nada a aquecer suas orelhas. Carrega uma mochila com tranqueiras variadas e usa um cinto incrementado e um bastão de caminhada. O casaco não vale muito, uma jaqueta de náilon da cor de cogumelo. Mas o tamanho da peça – grande – deve ser suficiente para mantê-lo aquecido. Nos pés, tênis diferentes. Uma ajuda de alguma instituição de caridade – Goodwill ou Exército da Salvação, imagino, ou um achado na lixeira. Suas mãos não foram lavadas. Ele cheira mal. Usa um cordão ao redor do pescoço com uma plaqueta de identificação que diz *Sam*. Aposto minha vida que ele não é Sam. Ele encontrou a placa ou, ainda melhor, roubou-a.

Olho para trás e percebo que, salvo por alguns adolescentes descolados no fundo do ônibus, somos as únicas pessoas aqui. Eles não prestam atenção em nós. Usam óculos escuros à noite. Enviam mensagens de texto uns para os outros. Usam fones de ouvido e palavras como *apertado* e *erva* e *instrumento*, nenhuma delas com o significado descrito pelo dicionário *Merriam-Wesbter*. Um dos meninos se levanta e diz:

— Preciso vazar daqui.

O outro diz:

— Vai nessa, meu amigo.

Eles não podem me salvar. De jeito nenhum.

O resto do ônibus está cheio de filas e filas de bancos vazios. Ninguém para ajudar.

E então o esquisito diz:

— Eu gosto do seu cabelo. — E se estica outra vez para me tocar, e eu me afasto afobada, derrubando minha bolsa e metade do que há dentro dela cai no chão: minha carteira, minha maquiagem, meu celular. Coloco a mão embaixo do banco encardido para ter certeza de que não perdi nada, mas minha mão volta vazia. Bem, vazia salvo pela saliva do chiclete de alguém.

— É bonito — diz o esquisito.

— Deixe-me sair. Eu preciso sair do ônibus. Eu preciso sair deste ônibus *agora mesmo* — eu falo para o motorista enquanto recolho meus pertences do chão sujo e os ponho de volta em minha bolsa.

E o que o motorista diz para mim?

— A próxima parada fica a meio quarteirão — é o que ele me diz. — A menos que seja uma emergência, você vai ter que esperar.

E então ele grita para o mendigo me deixar em paz e pelos próximos vinte segundos, ele deixa.

Ele para de tocar o meu cabelo. Ele se ajeita de novo em seu banco e para de falar comigo.

Agarro meus pertences e me levanto. Puxo a corda para a próxima parada, agradecida por ser a minha. Quando o ônibus para, eu não caminho. Eu corro.

Meus passos ecoam pela calçada. Não estou inteiramente sozinha na rua hoje, mas eu me *sinto* inteiramente sozinha. Sabendo que cada alma por quem passo é uma ameaça em potencial, não há como dizer quem é bom ou mau.

Em quem posso confiar.

Em quem eu não posso.

Desvio de pessoas, as que vêm e vão de portas de lojas e restaurantes, mulheres passeando com cães e homens com outros homens, conversando e rindo. Observo todos. Observo todo mundo e pergunto em silêncio: é você o assassino? É você? É você?

A pergunta dá várias voltas em minha cabeça: Esther contratou alguém para me matar?

Eu verifico várias vezes os carros antes de atravessar as ruas, evito sarjetas e bueiros no caso de terem sido removidos intencionalmente para que eu despenque para a morte certa. Uma pessoa pode morrer se cair em um bueiro? Eu não sei. Não há como dizer que tipo de acidente pode acontecer comigo. Evito caminhar muito perto de prédios com unidades de ar-condicionado nas janelas, para o caso de estarem soltas e caírem na minha cabeça. Traumatismo craniano. Isso certamente pode levar à morte. Hemorragia cerebral. Pressão intracraniana.

Enquanto saio das ruas mais agitadas de Clark e Foster, e vou em direção a ruas pacatas como Farragut, sou tomada por tremores. Arrepios. Calafrios.

É totalmente possível que eu molhe minhas calças.

Eu quero ir para casa. Eu quero *estar* em casa. E não no apartamento que divido com Esther. Quero estar na casa da minha mãe e do meu pai, com eles e minha irmã, Madison. Quero bater os pés e dizer três vezes: *Não há lugar como o nosso lar*.

Mas eu não vou para casa.

O vento açoita árvores, revirando meus cabelos, soprando-os na frente dos meus olhos para que eu não consiga ver. Meu cabelo enrola-se ao redor deles como uma venda, impedindo a minha visão. Mas quando estou a ponto de entrar em pânico, o vento deixa meus cabelos, deslizando pelo meu casaco, deixando-me com a sensação de pele nua. Estremeço, querendo gritar com o vento.

Há o som de trânsito ao longe. Um homem vestindo um terno de três peças tenta me pedir informações.

— Pode me dizer como chegar a Catalpa? — pergunta, mas digo para ele ir embora, também.

— Eu não sei — respondo. Falo três ou quatro vezes, em progressão rápida, *Eu não sei, Eu não sei, Eu não sei* – as palavras todas unidas como que amalgamadas. O homem olha feio e desaparece em pleno ar.

E é então que ouço meu nome, sussurrado na rajada do vento. *Quinn*... *Quinn*... Diz o vento, ou, ao menos, é o que escuto.

E então uma risada, uma risada angustiante.

Das sombras das árvores, ele surge.

Ele.

Os dentes amarelos desalinhados, o cabelo desgrenhado. Ele está próximo, esticando a mão suja na minha direção, tentando tocar o meu cabelo. Eu me afasto rápido, tropeçando na calçada e caindo no chão.

— O que quer de mim? — choro, caída no chão de concreto.

Ele não responde, só estica aquela mão suja e tenta me ajudar a levantar. Eu resisto. Não quero tocar a mão, não quero tocá-lo. Eu me levanto do chão, cortando a palma da mão na superfície áspera quando faço isso. Na escuridão, minha mão começa a sangrar. Eu esfrego a mão machucada, implorando de novo:

— Apenas me deixe em paz.

Eu me viro para correr, mas de repente a mão dele está no meu braço, segurando com força. Reduzindo o fluxo sanguíneo.

— Solte-me! — grito, mas ele não solta. Claro que não solta. Sou uma minhoca balançando na ponta do anzol, esperneando pela própria vida.

E então vejo alguma coisa na mão dele, uma arma, a luz de um poste a sólidos seis metros lançando seu brilho tênue sobre o material cintilante – aço, talvez, ou talvez outro tipo de metal. É uma arma? Uma faca? Eu não sei. Puxo o meu braço. Eu me esforço para me afastar. Começo a chorar.

— Não me machuque — imploro. — Por favor, não me machuque.

A mão dele está machucando o meu braço, fazendo doer, os ligamentos e músculos esticando-se de maneiras que não deveriam. Mas tudo que ele faz é rir.

Há três milhões de pessoas em toda Chicago e nenhuma delas está comigo nesta rua, nesta noite. Eu deveria gritar. É isso que eu deveria fazer. *Socorro! Socorro!* Mas a minha voz não passa de um murmúrio. Abro a boca para gritar, mas nada sai.

— Machucar você? — pergunta ele. — Não estou tentando machucá-la.

Eu repito:

— Solte-me, solte-me, solte-me.

— A senhora deixou isto no ônibus, madame — diz ele para mim —, é só isso. A senhora deixou isto no ônibus.

E então vejo o objeto na mão dele. Faz um tinido, um ligeiro ruído dificilmente audível acima do som do meu choro. Não é uma arma, não é uma faca. Mas um celular. O celular de Esther. Que deve ter caído quando eu derrubei a bolsa embaixo de um banco que não alcancei. Enquanto arranco o celular da mão dele, ele solta o meu braço e eu me afasto o mais rápido que posso, tropeçando outra vez em meus dois pés. Mas desta vez eu não caio.

Uma mensagem de texto acaba de chegar.

Não preciso de senha para ler essa mensagem. Está ali, direto na tela.

A vingança é uma droga, é o que diz a mensagem.

ALEX

Estamos sentados no chão sujo e empoeirado da velha casa do loteamento. Em casas como esta, não há nada de especial. Umas cem, todas idênticas, surgiram quase do dia para a noite há cinquenta ou sessenta anos, então essa é igual à casa vizinha e à casa vizinha daquela e à vizinha da vizinha. São todas iguais, cada uma delas, exceto que uma é marrom, outra azul. Mas são todas feias e tediosas e completamente indistintas. Exatamente como a minha própria casa, do outro lado da rua. Ela também é feia.

Está escuro lá fora, ainda é noite. Nós andamos até não aguentarmos mais andar e daí, em vez de ir para casa e para a cama, eu vim para cá. Para esta casa. A casa de Pearl.

— Conte-me sobre esse fantasma — diz Pearl.

Ela está sentada na minha frente, as pernas encolhidas contra seu corpo. Como eu cheguei aqui, não sei. Só sei que vim. Ela repousa as mãos sobre o colo. Um lampejo de luz, esgueirando-se pelos cantos da janela lacrada, reflete-se no dente triangular e pontiagudo – meu colar, meu colar de dente de tubarão, pendurado logo abaixo da gola da camiseta de Pearl. Está escuro. Com as janelas lacradas e sem luz elétrica, não dá para saber se é dia ou noite. Eu perdi a noção do tempo. Ela está sentada a pouco mais de meio metro, e seus olhos, fixos em mim, fazem com que eu esqueça meu nome ou a razão de estar aqui.

— Que fantasma? — pergunto, apesar de saber o que ela quer dizer. Ela parece um pouco distante. Cansada. Imagino que não é fácil dormir em um chão duro e passar o dia vagando pelas ruas de uma cidade pequena. *Só de passagem*, disse ela, e fico pensando em quanto tempo ainda, até ela ir embora. Não que eu queira que ela se vá, porque não quero, mas penso que vai chegar o dia em que eu vou entrar nesta casa esquecida por Deus e ela não estará mais aqui.

— Você me disse que esta casa era mal-assombrada — diz ela.

Ela não vai acreditar em nenhuma das histórias que vou contar, nem eu acredito nelas. Mas é algo para falar. Jogar conversa fora. E, de qualquer maneira, mais importante do que o fantasma – ou do que a ideia idiota de um fantasma que metade da cidade inventou – é a garotinha que virou o fantasma. O resto é só brincadeira. As pessoas gostam de arranjar maneiras de sentir medo. Elas gostam de contar histórias para assustar os outros. Mas é tudo só faz de conta.

Faz muitos anos que Genevieve morreu, foi antes mesmo de eu nascer. Tudo que sei são boatos. Diz a lenda que ela se afogou na banheira de algum hotel enquanto a mãe estava no quarto ao lado, cuidando de um bebê, sem perceber que a pequena Genevieve de cinco anos tinha afundado na água e se afogado. Não houve gritos, como acontece quando alguém se machuca ou está em perigo. Foi uma morte silenciosa, a submersão seguida do sono eterno. Ela não gritou, ela não lutou para respirar. Isso é o que se conta.

Com o tempo, a história da morte de Genevieve foi romantizada, para dizer o mínimo: uma garotinha imersa em uma montanha de bolhas e espuma de sabão, apenas uns fios de cabelo castanho acima da linha d'água. Eles estavam em um quarto de hotel luxuoso, de férias. A descrição da cena da morte se tornou aromática: bolhas de sabão vermelhas com fragrância de sorvete de framboesa, a pele branca e macia da menina, avermelhada pelo calor da água. Mas nenhuma das pessoas que conta a história estava lá para ver o que descreve: algumas bolhas aleatórias, bolhas prateadas, flutuando no ar, que se grudam aos azulejos da banheira. Genevieve tinha se afogado, esquecida na banheira, graças à pequena pirralha no quarto ao lado, sua irmã, com apenas um ou dois anos naquele momento, que tinha caído da cama e chorado, tirando a atenção da mãe que cuidava da menina na banheira.

Ficava muito caro mandar trazer o corpo de outro estado, ou é o que dizem os vizinhos velhos o suficiente para se lembrarem do dia em que o carro da família entrou na garagem da casa amarela, o corpinho de um metro enfiado no porta-malas para evitar a burocracia necessária para mover um cadáver de lá para cá. Os vizinhos dizem que nunca se esqueceram de como se juntaram todos na calçada, aguardando para ajudar a carregar o caixão de madeira rudimentar até a cova aberta no cemitério da cidade. A notícia da morte de Genevieve já tinha chegado à cidade, muito antes de seu corpo.

As pessoas estavam arrasadas. Garotinhas não deviam morrer.

Tudo o que restou foi o fantasma de Genevieve, para assombrar as pessoas até durante o sono, seus sonhos cheios de água de banho derramando pelas bordas de uma banheira, a menininha como um anjo: morta. Sua pele, branca e pálida, asas saindo de suas costas. Seu cabelo negro e molhado.

Eu não acredito em nada disso.

— Genevieve — digo a Pearl. — Esse é o nome dela, o nome da menina que morreu. Supostamente, o nome do fantasma.

— É bonito — responde ela. — É um nome bonito.

— É.

— E ela morreu?

— Morreu.

— Aqui? — pergunta Pearl, fazendo um semicírculo com o braço aberto, apontando para a sala, mas eu balanço a cabeça negativamente. Ainda assim, sigo o movimento descrito pelo seu braço, até as sombras que espreitam de cada canto da sala, até as teias de aranha penduradas no teto, como fitas. Penso em pedir licença e ir buscar um esfregão e um aspirador, para limpar este lugar. Acho que faria isso por Pearl. Faria este lugar ficar mais habitável e bonito. Eu não conseguiria consertar tudo, claro que não. Mas eu poderia esfregar o chão e limpar as teias. Esse tipo de coisa. Ela não devia ficar vivendo aqui neste buraco nojento.

A sala fria ficou quente graças ao aquecedor. Quente o bastante para que Pearl tirasse seu casaco e o meu agasalho, e se sentasse no chão ao lado deles vestindo apenas sua camiseta fina de algodão e o jeans. Seus braços se movem com a graça de uma bailarina, dançando no ar. Eu quero perguntar se ela alguma vez dançou, se fez aulas de balé, qual é sua relação com o doutor Giles. Mas não pergunto. Claro que não. Nada disso é da minha conta. Todo mundo tem seus segredos. Ela não me pergunta sobre os meus, então eu não vou perguntar dos dela. Mas eu contaria, claro, eu contaria a ela qualquer coisa que ela quisesse saber.

Nós somos amigos, não somos? Você e eu. Somos amigos.

— Não — digo, voltando à conversa presente. — Não foi aqui. Genevieve não morreu aqui. — Aí conto a ela sobre as férias da família, sobre o hotel luxuoso. A montanha de bolhas e espuma de sabão e todo o resto. Eu vejo como sua expressão se entristece com minha narrativa da morte da pequena Genevieve.

— Ela não sabia nadar? — pergunta ela, e eu dou de ombros:

— Aparentemente não.

Porque, claro, se ela soubesse nadar teria prendido a respiração debaixo d'água, e não inspirado fundo e deixado a água preencher seus pulmões. Especulou-se que Genevieve talvez tenha tentado ficar em pé na banheira, escorregado e batido a cabeça nos azulejos, desmaiando antes de se afogar. Mas essa era apenas uma das hipóteses. Ninguém estava lá para saber ao certo. Ninguém a viu morrer. Também se falou que ela estava brincando, tentando ver quantos segundos conseguia ficar embaixo d'água, mas que no fim a água levou a melhor. Privação de oxigênio, foi o que imaginaram, o movimento reflexo dos pulmões, a necessidade natural do corpo de respirar mesmo quando submerso em água com sabão, enchendo de fluido primeiro o estômago, depois os pulmões. Centenas de milhares de pessoas morrem afogadas anualmente. Destes, uma grande porcentagem tem cinco anos ou menos, como Genevieve. As pessoas podem se afogar em qualquer lugar, de banheiras a privadas e poças de água. Penso em Pops bebendo até quase morrer; ele é bem capaz de, um dia, morrer afogado em sua própria lata de cerveja.

— O que será que acontece quando você se afoga? — diz Pearl. — Será que dói? — Ela me olha, seus olhos esperando uma resposta.

— Não sei — digo —, mas acho que sim. Acho que deve ser assustador, não conseguir respirar.

Essas não são as palavras que ela quer ouvir, eu sei. Ela quer que eu diga que Genevieve só fechou os olhos e adormeceu. Que Genevieve nem percebeu, que em um instante ela estava soprando bolhas em uma banheira e no instante seguinte estava morta. Do outro lado. No paraíso. Nos portões do céu e tal. Que ela nunca soube que estava morrendo. É o que Pearl quer ouvir. Mas, por alguma razão, eu digo a verdade. Talvez por achar que já mentiram demais para ela, e que ela merece saber a verdade.

— Assustador mesmo — concorda ela. — Você alguma vez a viu, depois de... Você sabe, *depois*?

— Você quer dizer, o corpo? Depois que ela morreu? — pergunto, e ela diz que sim. É isso que ela quer dizer. — Não — digo. — Eu nem tinha nascido quando Genevieve morreu. Tudo o que ouvi foram as histórias.

— Ah... — diz ela, parecendo um pouco desapontada, como se quisesse saber mais. Como se quisesse que eu tivesse visto o corpo de Genevieve. Mas eu não tenho mais nada para contar. — Aposto que a família dela ficou arrasada — continua Pearl.

Eu balanço a cabeça e digo:

— Sim. Completamente.

Mas não sei ao certo, também. Eu não sei nada sobre a família de Genevieve. Eles foram embora muito antes de eu nascer.

E então começo a especular.

— Quando você morrer, você acha que vai voltar como um fantasma? — pergunto.

É uma pergunta vaga, de certa forma, e completamente hipotética. Teórica e especulativa e totalmente faz de conta. Claro, *eu* não acredito em fantasmas, mas pergunto mesmo assim, para continuar a conversa.

— Não — responde ela, em um tom decidido. — De jeito nenhum. Fantasmas não existem. Além disso, se existissem, acho que dificilmente alguém ficaria com medo de mim.

E então ela segura a lanterna debaixo do queixo, faz uma cara mórbida e começa a emitir sons roucos de fantasma. *Oooaahhh... Oooaahhh...*

Eu rio.

Ela não é nem um pouco assustadora. É o contrário de assustadora. Seu tom de voz e seu sorriso acolhedor e seus olhos gentis, eles passam uma sensação de tranquilidade. E eu me dou conta de que não estou mais nervoso. Bem, mais ou menos. Eu ainda morro de medo de dizer alguma coisa idiota e estragar tudo. Mas não tenho mais tanto medo dela. Há algo nela que me deixa à vontade.

— E você? — pergunta ela, querendo saber se eu voltaria do além para assombrar meus entes queridos.

Eu respondo que sim, voltaria. Bem, não exatamente meus entes queridos. Mas outras pessoas eu assombraria.

— Eu iria atrás de todos aqueles moleques que me assediavam na escola. As garotas que me ignoraram. Minha chefe, a senhora Priddy, por todas as vezes que ela foi escrota. Esse tipo de coisa.

Eu digo isso e, por um instante, saboreio a ideia de meu espírito atormentando Priddy do além. Eu sorrio. Meio que gosto dessa imagem.

— Você pensa sobre isso? — pergunta ela.

— Sobre o quê?

— Sobre a morte — diz Pearl. — Sobre morrer.

Eu balanço a cabeça.

— Não — digo. — Na verdade, não. Eu tento não pensar sobre essas coisas. E você?

— Sim — admite ela. — Penso nisso o tempo todo.

— Por quê? — pergunto, e sinto seu corpo se aproximar do meu. É real, ou foi só minha imaginação? Não sei, mas parece que de repente ela está ao alcance do meu braço, que, se eu quisesse, poderia estendê-lo e tocar sua mão. E imagino que faço isso, corro a ponta de meu polegar sobre a sua pele macia e suave. — Não é como se você pudesse fazer algo a respeito. Nós todos vamos morrer um dia, sabe?

— Sim, eu sei — diz ela. — Eu entendo. É só que, e se meu dia estiver próximo?

— Não está — asseguro a ela, mas claro que não tenho como saber se está ou não próximo. Até onde eu sei, um pedaço do estuque pode desabar do teto neste instante e esmagar nós dois. — É só você não pensar muito a respeito. Viver o momento, como eles dizem. Aproveitar a vida e tal.

— Aproveitar a vida — repete ela. — Viver o momento e aproveitar a vida. — E então ela se vira para mim e, na sala escura, tenho quase certeza de que vislumbro um sorriso irradiando de seu rosto. — Você é inteligente, sabe? — ela diz, e eu assinto e digo que sei. Eu *sou* inteligente.

Mas o problema é que ser inteligente nem sempre leva você até onde você precisa ir. Algumas vezes é necessário coragem também. Daí eu respiro fundo, estendo o braço e toco a mão dela. Eu faço isso antes que todos os neurônios de meu cérebro tenham tempo de gritar comigo, *Não!* Antes que meu lado excessivamente lógico e sensato possa listar noventa e nove maneiras de como isso poderia terminar mal: ela vai rir de mim, vai recolher a mão, vai me dar um tapa, vai embora. Em vez disso, a ponta do meu dedo acaricia a superfície aveludada de sua pele, e quando Pearl não recolhe a mão, eu sorrio. Secretamente, em silêncio, escondido, eu sorrio. Um sorriso insípido e feio, que eu nunca deixaria que ela visse, mas que se infiltra por todos os orifícios do meu corpo.

Eu estou feliz, feliz de uma forma que nunca imaginei que fosse possível.

Ela não diz nada, ela não ri, ela não vai embora. Em vez disso, ficamos sentados ali, no chão daquela casa velha e escura, de mãos dadas, em silêncio, pensando em outras coisas que não fantasmas, morte e morrer. Pelo menos eu estou pensando em algo diferente de fantasmas, morte e morrer, mas claro que não sei sobre o que ela está pensando até ela me dizer.

— Eu quero vê-la — diz ela, então.

— Ver quem? — pergunto.

— Genevieve.

— Quer dizer, o fantasma? O fantasma de Genevieve? — pergunto, e me sinto ridículo ao dizer essas palavras.

Nem preciso dizer que é um pedido estranho. Ela quer que eu invoque o fantasma de Genevieve. Fiz a brincadeira do copo uma vez, há muito, muito tempo, mas tenho certeza de que aquela brincadeira não serve mais. Poderíamos fazer uma sessão de invocação de espíritos, talvez. Acender velas, sentar em círculo de mãos dadas, toda aquela bobagem. Tentar canalizar o espírito de Genevieve. Aquilo me soa como um monte de besteiras, mas acho que não há nada que Pearl me peça que eu não vá fazer.

Ainda assim, fico aliviado quando ela diz que não é isso.

— Não — diz ela. — Eu quero ver seu túmulo. Onde ela foi enterrada?

— Estamos no meio da noite — digo, para não dizer que a ideia é um pouco bizarra. Por que diabos ela quer ver o túmulo de Genevieve? Por que agora?

— Você não está com medo, está? — pergunta ela, sorrindo ao soltar a mão da minha e se levantar. Ela fica em pé na minha frente com as mãos na cintura, esperando minha resposta. É um desafio.

Eu balanço a cabeça. Não estou com medo. Eu me levanto também, limpando o pó do traseiro das calças com as mãos. Que tipo de pateta eu seria se me recusasse a encontrar uma mulher à meia-noite no cemitério?

— Viva o momento — ela me lembra enquanto pulamos a janela um de cada vez, voltando para fora. — Aproveite a vida.

— Aproveite a vida — repito enquanto descemos a rua. A noite esfriou durante o curto período em que estivemos do lado de dentro, o vento sopra mais forte. Está frio, mas, mesmo assim, com Pearl andando ao meu lado, mais próxima do que antes, eu me sinto aquecido. Estendo o braço e seguro sua mão. Desta vez, não penso duas vezes, só faço. Ela não me solta e caminhamos assim, de mãos dadas, pelo meio da rua, em direção ao cemitério da cidade. Ela deve ser uns dez anos mais velha do que eu, mas em nenhum momento isso me parece estranho. Parece certo. Não falamos, não jogamos conversa fora. Não dizemos coisa alguma. Eu a guio, planejando mostrar a ela onde é o cemitério, mas volta e meia tenho a sensação de que é Pearl quem está me levando até lá. Ela quer ver onde Genevieve está enterrada.

O cemitério é antigo. Há dois na cidade e este é o mais velho deles, o único que existia antes da construção do cemitério público há uma, talvez duas décadas. A única razão pela qual eu sei que Genevieve está enterrada aqui é que eu e os outros garotos costumávamos brincar de fantasmas no cemitério quando éramos pequenos. Claro, a brincadeira não precisa ser necessariamente feita em um cemitério, mas de alguma forma ficava mais divertido assim. Este cemitério antigo pertence a uma igreja, um pequeno prédio do velho mundo que se ergue ao lado dele. Cruzamos o gramado e nos dirigimos para a tumba afundada de Genevieve. Não há mais espaço para enterrar mortos neste lugar, e os que estão aqui, sepultados dois metros abaixo do chão, sob lápides quebradiças e cobertas de musgo, são muitas vezes esquecidos, seus filhos enterrados do outro lado da cidade, para onde os visitantes costumam ir. Eu não venho aqui faz anos. Desde quando era um menino, quando tinha talvez oito anos, e andava por entre as lápides desejando que minha mãe estivesse enterrada sob uma delas. Porque assim teria sido melhor. Estar morta seria uma desculpa melhor do que simplesmente ter ido embora. Eu prefiro a morte ao abandono sem pensar duas vezes.

Mas é aqui que Genevieve está enterrada, sob uma pequena placa com seu nome, uma placa tão pequena que poderia ser de um cachorrinho. É uma placa chanfrada, cinza com detalhes em preto, afundada na grama marrom e moribunda.

No túmulo há um buquê de flores, margaridas amarelas arrancadas do jardim de alguém, apenas os restos secos esquecidos no chão. Comida de passarinho disfarçada de flores. Mas quem deixaria flores aqui, neste túmulo? Até onde sei, ninguém visita nenhum destes túmulos, exceto na caminhada pelo cemitério no Dia das Bruxas, um evento planejado para ser assustador, não comemorativo. Isso é estranho, acho.

Pearl se ajoelha na grama encharcada e pega os caules das flores. Ela corre os dedos pelas letras gravadas na placa, pensativa, como se memorizando os detalhes, a volta do *G*, o *e* curvilíneo, o *V* íngreme. Eu fico a um ou dois metros, observando, vendo a tristeza em seus olhos e pensando comigo como tudo isso é triste. Saber que uma garotinha morreu. É triste mesmo que nenhum de nós tenha conhecido Genevieve. Eu ouvi as histórias, quase todo mundo ouviu as histórias. Mas nunca vou conhecer Genevieve. Pearl nunca vai conhecer Genevieve. Ainda assim, é deprimente pensar que ela está lá embaixo, só um cadáver apodrecendo, deitada sob este lugar onde nós estamos. É depressivo e estranho.

Mas aí tudo fica ainda mais estranho.

Pearl, ajoelhada na grama molhada, deita-se. Ela se vira de lado, em posição fetal, e se deita sobre o túmulo de Genevieve. Como se estivesse segurando a garotinha morta. Como se a estivesse abraçando. Confortando-a, de alguma forma.

E ela diz:

— Alex, venha aqui também.

E eu vou, mas não consigo me convencer a me deitar no cemitério. Em vez disso, eu me sento. Ou melhor, eu me abaixo. Eu me abaixo na grama, de modo que minha panturrilha começa a arder, e ouço Pearl recitar uma oração em memória da finada Genevieve.

— Agora eu me deito para dormir — diz ela, e atribuo as lágrimas que rolam de seus olhos à compaixão e à empatia, mas talvez seja mais que isso.

Talvez ela seja apenas louca, apesar de isso não fazer com que eu goste menos dela.

De uma forma estranha, pode ser que isso faça até com que eu goste ainda mais dela.

QUINN

— Acalme-se — diz Ben para mim enquanto estou sentada em uma cadeira de cozinha estilo Breuer de *tweed* e ele faz um curativo na minha mão. — Conte-me o que aconteceu. — O rosto dele está próximo ao meu, a meros quinze centímetros, de modo que posso sentir o molho de soja em seu hálito quando ele fala.

Há lágrimas secas grudadas em meu rosto. Minha mão está coberta de sangue.

Na cadeira da cozinha, eu estremeço. De medo e porque sinto frio. Está frio na sala. Há um cobertor espalhado no meu colo, uma volumosa coberta azul. Não sei como chegou ali. De alguma maneira, perdi um sapato. Minha camisa está rasgada na manga, exatamente onde aquele mendigo agarrou o meu braço, puxando músculos e ligamentos naquele sentido e no outro, e a pele vermelha que arde. Ben abre a porta do freezer e procura gelo, enchendo uma bolsa de plástico. Ele a põe contra o meu antebraço e eu empalideço. Está fria.

Há três cadeiras bloqueando a porta a meu pedido. Em momento algum Ben disse que era bobo ou estúpido ou perguntou o porquê. Ele apenas fez, arrastando a poltrona xadrez pela sala, apressando-se até o quarto de Esther para pegar a cadeira da escrivaninha IKEA.

Ele nem perguntou o porquê. Ele apenas fez.

O celular de Esther está sobre a mesa ao meu lado, a mensagem ainda está ali quando eu pressiono o botão "Home" para reativar o aparelho.

A vingança é uma droga, diz a mensagem enviada por um número desconhecido.

— Ela está me observando — digo, enquanto Ben me serve uma taça de vinho tinto e se senta no lado oposto da mesa, em sua própria cadeira. Os olhos dele são calorosos, um bom contraste com o frio que eu sinto.

— Beba isso — diz Ben —, vai ajudar a acalmar os seus nervos.

Ele desliza a taça pela mesa para mim. Não é uma taça de verdade. É só uma taça de plástico vermelha. Uma decisão inteligente de Ben, considerando o meu estado atual.

Minhas mãos estão trêmulas quando ergo a taça. Por debaixo da mesa, a mão de Ben está sobre o meu joelho. O toque dele é quente e tranquilizador. Consolador.

Eu repito:

— Ela está me observando.

Esther está me observando.

Ben e Priya estavam se deleitando com um *dim sum* em alguma espelunca de Chinatown quando eu liguei, histérica e chorando.

— Como assim não consegue encontrar o arquivo? — disse ele no celular para mim. — Eu deixei na sua mesa esta tarde. — Então, ele disse a Priya, lá no restaurante cheio na Cermak para que eu pudesse ouvir suas palavras habilidosas acima do barulho ambiente: — Sinto muito, querida. Houve uma confusão no trabalho. Um arquivo perdido. Eu preciso ir até lá.

E então ele deixou Priya em Chinatown e me trouxe comida: frango crocante com molho de gergelim e rolinho primavera de entrada. E uma garrafa de vinho tinto. Apareceu em minha porta, o rosto com sinais de preocupação, as rugas na testa, os olhos receosos. Ele deu um sorriso, mas era completamente falso, destinado a melhorar meu humor.

— Vim o mais rápido que pude — disse ele, a voz transbordando de simpatia. Ele havia trocado a roupa de escritório por algo muito menos formal do que eu costumava ver no trabalho: jeans e um moletom cinzento com capuz. Mas o cabelo estava perfeito e ele exalava uma colônia fresca e revigorante que me deixou atordoada e entorpecida. Eufórica.

— Espero que Priya não esteja brava — eu disse quando ele chegou, mas Ben deu de ombros e disse que não importava.

Verdade seja dita, eu não me importava realmente se Priya estava brava; eu estava apenas feliz por Ben ter vindo. Tão aliviada. Eles estavam terminando a refeição e Priya planejava voltar para casa, de qualquer jeito, graças a uma enorme quantidade de trabalho. É o que Ben me diz. Ele ofereceu ajuda – ou companhia, pelo menos – mas ela disse que não.

— Ela tinha muito que fazer — disse Ben. E acreditei ver nos olhos dele certa satisfação por *eu* precisar dele, já que, diferente de Priya, eu não podia fazer isso sozinha. Eu precisava disso *e* da companhia dele.

E então ele lavou e enfaixou a minha mão. Carregou as cadeiras. Apanhou gelo para o meu braço. Ele me serviu vinho.

Meu príncipe encantado.

E eu disse a ele o que aconteceu: sobre minha visita a Nicholas Keller, a volta para casa, o mendigo estranho tocando o meu cabelo, a mensagem de texto no celular.

— Por que você não me contou que ia ver Nicholas Keller? — pergunta Ben, sentado em minha frente com um olhar de preocupação e bondade nos olhos. Ele corre a mão pelo meu braço antes de colocá-la de novo em seu colo.

— Eu não quis incomodá-lo — admito, e é verdade.

Ben tem sido tão bom ao gastar tanto tempo e energia para me ajudar a descobrir para onde Esther foi e o que ela pretende. Ela é amiga dele, sim, mas parece de algum modo que esse problema é mais meu do que dele. De qualquer maneira, ir me encontrar com Nicholas foi uma decisão impulsiva da minha parte. Eu mal sabia onde estava indo até sair pela porta e embarcar na linha vermelha, sendo transportada pelo subsolo. Não foi um plano bem pensado, foi um plano espontâneo, um plano que, de repente, parece bem estúpido. Eu deveria ter pedido ao Ben para ir comigo. Deveria ter me sentado ao lado dele à mesa da cozinha de Nicholas Keller e nós dois deveríamos ter ouvido com nossos dois ouvidos como Esther matou a noiva dele.

Ben se inclina ainda mais perto, a mão dele agora amassando o brim do meu jeans; e então meu coração, que mal bate, para quase que por completo.

— Eu teria ido com você. Não teria sido um problema. É o que os amigos fazem — diz Ben, e eu assinto devagar, pensando que é claro que é o que amigos fazem. Eles não perseguem nem ameaçam a vida uns dos outros.

E então repito pela terceira ou quarta vez:

— Ela está me observando.

E ele responde:

— Talvez. — E então, daquele jeito decidido e sensato que eu gosto, ele acrescenta: — E nós precisamos ligar para a polícia.

Ben tira a mão do meu joelho e se senta de novo na cadeira. Mas de repente ele parece distante, muito longe, os quinze ou vinte centímetros que nos separam virando quase cinquenta, a inclinação de seu corpo côncava *versus* convexa. Eu me vejo inclinada, esperando preencher essa lacuna. *Volte, Ben.*

— Eu já fiz isso — digo a ele —, eu fui à delegacia. Registrei um BO de pessoa desaparecida.

E o ponho a par da minha conversa com o policial na recepção, que pediu o nome da Esther, uma fotografia. Ele disse que entrariam em contato, mas ainda não aconteceu, ninguém me procurou.

— Talvez seja a hora de reportar um crime — diz ele, embora nós dois saibamos que não temos nada além de um palpite sem provas para relatar. Apenas uma premonição. Um mau pressentimento.

A morte de Kelsey Bellamy foi considerada um acidente. Assim, não há evidência de um crime porque nenhum crime foi cometido. Não ainda, enfim.

Por ora, é apenas um medo irracional de que Esther quer me pegar. Esther, minha boa amiga, minha querida colega de apartamento. Digo a mim mesma, *Esther jamais me machucaria*, mas nem eu tenho tanta certeza.

O advogado em ascensão dentro de Ben sabe disso melhor do que eu: ele sabe que não temos nada efetivo para oferecer à polícia. Papelada sobre pesar e luto, uma petição para troca de nome, comprovantes de saques. Isso é irrelevante. Não é ilegal mudar o nome, ou sentir-se triste. Sacar dinheiro da própria conta bancária. Pedir a troca das fechaduras da porta do seu apartamento. Esther não fez nada de errado. Ou fez?

— Além do mais — eu digo em seguida, pensando enquanto fito os olhos castanhos dele, esperando encontrar respostas para todas as minhas muitas perguntas —, e se estivermos errados sobre tudo isso? E se tudo isso for apenas um erro estúpido e nós ligarmos para a polícia e a entregarmos? O que isso fará a Esther se estivermos errados? Ela vai para a prisão — digo a ele, minha voz torna-se agitada quando imagino Esther passando o resto de seus dias atrás das grades quando talvez, apenas talvez, ela não tenha feito nada de errado. — Esther é amável demais para a cadeia — digo a Ben. — Boa demais.

Mas então penso na Esther que colocou farinha de amendoim de propósito na refeição de Kelsey para acabar com a vida dela e não na Esther que canta hinos no coral da igreja. Não é possível que Esther seja as duas coisas.

Mas Esther fez algo errado? Não sei ao certo. Pergunto em voz alta para Ben:

— Ela a matou? Ela matou Kelsey Bellamy?

Ben dá de ombros.

— Não tenho certeza, mas parece que sim — diz ele, confirmando a mesma suspeita que toma conta da minha cabeça. Esther matou Kelsey e agora ela também está tentando me matar.

— Mas e se estivermos errados e ligarmos para a polícia com essa alegação falsa de que Esther é uma assassina? — pergunto a Ben. — Arruinaremos a vida dela.

Ben reflete sobre o assunto.

— Fui à escola com um cara — diz ele, depois de algum tempo. — Brian Abbing. Havia rumores de que ele havia invadido uma loja cara de vestidos de noiva uma noite e saído com uns mil mangos da caixa registradora. A janela dos fundos estava quebrada. O lugar estava revirado, manequins quebrados e vestidos rasgados por todos os lados. Não havia prova de que Brian tinha feito qualquer coisa, mas, ainda assim, as pessoas o culpavam.

— Por quê? — pergunto.

— Alguém o viu andando pela rua. E ele era *aquele tipo de garoto*, o tipo que as pessoas gostam de pegar no pé. Ele nunca namorava, tinha a língua presa, não tinha amigos além de Randy Fukui, que era tão eremita quanto Brian. Eles faziam tudo errado – usavam as roupas erradas, gostavam da música errada, tinham o cabelo errado. Falavam sobre videogames o dia inteiro, e tornaram-se amigos do velho professor de oficina, um veterano do Vietnã que falava sobre lança-chamas e lançadores de foguetes todo maldito tempo.

— As pessoas tiravam sarro deles porque não gostavam das suas roupas? — pergunto. Estou ouvindo, mas apenas fingindo que ouço.

— Era o ensino médio — diz Ben, e eu penso, *disse o bastante*.

Eu odiava o ensino médio. Todos odeiam o ensino médio, exceto os que estão nos grupos dos malvados, dos caras das panelinhas – os jogadores de lacrosse e as líderes de torcida do esquadrão do pompom – que vagam pelos corredores fazendo os outros se sentirem indignos. Eu mal podia esperar para sair da escola enquanto estava lá.

— O que aconteceu ao Brian? — pergunto.

Meu coração de repente está com Brian. Ouvi zombarias por muitas coisas enquanto era adolescente, principalmente por minha completa estupidez. Não é bom ser estúpida quando também se é loira. Fui chamada de muitas coisas: cabeça de banana, florzinha bobinha, Fada Sininho. As piadas de loira não tinham fim.

— A polícia nunca conseguiu descobrir quem tinha sido, não a tempo. Não havia evidência, digitais, e então o caso permaneceu aberto. Mas as crianças o julgaram do mesmo jeito. Apontavam, davam apelidos. Até o Randy parou de falar com ele. Ele não podia ir até a aula de matemática sem que a metade da escola o chamasse de bandido ou cleptomaníaco. Quando a polícia apanhou o verdadeiro culpado, seis meses depois, Brian já havia subido no topo de alguma torre de celular e pulado.

— Ele se matou?

— Ele se matou.

— Uau — digo. Parece bastante extremo para mim, mas acho que é o tipo de coisa da qual você nunca se recupera, os apelidos e acusações. Às vezes, quando fecho os olhos à noite, ainda posso ouvir a minha turma inteira de economia doméstica rindo porque todas as vezes que a professora me chamava, era como se eu tivesse ficado muda. *Terra chamando...*

— A mesma coisa podia acontecer com Esther — diz Ben. — Não importa se ela foi exonerada das acusações, se acusações chegaram a ser feitas. As pessoas sempre vão olhar para ela e pensar, *assassina*, sendo ela ou não.

E eu balanço a cabeça sem querer, sabendo que é exatamente o que estou pensando também.

Esther é uma assassina.

— Uma vez assassina, sempre assassina — digo enquanto tomo um gole de vinho da minha taça de plástico, com mãos trêmulas, derramando pequenas gotas na mesa. Vermelhas como sangue. — Esther ficaria magoada se no fim estivéssemos errados.

Não tenho certeza se é a melhor hora para se preocupar com os sentimentos da Esther, mas não consigo evitar. É claro que, se estivermos certos, pode ser que eu acabe ferida, ainda que de um jeito completamente diferente da maneira como Esther foi machucada. Mas, ainda assim, imagino Esther no topo de uma torre de celular exatamente como Brian Abbing, a ponto de saltar em queda livre até o chão, e sei que não podemos chamar a polícia. Não ainda. Não antes de sabermos mais.

— Não há evidência confiável, nada tangível, nenhuma testemunha ou rumor — diz Ben, pegando um guardanapo e limpando a minha bagunça. Ah, se as coisas fossem assim tão simples. Ele concorda comigo agora, reconsidera o conselho de ir à polícia e a nossa decisão – boa ou ruim – é não fazer a ligação.

Em vez disso, nós nos sentamos à mesa da cozinha em um silêncio cheio de nervosismo. Ben desenterra o frango crocante com gergelim de uma sacola de papel e me entrega um garfo. Enche novamente a minha taça de vinho e serve outra para ele, e então coloca a cadeira dele mais próxima da minha, e embaixo da pequena mesa da cozinha, nós nos tocamos.

A primeira taça de vinho é, em uma palavra, horrorosa. Nós nos acomodamos em silêncio em volta da mesa, bebericando pequenos goles pensativos de nossas taças de plástico com vinho merlot. Ignoramos o modo como minhas mãos convulsionam enquanto ergo a taça até os lábios para beber. O que quero fazer é gritar. Eu quero gritar alto o bastante para que todos os vizinhos ouçam, para que a senhora Budny ouça, mas especialmente para que Esther possa ouvir. *Por quê?* Eu quero gritar. *Por que você está fazendo isso comigo?*

Na segunda taça de vinho, deixamos a cozinha e vamos para a sala, onde nos sentamos lado a lado no pequeno sofá. Uma piada é feita e nos obrigamos a rir, no fundo pensando que não deveríamos rir numa hora como esta. Mas a risada é contagiosa, uma que leva a duas e então a três. O clima na sala fica mais leve e o mundo não parece mais tão horroroso. É uma sensação boa.

Quando uma terceira taça é servida, mal consigo lembrar por que minhas mangas estão rasgadas e a palma da minha mão tem uma enorme atadura de gaze e tiras de esparadrapo. Na quarta taça, estou bem certa de que nossas pernas ficaram emaranhadas no sofá como em um jogo de Jenga – a dele em cima da minha, a minha em cima da dele, pernas que continuávamos puxando e rearranjando uma em cima da outra, tentando ficar confortáveis. Não tem nada de sexual nisso, é aconchegante e afetuoso, algo que tira a minha cabeça do estranho rumo dos acontecimentos que me transportaram de uma existência normal para outra que ficou completamente louca e caótica. Falamos sobre outras coisas além de Esther. Falamos sobre Anita, nossa chefe, paga para lidar com assistentes de projeto irresponsáveis como nós. Debatemos coisas como a pena de morte, suicídio assistido, se doces de laranja são ou não são os piores. Eles são (Ben discorda, ainda que esteja errado, é claro). Em algum ponto Ben pergunta sobre a minha vida amorosa, ou a falta completa dela (minhas palavras, não dele), e eu faço uma careta e menciono Priya para mudar de assunto, aproveitando-me de todo o álcool que consumi para fazer a pergunta que vive no fundo da minha cabeça há meses.

— O que você vê nela? — pergunto, audaciosa, ainda que não tenha a intenção de ser mesquinha ou maldosa. É assim que minhas palavras saem, enfim, e agradeço ao vinho por isso, como agradeço ao vinho por tantas outras coisas: pelo fato de Ben estar aqui, bem junto de mim, pelo fato de que não tenho receio do jeito como a minha mão se estica para pegar a dele, sem me preocupar uma única vez se ele vai retribuir o gesto, pelo fato de que pela primeira vez em dias eu me arrepio de felicidade em vez de medo.

— Tudo — diz Ben. Sinto meu coração afundar; minha mão começa a se afastar lentamente da dele, apenas para subir à superfície outra vez quando ele suspira e diz então: — Nada. — E eu não sei no que acreditar: tudo, nada ou algo no meio.

— Eu estou com ela por metade da minha vida — confessa Ben, olhando para mim com aqueles olhos dele, a voz sonolenta pelo vinho, o rosto próximo o bastante para eu sentir a respiração quando ele fala. — Eu não sei como é não estar com Priya. — E acho que entendo.

Eu *acho* que sim, essa sensação de familiaridade e conforto que se instala em um relacionamento com o tempo, esmagando completamente a excitação e a paixão. Eu não entendo pessoalmente, porque é claro que meu relacionamento mais longo durou meras setenta e duas horas, mas entendo. Observo a maneira como meus pais não se beijam mais, não pegam nas mãos. Eu vejo o jeito como meu pai dorme na cama de hóspedes com medo de que a insônia crônica da minha mãe deixe os dois acordados a noite toda. Ben e Priya nem são casados e já não há emoção, não há paixão. Ao menos é o que quero crer, mas quem sou eu para dizer o que acontece na vida privada dele.

Mas eu não quero pensar sobre isso agora, eu não quero pensar na Priya. Em vez disso, chego mais perto de Ben para nos sentarmos lado a lado, nossas pernas em linhas paralelas, em cima da mesa de centro, meu tornozelo cruzado com o dele.

Como se isso fosse normal.

Como se isso fosse algo que fazemos.

Eu não faço ideia de como ele vai passar a noite aqui, mas estou tão feliz por ele fazer isso.

QUINTA-FEIRA

ALEX

— Olá — eu chamo baixinho quando entro na casa silenciosa pela janela dos fundos, correndo o facho da minha lanterna pela sala. É cedo, o sol está apenas começando a aparecer no céu de novembro. A casa está relativamente escura, ainda não foi tocada pela luminescência da luz matinal. E está tudo quieto. Pearl pode só estar dormindo, o que não seria nada ruim. Eu não me importaria em me sentar aqui por um tempo e ficar assistindo a Pearl dormir.

Passei a noite toda pensando nela, desde o momento em que a trouxe do cemitério para casa e, no meio da rua e no meio da noite, nós nos despedimos.

Na verdade, não consigo tirá-la da cabeça.

Caminho silenciosamente pelo primeiro andar, uma caneca de café instantâneo nas mãos. Eu não bebo café, mas era a única coisa fácil que tínhamos em casa. Eu não quero acordá-la – pelo menos, ainda não, não antes de vê-la dormindo, só um vislumbre do cabelo *ombré* espalhado pelo travesseiro xadrez, o cobertor comido de traças puxado até o queixo, sua pele rosada, os olhos ainda remelentos da noite de sono. A casa está quente, graças ao aquecedor, um leve cheiro de querosene ainda restando no ar. Querosene junto com alguma coisa química e desagradável, como uma mistura de naftalina e mofo.

Mas, quando entro na sala, a cama improvisada está vazia. Ela não está lá. O aquecedor está ligado, então sei que ela está por aqui em algum lugar. Ela sabe que não deve deixar o aquecedor ligado sozinho. Eu disse isso a ela. Mas ela *não* está aqui, no chão, dormindo, como eu esperava que estivesse, em meu agasalho, com meu colar em volta do pescoço. Eu ponho a mão na área da cama e noto que o chão está frio. E acho que ela foi embora, que me deixou, e me sinto triste e muito decepcionado. Ela se foi.

Mas aí eu ouço algo vindo do alto das escadas. Um som. Uma voz, cantando. Uma voz de soprano, cantarolando uma canção. Paro para ouvir por um momento, desejando que as batidas do meu coração cessem um instante, para que eu possa escutar direito. É pouco mais do que um murmúrio ecoando pela casa vazia, reverberando nas paredes nuas e nos degraus frágeis cobertos por um carpete desfiado. Eu prendo a respiração. Tento ouvir sobre o zumbido em meus ouvidos.

É ela. É Pearl, e ela está cantando.

Deixo o café no chão e subo as escadas, um degrau por vez, atraído pela melodia.

No segundo andar, vasculho cada quarto, lamentando pela família que um dia viveu aqui, as bonecas e bichos de pelúcia esquecidos, um desenho de criança ainda pendurado em uma parede rosa em putrefação. É triste. Patético, na verdade, e o pior é que quem quer que tenha roubado a geladeira, o ar-condicionado e os canos de cobre, não quis nem saber dos ursinhos e das bonecas.

Está frio aqui em cima, o ar de fora entrando pelos quartos sem qualquer obstáculo. As janelas quebradas estão totalmente abertas, e o aquecedor não tem potência para fazer o calor chegar até aqui.

Sigo o som da voz de Pearl e, antes que eu perceba, estou em um quarto, no quarto dela, no quarto de *Genevieve*. Eu sei que é o quarto de Genevieve porque há um *G* inclinado, pendurado na parede por um prego. Há um velho guarda-roupa torto, um espelho quebrado, as paredes são de um rosa encardido. Eu piso em cacos de vidro no chão, trabalho de algum vândalo – quem quebrou o espelho – que então foi condenado a sete anos de azar. Há muitas coisas abandonadas, que ninguém quis: uma boneca no chão, uma boneca assustadora, terrível, que me encara com seus olhos acrílicos; mobília, camas estraçalhadas e o guarda-roupa torto, deixados para servir de casa para os ratos e camundongos.

E ali está Pearl.

Ela está do outro lado do quarto, de costas para mim. Ela não sabe que estou aqui. Ela olha para baixo, para a boneca em seus braços, uma boneca de pano macia com filamentos azuis fazendo as vezes de cabelo. Azuis, sim, azuis. Não me pergunte por que são azuis. Não é isso que é estranho.

O estranho é a expressão nos olhos de Pearl, que eu vislumbro refletida no espelho quebrado no chão – uma mistura de ternura e tristeza – enquanto ela embala aquela boneca em seus braços, acariciando gentilmente os fios de cabelo. O modo como ela leva a boneca aos lábios e deixa um beijo naquela testa velha e esfarrapada. A boneca veste um vestido de tricô verde, com sapatos verdes combinando, e um casaco rosa que cobre suas mãos sem dedos. Ela é feita de pano, seu sorriso um simples fio vermelho. Seus olhos são feitos de contas, mas no geral ela está em farrapos, muito desgastada, e abandonada por anos e anos, assim como a casa. Assim como Pearl.

E então, enquanto olho como um idiota surdo-mudo, Pearl abraça a boneca contra o peito, envolvendo-a como uma mãe envolve um filho. Ela fecha os olhos e começa a balançar os quadris, retomando a mesma melodia que inicialmente me atraiu escada acima, pelos degraus quebrados, até este quarto. É quando percebo que não é uma canção qualquer, mas uma canção de ninar.

Eu entendo alguns pedaços do refrão: *Não chore, não, volte a dormir pequeno*[1], enquanto ela canta para a boneca indiferente em seus braços. Ela embala o bebê com carinho e devoção, mas também com algo parecido a direito de posse ou propriedade.

É estranho.

Eu fico sem palavras, não consigo dizer nada e por uns bons trinta ou quarenta segundos também não consigo me mover. Não consigo fazer coisa alguma além de olhar fixamente para Pearl segurando a boneca e balançando para a frente e para trás, para a frente e para trás, bem devagar. Ela canta com aquela voz tão afinada. É sedutor, na verdade, poderia me fazer dormir. *Vá dormir, meu bebê.*

---

1 *"Hush-a-bye, don't you cry, go to sleepy little baby [...]"*. Trecho retirado de: "Hush-a-Bye", Noel Paul Stookey, Peter Yarrow; Warner Bros., 1963.

Mas tem alguma coisa errada nisso tudo. Eu sinto em cada um dos meus ossos. Meu corpo grita para que eu fuja. *Fuja!* Mas eu não saio dali. Não a princípio, pelo menos. Não consigo, estou completamente cativado e encantado pelo balanço ritmado de seus quadris, pelas batidas suaves e precisas de seus pés e o ranger das tábuas do piso acompanhando cada um de seus movimentos, como uma banda de três instrumentos. Há uma parte de mim que quer dizer algo, aproximar-se dela e tocá-la, trocar de lugar com a boneca, para que Pearl dance comigo e não com ela. E eu fecho os olhos por um instante, um só, e me permito evocar o toque suave das mãos de Pearl em meu pescoço, a sensação de sua respiração quente em meu ouvido, mesmo que seja um faz de conta. Eu quero dizer a ela que pare. Que largue a boneca. Que venha comigo de volta para o andar de baixo, para que nós dois possamos fingir que isso nunca aconteceu, que não vi o que vi. Quero me sentar no cobertor comido de traças e falar sobre fantasmas e morte e morrer. Eu quero voltar no tempo, só uns dez minutos. Quero voltar a dez minutos atrás, quando pulei alegremente a janela quebrada com uma caneca de café barato nas mãos, pensando que hoje talvez – apenas talvez – fôssemos nos beijar.

Mas também há uma parte de mim que quer fugir.

QUINN

De manhã, Ben e eu nos movemos em uma estranha coreografia pela pequena cozinha do meu apartamento, indo para lá e para cá a fim de providenciar o café e as canecas. Pisamos nos dedos um do outro. Nós dois rimos e coramos e dizemos: *Desculpe-me*, ao mesmo tempo, e rimos de novo. Sirvo o café dele, ele apanha o açucareiro no balcão. É como se já tivéssemos feito isso mil vezes.

Pobre Priya, é o que eu deveria pensar; mas, em vez disso, *Viva eu!*

Não dormimos juntos. Não da maneira que muitas vezes está implicada nessa expressão. Mas *dormimos juntos*. E com isso quero dizer, dois corpos que adormecem quase que no mesmo espaço, eu na minha cama, ele na minha cama, cabeça com pé, pé com cabeça. Pode ou não ter acontecido um beijo. Mas é difícil lembrar graças ao vinho.

E agora, à luz do dia, de pé na cozinha, pergunto:

— Você quer cereais para o café da manhã?

Abro a geladeira e depois uma porta do armário. Não há muito o que ver: os flocos açucarados de Esther, um pouco de mingau de aveia instantâneo, um galão de leite que pode ou não estar vencido.

— Não — diz Ben. — Não sou uma pessoa que come pela manhã. — E então ele se contenta com uma caneca de café, enquanto eu despejo os flocos açucarados de Esther em uma tigela e começo a comê-los secos só para me garantir. Certamente Esther não envenenaria seus próprios flocos açucarados.

Ou envenenaria?

Encho a boca com eles só para cuspi-los em seguida, decidindo que, talvez, eu também não seja uma pessoa que coma pela manhã.

— Preciso ir embora — diz Ben então, para, em seguida, começar a usar frases de uma palavra: — Banho — diz ele. — Trabalho.

E é aí que as coisas ficam estranhas.

A maioria dos homens que passa a noite comigo acaba desaparecendo antes do raiar do dia, geralmente a meu pedido, sei como isso funciona. Eles dizem que vão ligar, mas nunca ligam. Fico sentada esperando o toque do telefone, sentindo pena de mim mesma quando a ligação não vem, e depois fico bem zangada por ter me permitido sentir esperança. Por pensar que eles ligariam. A esta altura, eu já deveria saber.

Hoje em dia, sou a primeira a dizer adeus, e assim, ao amanhecer, antes que o sol tenha a chance de ressaltar o último erro do meu parceiro de momento, peço a ele para ir embora. É bem melhor assumir a posição de comando, dizendo a algum homem que se retire, do que ser a pessoa que é deixada para trás.

Minha colega de apartamento, eu me ouço dizer, *está acordada. Você precisa ir embora.*

Mas com Ben é diferente. Com Ben, não quero que ele vá embora. Não quero dizer adeus. Quero agradecer a Ben por ter vindo em meu socorro, por me manter a salvo, por fazer um curativo na minha mão ferida. Por me ajudar a atravessar o que, de outra forma, teria sido uma noite terrível. Pela comida, pelo vinho e pela companhia, e talvez, apenas talvez, por um beijo. Se é que houve um beijo. Gostaria de fingir que houve, apenas para tirar a estranheza do primeiro beijo do caminho. O próximo, digo a mim mesma, será muito menos estranho, repleto de romance e paixão. Isso é o que eu digo a mim mesma, de qualquer maneira, enquanto vejo Ben deslizar para dentro do casaco e depois para seus sapatos.

Mas em vez de falar todas essas coisas, tudo o que consigo dizer é um rígido e pouco convincente:

— Você é o melhor.

E ele responde:

— Você não é tão ruim assim.

E então ele se vai e eu sou deixada aqui, superanalisando essas seis palavras elementares dele – *Você não é tão ruim assim* – até que sejam o bastante para fazer a minha cabeça explodir.

Corro para a janela para vê-lo se afastar, babando no vidro como um cachorro que observa seu dono ir embora. Uma vez que Ben deu a volta na esquina e está fora da vista, espio o relógio no micro-ondas: faltam dois minutos para às oito da manhã. Espio o que estou usando: pijama. Tenho dezessete minutos para tomar banho e me vestir para o trabalho. Merda.

Recolho os pratos sujos que jogo dentro da pia; a última coisa que desejo é que o apartamento pareça um chiqueiro se Esther decidir voltar para casa. Não preciso jogar gasolina nessa fogueira, não preciso lhe dar outro motivo para querer se livrar de mim. Abro uma fenda na janela com a intenção de dissipar o cheiro do frango crocante com molho de gergelim da noite passada, agora endurecendo em um prato sobre a mesa de café. Recolho esse prato também, jogo o frango na lixeira e coloco o prato dentro da pia. E quando estou prestes a entrar no chuveiro, ouço o som do meu celular, que está tocando sobre o balcão da cozinha ao lado de uma garrafa de vinho tinto agora vazia. Eu o apanho e atendo, sem me preocupar em verificar o número que está chamando.

— Alô — digo, pressionando o telefone contra meu ouvido. Vai ser Esther. *Por favor, seja Esther*.

Mas não é Esther.

No outro lado da linha, uma voz severa pergunta:

— É Quinn Collins falando?

E eu me preparo para dizer que sim enquanto escuto o barulho que os vizinhos fazem no corredor apressando-se para o trabalho, o bater da porta do apartamento de alguém, o tilintar de chaves.

— Sim, é Quinn Collins — respondo, minha mente prevendo que estou prestes a ser enredada na oferta de um novo plano de celular ou no apelo por doação para pesquisas sobre câncer de mama.

— Senhorita Collins, aqui quem fala é o detetive Robert Davies, dando prosseguimento a um BO de pessoa desaparecida que a senhorita registrou — diz a voz séria, sem aquele carisma que eu esperaria de um vendedor.

Ele não é amigável, nada disso; ele é direto e intimidante, e meu primeiro instinto é o de achar que, de alguma forma, fiz algo errado, que ignorei algum protocolo de pessoas desaparecidas do qual eu deveria ter conhecimento. Estou em apuros. Eu estraguei tudo, de novo. Já ouvi esse tom antes na voz de meu pai, de um professor, de um empregador antes que ele me demitisse por algum delito ou por eu ser simplesmente preguiçosa. Parece que estou sempre decepcionando alguém.

— Sim — respondo resignada enquanto pressiono minhas costas contra a parede com textura de pipoca, o celular em o meu ouvido, e admito com algum constrangimento: — Eu registrei um BO de pessoa desaparecida. — Ainda que não possa ver meu rosto naquele momento, tenho certeza de que está vermelho.

Ouço o som de papel no outro lado da linha e imagino esse homem, esse detetive Robert Davies, relendo o BO, olhando a imagem de Esther que entreguei ao Departamento de Polícia de Chicago: nós duas na Midsommarfest comendo espigas de milho amanteigadas. Sou tomada por lembranças do pôr do sol, o som de uma banda cover do ABBA no palco, Esther rindo para a câmera com um pedaço de cabelo de milho entre os dentes.

Onde está você, Esther?, eu a chamo em silêncio.

— A senhorita é a colega de apartamento de Esther Vaughan? — pergunta o detetive, e quando eu digo que sou, ele diz que tem algumas perguntas para mim, perguntas que gostaria de discutir pessoalmente.

Ao ouvir isso, sinto dor de estômago. Por quê? Por que ele quer falar comigo? E pessoalmente, ainda por cima. Ele não pode fazer as perguntas por telefone?

— Estou encrencada de alguma maneira? — pergunto com medo, e ele dá uma risada forçada, do tipo que não serve para expressar alegria, mas para ser intimidante. E funciona, estou intimidada.

Olho para o relógio. Agora restam cerca de catorze minutos até eu precisar sair. Não tenho tempo para passar na delegacia a caminho do trabalho, e nem tenho certeza de que quero falar sozinha com esse detetive. Preciso de Ben.

— Posso ir à tarde até a delegacia — digo, ainda que, claro, essa seja a última coisa no mundo que eu quero fazer. — Depois do trabalho.

Mas o detetive diz:

— Não, senhorita Collins, nossa conversa não pode esperar até a tarde. Vou encontrá-la — decide ele.

E vai me perguntando onde trabalho, mesmo que eu ache que essa é uma informação que ele já saiba. De qualquer maneira, eu me recuso a permitir que um detetive apareça no escritório fazendo perguntas, em um lugar onde as fofocas e boatos se espalham como incêndios. *A polícia esteve aqui*, as pessoas vão dizer, *fazendo perguntas*. Os detalhes serão inventados: algemas, leitura de direitos, fiança de um milhão de dólares. Antes do fim do dia, a rede de fofocas decidirá que eu matei minha colega de apartamento e também Kelsey Bellamy.

Balanço a cabeça. Digo não a ele.

— Posso encontrá-lo em uma hora — negocio, e combinamos de nos encontrar no Millennium Park.

— Bem, então em duas horas — diz ele, pelo jeito o tipo de homem que sempre precisa dar a última palavra.

Nós nos encontraremos no Millennium Park em duas horas. O detetive Davies e eu. Parece bastante incomum e também um pouco doloroso e aterrorizante como uma ida ao dentista. Eu suspiro, pressionando o botão de encerrar a conversa do celular e, em seguida, faço duas ligações: uma para o trabalho, para avisar que estou doente – um segundo ataque de dor de estômago, é o que digo à minha chefe, Anita, que claramente não fica satisfeita –, e depois ligo para Ben, que não atende a chamada, para minha decepção.

Mas aqui vai a coisa realmente estranha, ainda que, claro, tudo sobre este dia, sobre esta semana, seja estranho. Quando falo com o detetive Robert Davies, estou absolutamente certa de já ter falado com ele antes. Sua voz é tão familiar para mim quanto uma música bem antiga, cuja letra você nunca esquece.

Já não estou com pressa. Agora tenho tempo para matar, duas horas até encontrar o detetive. Entro no quarto de Esther e me abaixo no chão, avaliando a fotografia que estou remontando, todos esses pedaços de papel fotográfico que vão se completando, um a um: a manga de um suéter cor de ameixa, o preto de um sapato. Mechas de cabelo loiro estranhamente parecido com o meu. Um emaranhado louro coroando aquele suéter com seu decote canoa. Meus dedos começam a tremer enquanto escolho mais fragmentos e vou colocando-os no lugar, a velocidade dos meus movimentos se acelerando agora que a tarefa está quase completa. Não restam mais tantos fragmentos na pilha no chão, e eu acabei ficando boa nisso, sendo capaz de distinguir, com uma olhada rápida, o azul do céu do azul da camisa de manga curta de um homem parado sob o toldo de uma loja que é, claro, também azul. Junto os pedacinhos da fotografia, um de cada vez, observando a imagem tomar forma: uma cena cotidiana de uma rua da cidade.

Não costumo usar roxo, mas o suéter é o meu favorito, o decote canoa que escorrega do ombro expondo a pele da clavícula faz dele o mais próximo de uma roupa sexy que já tive. É um roxo escuro, nada muito feminino ou delicado como lavanda ou violeta, um tom mais próximo do ameixa. Uma ameixa madura. Estou de pé bem no meio da imagem, andando pela rua. Não estou sorrindo, sequer estou olhando para a câmera. Na verdade, nem sei que a câmera está ali e, cercada por dezenas de outros pedestres tão inconscientes da câmera quanto eu, imagino Esther escondida do outro lado da rua movimentada da cidade, tirando a foto com lentes de longa distância.

Mas por quê?

É quando coloco no lugar os últimos fragmentos, com as mãos trêmulas, que a resposta me alcança. Ao juntar as últimas tiras, começo a entender, a pele já não está mais bronzeada, perde sua cor rapidamente, avançando para o branco invernal que ostento agora. O meu rosto toma forma: a testa plana, as sobrancelhas finas, os olhos grandes. Acrescento o nariz, os lábios, movendo para baixo, e quando alcanço o pescoço exposto acima da gola do suéter ameixa, percebo que alguém pegou uma caneta hidrográfica vermelha e claramente fez um risco em minha carne, cortando minha garganta através do decote.

ALEX

Eu saio rapidamente da casa abandonada, mas não volto para a minha. Em vez disso, eu me escondo entre os grandes arbustos no quintal. Ainda não consegui decidir o que fazer, então eu penso e ando, ando e penso. Mas não preciso ficar muito tempo fazendo isso. Antes que eu perceba, há um barulho vindo da janela da velha casa. O som de passos na grama. O som de folhas quebradiças do outono sendo esmagadas sob os pés dela. E aí Pearl aparece, tomando a decisão por mim.

Ela veste seu casaco e seu gorro, e traz nas mãos uma pá.

Uma pá? penso, olhando novamente para suas mãos. Sim, uma pá.

Ela começa a caminhar. Ela não me vê, e eu a sigo a uns vinte ou mais passos de distância, enquanto descemos a rua, seguindo para a cidade, de novo em direção ao velho cemitério. Eu ando na ponta dos pés, tentando ao máximo manter meus passos silenciosos. Pearl, por outro lado, caminha como se flutuasse no ar.

Eu observo, ofegante, enquanto Pearl cruza o barulhento portão de ferro, caminhando sobre um tapete de folhas caídas. Eu a sigo. Ainda é cedo, o sol da manhã não conseguiu vencer a densa neblina que cobre a terra, transformando o ar em nuvens. Nós andamos entre o nevoeiro por todo o caminho, Pearl na frente, eu atrás, vendo o mundo se materializar para nós em intervalos de três metros, de forma que não temos ideia do que existe além daqueles três metros visíveis. Pelo menos eu não tenho.

Eu não tenho a menor ideia do que há ou não há lá, como se eu fosse Cristóvão Colombo, meio desconfiado de que depois daqueles poucos metros eu posso cair da borda da Terra plana e morrer. O preto assume um tom cinzento – a casca das árvores, o ferro do portão, desaparecendo na neblina. Tudo está pálido e esbranquiçado. Os galhos das árvores e as lápides ancestrais se tornam intangíveis, suas formas desvanecendo. Eles desaparecem também, na frente dos meus olhos, perdidos na bruma. As lâmpadas nos postes estão acesas, sua luz diminuindo rapidamente a intervalos de três metros, assim como as árvores e a cerca e as lápides que cruzo, hesitante, uma a uma, tropeçando em pedras e raízes por todo o caminho, até o último descanso de Genevieve, seu túmulo.

Pearl não sabe que estou aqui. Rondando à distância, completamente oculto pela grossa neblina e pelos galhos de densos arbustos, eu a vejo levar a pá de jardim ao solo e começar a cavar.

QUINN

Lá fora o dia está frio. Está ensolarado, mas isso não quer dizer grande coisa. A luz do sol é refletida pelo vidro das fachadas dos edifícios, o que me afeta. Retarda meus passos. Ela atinge meus olhos, atrapalhando minha visão, e eu preciso enxergar conforme corro desviando das pessoas, abrindo meu caminho com pressa na direção do Millennium Park. Olho em volta rapidamente, certificando-me de que não estou sendo seguida.

A temperatura se mantém em torno dos sete graus, e por toda a avenida Michigan trabalhadores penduram luzes de Natal nos edifícios e nas árvores. É muito cedo para isso, ainda estamos em novembro, mas mesmo assim, dentro de alguns dias, Mickey e Minnie chegarão para liderar a parada Magnificent Mile Lights Festival, a que Esther e eu assistimos juntas no ano passado.

Mas este ano nós não vamos.

Penso na linha vermelha que corta meu pescoço naquela fotografia e digo a mim mesma: *Este ano eu posso ser assassinada.*

As ruas estão cheias. Presas em algum lugar entre o rush da manhã e a confusão da hora do almoço, as ruas ainda estão lotadas de pessoas que, em bandos junto aos cruzamentos, esperam a sua vez para atravessar. Os táxis passam zunindo, rápidos demais para o limite de cinquenta quilômetros por hora. Paro no cruzamento, esperando que o sinal fique verde. Observo enquanto um táxi freia de repente, quase matando de susto uma mulher no meio da rua. Ela deixa cair o tapete de ioga e mostra o dedo para o motorista, furiosa, mas o taxista, ainda assim, passa por ela, indiferente.

E então eu sigo na direção do Millennium Park.

O Millennium Park é um enorme parque no coração do Loop, com um jardim e uma concha acústica, uma pista de patinação no gelo, uma fonte com espelho d'água e, claro, o lendário The Bean. Essa escultura tem um nome, do qual não consigo me lembrar no momento em que passo apressada por ela, mas para a maioria de nós, os chicagoanos, é conhecida como The Bean. Parece um feijão. *Se ele fala como um feijão e anda como um feijão, então é provavelmente um feijão.*

Uma porção de pessoas se reúne no Millennium Park todos os dias, moradores e turistas. É um lugar muito concorrido. Crianças brincam no espelho d'água, respingadas pelo jorro que sai da videoescultura Crown Fountain. As pessoas deitam-se de costas debaixo do The Bean para ver seu reflexo deformado nas placas de aço, como o espelho de uma casa maluca. Elas comem em cafeterias ao ar livre, ouvem música ao vivo no gramado do pavilhão, aproveitando o calor dos últimos raios de sol. Caminham pelas trilhas do parque e atravessam suas pontes percorrendo os jardins, e tomam sorvete acomodadas sob árvores enormes.

Mas não hoje.

Hoje está muito frio.

Não me lembrei disso quando pensei em um local público agradável para me encontrar com o detetive.

Cheguei cedo. Enquanto espero que o detetive apareça, tento me esconder entre as árvores sem folhagem de novembro, mas elas são transparentes. Turistas com uma câmera passam por mim e pedem que eu tire uma foto deles. Eu me afasto. Digo que estou com pressa. Não posso parar naquele momento.

Decido me enfiar em uma cafeteria para matar algum tempo. Peço um *latte* e acho um lugar para me acomodar nos fundos. Há um jornal sobre a mesa que alguém deve ter deixado para trás, e eu o mantenho na frente de meu rosto para não ser vista. Penso na foto espalhada em um milhão de pedaços no chão do quarto de Esther. É uma ameaça, uma ameaça flagrante. Ela quer tirar a minha vida. Esther pegou essa fotografia e depois a riscou com uma caneta vermelha, uma linha fina em meu pescoço – um sinal que diz que ela me quer morta.

Eu bebo meu *latte*, minhas mãos tremendo tanto que não é de admirar que eu o derrame. Evito contato visual. Verifico o meu celular três vezes: onde está Ben? Quando chega a hora, eu me apresso para encontrar o detetive exatamente onde dissemos que nos encontraríamos: no lado oeste da Crown Fountain. Há bancos de madeira emoldurando as fontes e o espelho d'água. Quando chego, o detetive já está lá. Eu sei que é ele porque, bem, porque ele parece um policial: grande, robusto e sombrio. Aposto que ele seria um arraso vestido de drag nas festas de fim de ano, mas isso nada tem a ver com o que acontece agora. Ele não veste um casaco, como se completamente intocado pelo ar do outono que quase me paralisa. A camisa dele está totalmente abotoada e ele usa jeans preto. *As pessoas ainda usam jeans preto?*, eu me pergunto enquanto caminho a passos largos ao redor do espelho d'água e observo melhor o detetive Robert Davies. Aparentemente, usam.

Estou nervosa. Petrificada, na verdade. Não posso evitar imaginar o que ele quer comigo. Isso é protocolo-padrão no caso de pessoa desaparecida? Eu não sei. Desejo que Ben tivesse retornado a minha ligação, que estivesse agora aqui ao meu lado, meio passo à frente quando esticássemos as mãos para nos apresentarmos ao detetive sinistro.

Mas ele não está. Ben não está aqui, e então preciso dar meu jeito. Ainda que um príncipe encantado seja uma ótima ideia, desta vez terei de salvar a mim mesma.

Sento-me ao lado do detetive no gelado banco de madeira. Digo meu nome e ele me diz o dele, ainda que eu já o saiba, claro. O lugar não está completamente vazio, há outras pessoas por aqui. É Chicago, afinal de contas. Mas é pouca gente e todo mundo está concentrado em seus próprios afazeres, tirando fotos de arranha-céus, alimentando os pombos com batata frita, discutindo com crianças. Ninguém olha para mim e para o detetive.

O detetive Robert Davies está perdendo cabelo. Calvície masculina, acho que chamam assim. A linha do cabelo está retrocedendo. Mas o cabelo dele é castanho – sem fios grisalhos em lugar algum –, então acho que ele está satisfeito com isso. Deve ser difícil envelhecer.

Ele pega uma caderneta.

— Há quanto tempo Esther está desaparecida? — pergunta, e eu respondo:

— Desde domingo. — Mas então eu me corrijo, sentindo-me de alguma maneira culpada por essa admissão, pelo fato de que agora já faz cinco dias desde que vi Esther com meus próprios olhos. — Talvez sábado à noite. — Desvio o olhar para minhas mãos, para o anel azul de calcedônia na mão direita, uma pedra oval engastada em um aro de prata. Não consigo olhar o detetive nos olhos.

As palavras dela voltam à minha mente, as palavras de Esther: *Eu seria uma estraga-prazeres, Quinn. Vá sem mim. Você vai se divertir mais.*

O bar que serve martínis na Balmoral, a grande inauguração. É do que me lembro. Também me lembro de Esther sentada sozinha no sofá do apartamento, enrolada em seu pijama e na confortável manta plissada verde-água. A última vez que coloquei os olhos em minha amiga.

— Nós nos falamos antes — diz ele propositadamente quando eu hesito por um segundo, sem certeza de que quero admitir o desaparecimento de Esther pela saída de incêndio. Os olhos dele são espertos como os de uma águia ou um gavião. Há linhas na testa, um narigão proeminente. Aposto a minha vida que ele não sorri, nenhuma vez, nunca. — Você e eu — diz ele de novo —, nós nos falamos antes.

Eu respondo que sei disso.

Claro que sei, foi esta manhã, e eu o lembro de nossa ligação há meras duas horas, enquanto eu estava no meu apartamento me arrumando para este pequeno *tête-à-tête* no parque. Eu tenho certeza de que dou um suspiro ou ao menos reviro os olhos – certa de que ele não pode ser tão incompetente a ponto de não se lembrar de nossa conversa pela manhã; e com isso – *mas, ora, vejam só!* –, ele sorri.

Rezo para que isso não seja um prenúncio do que virá.

— Nós nos falamos antes de hoje, Quinn — diz ele, com ironia, e é então que me lembro do primeiro pensamento que tive quando pressionei o botão de encerrar a conversa no meu celular após a ligação: conheço essa voz.

Mas quando?

Tento ligar os pontos, colocar a voz dele em outro lugar, combinar a voz com outra voz, e é então que me ocorre, estas palavras: *É um assunto confidencial. Tínhamos um compromisso hoje à tarde. Ela não apareceu.*

O homem que ligou para o celular de Esther na tarde de domingo, quando encontrei o aparelho esquecido no bolso daquele moletom vermelho com capuz. O detetive Robert Davies era o homem do outro lado da linha, o que se recusou a deixar recado. *Eu ligo de volta*, ele disse. Mas então não ligou. Não até agora, afinal. Não até hoje, por causa do meu BO de pessoa desaparecida. Mas ele não ligou para Esther; desta vez, ele ligou para mim.

— Você ligou para Esther outro dia — digo. — Era para vocês terem se encontrado. Tinham um compromisso.

O detetive balança a cabeça.

— Ela não apareceu — diz ele.

Eu concluo:

— Àquela altura, ela já estava desaparecida. Por que vocês planejavam se encontrar? — pergunto, mas acho que ele não vai me contar sobre isso, já que o assunto é sigiloso. *É um assunto confidencial.*

Para minha surpresa, porém, ele conta, mas só depois de eu dizer o que sei. Coloco todas as cartas na mesa, conto tudo. O sumiço pela saída de incêndio, as cartas estranhas, a morte de Kelsey Bellamy. E então mostro ao detetive o celular de Esther, a mensagem ameaçadora ainda na tela: *A vingança é uma droga*. Ele parece extasiado com isso, por um instante. Ele aproxima o celular dos olhos para ver as palavras com mais clareza. Parece estar perdendo a visão, também. Chama-se presbiopia – já vi os comerciais para lentes progressivas –, e outra vez sou atingida pelo fato de que envelhecer deve ser uma droga, não que eu tivesse como saber.

— Esther mandou isso para mim — digo.

Ele olha para mim cheio de dúvida:

— O que a faria dizer isso? Por que acha que Esther enviou essa mensagem para o próprio celular?

Isso é algo que nunca parei para considerar. Por que Esther enviaria uma mensagem para o próprio celular? Por que não para o meu?

— Não tenho certeza — digo. — Talvez ela saiba que estou com o celular dela. Ou... — começo, mas paro rápido e deixo de lado. Eu não sei por qual motivo Esther teria enviado uma mensagem para o próprio celular. — Ela matou a última colega de apartamento — revelo, falando baixinho, as palavras parecendo uma traição a Esther. Sussurro as palavras para que Esther não possa ouvi-las: — Kelsey Bellamy — digo. E então: — Ela está tentando me matar também. — Conto sobre a fotografia triturada, minha foto andando na rua com meu suéter ameixa, a marca vermelha de caneta cortando minha garganta em duas. Uma ameaça.

— Esther não está tentando matar você — é o que ele diz para mim. Diz como se tivesse certeza, como se na sua cabeça não houvesse dúvida alguma. Como se *soubesse*.

— O que você quer dizer com isso? — pergunto. — Como você sabe?

E então ele começa a explicar.

O detetive Davies me diz que conheceu Esther há mais ou menos um ano, quando investigava a morte de Kelsey Bellamy. Era um caso mais ou menos evidente, diz. A moça tinha alergia alimentar, o que eu já sei. Ela comeu algo a que era alérgica, não conseguiu chegar ao remédio a tempo. Centenas de pessoas com anafilaxia morrem todos os anos. Não é tão comum, mas ainda assim acontece. É o que o detetive me diz. A negligência teve sua parte na morte da Kelsey, sim, e na época Esther levou boa parte da culpa.

— Pessoas acusando — ele diz. — As pessoas sempre querem acusar. Precisam de alguém para culpar.

Mas assim que a morte de Kelsey foi dada como acidente, a vida continuou para Esther e para o detetive Davies. Não havia dúvida para ele de que Esther não adulterou a refeição de Kelsey de propósito.

— Já vi muitos mentirosos antes — diz ele para mim —, mas Esther não era um deles. Ela passou por um detector de mentiras com sucesso. Ela cooperou com a investigação. Foi uma testemunha exemplar, e estava claramente arrependida. Sentia-se terrível pelo que aconteceu com Kelsey. Culpou-se de imediato – a confusão com a farinha – e nunca se colocou na defensiva. Não posso dizer o mesmo sobre a maioria das testemunhas, e certamente não sobre os culpados. — Ele faz uma pausa para respirar e então continua: — Esther me ligou no sábado à noite, do nada. Não havíamos nos falado em meses, quase um ano. Mas ela disse que tinha algo para me mostrar. — E acrescenta: — Ela parecia assustada.

E havia tanta convicção na voz dele que segurei o fôlego, esquecendo--me de respirar. Esther estava assustada. Mas por quê? A ideia me faz querer chorar. Esther estava triste, Esther estava assustada, e eu não soube disso.

Por que eu não sabia?

Que tipo de amiga eu sou?

— Ela não disse muito ao telefone. Queria me contar pessoalmente. Havia recebido algo, uma carta. Só posso presumir que tem algo a ver com a senhorita Bellamy — diz.

Meus batimentos aceleram e minhas mãos, enfiadas nas mangas do meu suéter azul-piscina, começam a suar.

— Quando ela ligou para você? — pergunto.

— No sábado à noite, às nove horas, mais ou menos — diz o detetive Davies.

Às nove horas. Logo depois de eu sair para aquele bar caraoquê estúpido, deixando Esther para trás de pijama e embrulhada em uma manta. Será que Esther esperou de propósito que eu saísse para ligar para o detetive? Ela estava mesmo doente?

Esther havia recebido uma carta, imagino. Mas não. Penso nas cartas para *Meu bem*. Esther *escreveu* essas cartas. Ele deve estar enganado. A linha da assinatura claramente diz: *Todo meu amor, EV*. Esther Vaughan. Ela assinou o nome nas cartas. São dela. Não são?

É possível que Esther seja, de alguma forma, *Meu bem*?

Estou um pouco cética, para dizer o mínimo.

— Eu tenho as cartas — digo então ao detetive Davies, pegando as duas cartas datilografadas na minha bolsa e colocando-as na mão dele. — Eu as trouxe comigo.

Eu as tenho carregado na minha bolsa porque não consegui pensar em outro lugar seguro para guardá-las. Mas eu as li, é claro, muitas vezes, e nenhuma diz uma palavra sobre Kelsey Bellamy. Quando o detetive Davies passa os olhos pelas cartas, também parece indiferente, ainda que me pergunte se pode ficar com elas, em todo caso. Eu balanço a cabeça e observo enquanto ele as coloca cuidadosamente em um tipo de saco para provas, de onde imagino que mais tarde serão tiradas para serem examinadas em busca de impressões digitais e outro tipo de análise forense, para encontrar a marca e o modelo da máquina de escrever na qual as cartas foram escritas.

As cartas são bem estranhas, não me entenda mal. Elas são. Mas dentro não há grandes confissões, nenhuma menção a Kelsey Bellamy. De alguma forma, ele entendeu tudo errado. Deve ter interpretado mal o que Esther disse ou talvez ela estivesse mentindo ou, no mínimo, distorcendo os fatos. Talvez Esther estivesse tentando despistar o detetive. Mas por quê?

— Não havia mais nada? — pergunta o detetive, e respondo que não.

— Deve haver mais — diz ele, mas eu garanto que não há. O olhar que surge no rosto dele me faz acreditar que falhei mais uma vez. De alguma maneira, eu o desapontei.

Ou, talvez, tenha acabado de desapontar Esther. Neste momento, é difícil dizer com certeza.

— Mas e quanto à minha fotografia? — pergunto. — A que Esther colocou na fragmentadora de papel, meu rosto com um corte na garganta. Isso foi, sem dúvida, uma ameaça. Ela me quer morta.

— Ou — sugere o detetive Davies enquanto sinto a bile subindo dentro de mim como um vulcão ativo, ameaçando entrar em erupção — pode ser que quem mandou a carta para Esther também tenha tirado a sua foto. Talvez seja a pessoa que a quer morta.

ALEX

O chão parece estar duro. Não congelado, mas duro. A camada superior, a relva, parece ser a mais difícil de ultrapassar quando ela começa a cavar a terra fria da manhã com a pá de jardim, pressionando o aço com a sola de sua bota de camurça. A relva é grudenta, um milhão de folhas de grama agarradas umas às outras, recusando-se a deixá-la passar. É um trabalho duro, mas Pearl força a passagem, arrancando a terra pedacinho por pedacinho. Eu observo admirado enquanto ela cava a terra dura e fria com a lâmina da pá, jogando o entulho em uma pilha atrás de seu corpo esbelto. Com o tempo, ela começa a suar, um suor gelado que se solidifica em sua pele e a faz tremer. Enquanto olho à distância, ela primeiro tira o casaco, depois o gorro, jogando os dois na grama coberta de orvalho. Eu me lembro daquele dia no lago, Pearl se desnudando aos poucos e então entrando na água gelada.

Quando a pá vence a relva e alcança a terra, o trabalho fica mais fácil, o solo resiste menos, e o monte de entulho atrás de Pearl começa a crescer. Ela cava e cava e eu, ali olhando, perco a noção do tempo. Estou hipnotizado por seus movimentos, mas também um tanto aterrorizado. Quem é essa mulher e o que ela está fazendo? Por que ela está desencavando os restos mortais da falecida Genevieve? De repente parece completamente idiota tê-la seguido até aqui. De repente, estúpido. Qualquer um com meia colher de miolos teria imediatamente chamado a polícia, ou corrido na direção contrária. Não a teria seguido. Mas agora aqui estou eu, escondido atrás dos arbustos, neste cemitério quase abandonado, enquanto uma maluca exuma um cadáver por conta própria. Eu me abaixo no chão frio e duro, para não ser visto quando a neblina se dispersar. Não quero nem pensar no que ela faria comigo se soubesse que estou aqui. Por ora os arbustos vão guardar meu segredo.

Enquanto assisto à distância, tento me lembrar de tudo o que sei sobre a garotinha enterrada nesse túmulo. Eu não sei muita coisa, ela se foi antes de eu nascer. Mas o que ouvi dizer sobre Genevieve foi que os moradores da cidade pegaram o caixão rudimentar do porta-malas do carro da família dela e a enterraram aqui, nessa cova do cemitério, rapidamente, sem velório, funeral ou cortejo. Em vez disso, o corpo foi carregado bem depressa do carro para esse buraco, e ninguém sequer perguntou o motivo. As pessoas ficaram felizes com a morte dela. Apesar de ter só cinco anos, ela era uma delinquente, o tipo de criança que causava estrago nas outras crianças e nas casas, atormentando os pequenos, vandalizando propriedades, perseguindo os cães da vizinhança. Foi o que me disseram. Não é como se alguém quisesse ver a garotinha morta, mas, ainda assim, todo mundo ficou feliz quando ela se foi. "Sua mãe não aguentava mais", disseram os vizinhos durante todos esses anos, olhando para a casa amaldiçoada, resmungando entre os dentes alguma coisa como: *Uma desgraça*.

Até onde eu sei, ninguém vem visitar o túmulo de Genevieve. Só posso presumir que a família foi embora assim que deixou aquela velha casa e enterrou a menina.

Com o tempo, a pá de Pearl começa a voltar manchada de lama e areia, seguidas de argila, solo argiloso da cor de terracota, e então, mais tarde – logo antes que a lâmina de aço se encontre com madeira oca –, fragmentos quebrados de rocha, cinzentos como cimento. Eles vêm aos montes, pedras que parecem difíceis de carregar. Devem ser pesadas, eu vejo que Pearl se demora, perdendo velocidade.

Mas então ouço o barulho de metal contra madeira e sei que ela atingiu seu objetivo, a razão pela qual veio até aqui.

O cemitério está silencioso, só se ouve a respiração ofegante de Pearl. Ela luta por oxigênio no ar estagnado de novembro. Imagino que sua garganta esteja seca como um deserto. Até eu estou com sede, e não estou fazendo nada. Ela sua por causa do esforço, enquanto o ar entorpecente congela meus pulmões, fazendo-os doer e queimar. Está frio, o inverno está chegando rápido. Rápido demais. A grama à nossa volta é de um verde desbotado, um verde discreto, e está perdendo a cor bem rápido, preparando-se para hibernar durante a estação fria que vem aí. Ela está quebradiça e não há novos brotos saindo do solo. Logo estará coberta de neve. A neblina começa a se dissipar, e quando sobe, o mundo se materializa na minha frente, lápides de granito e mármore, árvores grotescas e disformes, e a igreja, uma pequena igreja protestante, retangular e com um único salão, com alicerce de calcário e paredes de madeira. As janelas são simples, sem enfeites, como a própria igreja, uma estrutura do século XIX, há muito superada por igrejas mais modernas e confortáveis que surgiram por toda a cidade. Eu não sei nem se alguém ainda frequenta essa igreja ou se ela está aqui só como uma relíquia, uma coisa morta, um cadáver, oca como todos esses corpos enterrados debaixo do chão.

De repente, Pearl joga a pá de jardim de lado e para de cavar. Encontrou uma caixa, uma caixa de madeira já bastante podre. Não tem como puxar a caixa – está completamente grudada na terra, nos estágios finais de decomposição. A caixa se desfaz em pedacinhos na sua mão. Então, em vez de puxar, ela empurra o que resta da tampa para o lado e olha lá dentro.

Deste ângulo eu não consigo enxergar o que tem dentro da sepultura de Genevieve, mas observo a reação de Pearl. O que vejo é uma expressão de satisfação presunçosa, como se ela estivesse querendo provar algo para o mundo, e tivesse acabado de conseguir. Ela põe as mãos na cintura. Ela sorri.

Deixa a pá de jardim onde está, o monte de entulho se erguendo até o céu, o túmulo exposto para que todos vejam.

E então Pearl enxuga o suor da testa na manga, pega o casaco e o gorro e se prepara para partir.

Mas ela não se move. Ainda não, pelo menos. Antes de ir, ela passa os olhos pelo cemitério, da velha igreja até as lápides centenárias e até mim. Por um segundo, tenho quase certeza de que seus olhos se demoram sobre o meu esconderijo, atrás dos eucaliptos e dos arbustos sem folhas, onde eu me encolho, tentando desesperadamente me esconder. Ela balança a cabeça. Dá uma risada sarcástica. Suspira.

Mas, se ela me vê, não diz nada. Então ela se vira e vai embora.

Eu não me movo de imediato. Em vez disso, espero. Eu espero por um bom tempo, até que o ranger do portão de ferro do cemitério me diga que ela realmente se foi. E então espero um pouco mais, só por segurança. Só depois eu me levanto, apoiado em meus pés vacilantes, e vou ver o que ela descobriu dentro do túmulo.

Nada. Absolutamente nada. Foi isso que Pearl descobriu.

A caixa de madeira apodrecendo na terra dura está completamente vazia.

QUINN

Antes de embarcar no carro do detetive Davies, insisto em ver a carteira de motorista e mais uma identidade com foto. Registro do veículo e seguro. Todo cuidado é pouco com essas coisas. Já vi seriados sobre advogados e histórias de assassinato demais para saber que o policial nem sempre é o mocinho. Mas, neste caso, acho que ele é. Isso porque ele não é tão legal. Ele não é tão amigável.

— Isso basta? — pergunta o detetive Robert Davies quando me entrega o cartão da seguradora de seu carro.

— Sim. Isso basta — eu respondo enquanto abro a porta e entro em um Crown Victoria sem identificação parado em um estacionamento público na Columbus.

O carro tem o cheiro da embalagem de fast-food aberta que se encontra no banco do passageiro. Ele a afasta antes que minha bunda tenha a chance de esmagá-la, e a joga em uma lata de lixo próxima. Está muito mais quente no carro, sem o frio e o vento, mas a melancolia evocada pela garagem fechada ainda é perturbadora.

O detetive Davies manobra para fora da vaga apertada rápido demais e segue pela rampa da garagem, e minhas entranhas continuam a se virar. Ele toca a buzina – avisando os outros de que está em alta velocidade – quando engata a marcha pela Columbus e me leva para casa.

Enquanto ele dirige, a bile sobe de novo dentro do meu peito até eu sentir que poderia vomitar. Minha cabeça gira de pavor. Minhas mãos tremem, um tremor que deixa o resto de mim exausta e tonta. Meu coração parece ter criado asas e ser capaz de voar, e fica ali no meu peito, batendo suas asas de pássaro, ameaçando disparar para fora do meu corpo.

Eu penso em Esther, triste e assustada, e eu sem saber disso. Ela estava realmente triste e assustada ou era tudo parte de um plano maior? Quem é Esther, na verdade? Ela é mesmo Esther ou ela é Jane? Todas essas perguntas tomam a minha mente até que eu não possa mais ver direito e quase nem pensar.

O detetive Davies me deixa na porta de entrada do meu prédio. Antes que eu possa me virar para dizer adeus ao detetive e agradecer pela carona, ele acelera, com o celular da Esther e as cartas para *Meu bem* agora em sua posse. Ele planeja ver o que os técnicos conseguem extrair do celular – o histórico de chamadas de Esther e os correios de voz, seus vídeos e fotos.

Na minha mão, carrego o cartão de visita dele, e em minha cabeça, uma instrução: ligue se algo acontecer, se eu encontrar qualquer coisa, se eu ouvir falar de Esther, se Esther reaparecer. Apenas ligue.

Quando saio do carro, espio a janela de nosso apartamento, meu e de Esther, e meio que espero vê-la, de pé, olhando para mim. Mas é claro que ela não está lá. A janela turva está vazia, apenas as persianas e o reflexo do outro lado da avenida Farragut olhando de volta para mim.

Mas então eu vejo uma mulher ao lado da porta trancada, pressionando um botão repetidamente no painel do interfone com uma mão. Ela espera batendo os dedos por uma resposta que não vem. Está na frente da porta, segurando o que sei que é a bolsa azul-clara da Esther, nas mãos, usando luvas de couro. É uma mulher pequena, não deve ter mais do que um metro e cinquenta de altura, e usa um penteado armado que deve pesar tanto quanto o resto dela. Apostaria minha vida que ela pesa não mais do que quarenta quilos. Tudo que ela veste é apertado: calça apertada, casaco apertado, botas apertadas.

— Posso ajudar? — pergunto afobada com meus olhos colados na bolsa.

Tenho um desejo repentino e esmagador de estender as mãos e puxar a bolsa das mãos dela, segurá-la. *É da Esther*, quero berrar, e olho para as minhas mãos, que, diante de mim, continuam a tremer. Estou preocupada. Preocupada por Esther. A história do detetive me deixa em pânico e completamente confusa – ainda mais do que já estava –, e essa estranha reviravolta dos acontecimentos me leva de brava a assustada e a preocupada. Em vez de pensar que há alguém atrás de mim – que *Esther* está atrás de mim –, estou preocupada por ela.

Ainda assim, há inúmeras perguntas correndo pela minha cabeça: o que se passou com Kelsey Bellamy, e por que Esther mudou seu nome para Jane Girard, e por que procurou uma colega de apartamento para me substituir? Por que sacou mil e quinhentos dólares do caixa eletrônico? Isso não faz sentido, nenhum sentido.

— Você é Jane... — a mulher em frente ao painel do interfone começa a dizer, fazendo uma pausa enquanto espia um cartão em sua mão, e conclui: — Girard?

Você é Jane Girard?

Quem é Esther Vaughan?, eu me pergunto. Eu conheço mesmo Esther?

Sacudo a cabeça rapidamente. Digo que não, não sou, mas sou a colega de apartamento de Jane. Quinn. Digo, afinal, mesmo achando que ela não se importa com o meu nome. Ela veio até aqui para ver Jane.

— Ah, que bom — diz ela, uma grande onda de alívio correndo por suas feições arredondadas, os olhos grandes, o sorriso grande, o cabelo grande. — Encontrei isto — diz enquanto entrega a bolsa azul em minhas mãos — em uma lata de lixo na rua.

E eu a apanho, agradecida por ter alguma coisa, alguma parte da Esther, para segurar. Pressiono a bolsa contra mim; sinto o cheiro de Esther, que já começou a sumir e ser ultrapassado pelo cheiro sujo da cidade, misturado ao perfume poderoso da senhora à minha frente, uma fragrância pesada de rosa e jasmim.

— Você encontrou a bolsa em uma lata de lixo? — pergunto, apenas para ter certeza, e ela assente e diz que estava a ponto de jogar fora seu copo de café quando a viu em cima de um zilhão de embalagens de fast-food, mas o azul da bolsa chamou a sua atenção.

— É uma bolsa bonita — diz. — Bonita demais para ser simplesmente jogada em uma lixeira. Pensei que fosse um engano. — E então ela conta como não queria que minha colega de apartamento se preocupasse. — Eu sei que ficaria preocupada se não conseguisse encontrar minha bolsa.

— Isso foi muito gentil — digo, e é. Claro que é, desde que ela não tenha outro motivo escondido. Agora não tenho certeza de nada, além do fato de que estou cansada e nervosa, tudo ao mesmo tempo. Minha cabeça dói, minhas mãos tremem. Se mais alguma pergunta preencher minha cabeça, pode ser que ela exploda.

O que a bolsa da Esther fazia em uma lata de lixo?

— Estava na lata de lixo de onde? — pergunto.

Ela aponta na direção da Clark Street e diz sem localizar muito bem:

— Por ali.

— Você a encontrou hoje? Agora? Há alguns minutos?

Mas ela diz que não, balançando a cabeça.

— Foi há um ou dois dias. — Ela suspira e continua: — Foi uma semana longa. Uma semana muito longa — como se tivesse de me explicar por que levou um ou dois dias para devolver a bolsa da Esther. — Moro aqui perto — diz ela —, é no caminho. — Depois ela diz que *Jane* deveria ter mais cuidado com a bolsa. — Carregando tanto dinheiro.

E então sei duas coisas: número um, essa senhora vasculhou a bolsa da Esther; número dois, quando eu olhar lá dentro, encontrarei mil e quinhentos dólares.

Esther sacou o dinheiro em um caixa eletrônico, mas nunca usou. Ela não contratou um assassino de aluguel para me matar. Não está de férias em Punta Cana, bebericando um daiquiri de morango.

Onde está Esther?

— Como sabe onde moramos? — pergunto de repente, enquanto ainda estamos paradas nos degraus da entrada, envoltas pelo ar frio do outono.

— Consta da carteira de motorista dela — conta a mulher. — Eu não estava bisbilhotando — jura ela antes que eu tenha a chance de perguntar, assumindo um tom triste e defensivo ao mesmo tempo. Ela *estava*

bisbilhotando. — Eu estava tentando descobrir como devolver a bolsa.
Você vai dar a ela? À Jane? — pergunta a senhora.

Eu respondo:

— Ah, sim. É claro. — Então me despeço, entro no prédio e gentilmente fecho a porta.

O nosso apartamento está vazio quando entro lá, mas tem o cheiro de Esther: o aroma das refeições, a fragrância da loção de peônia. Sou atingida por uma onda de nostalgia.

Eu me dirijo até a porta e, quando cruzo o limiar do quarto congelante de Esther, vejo a Molinésia Dálmata flutuando morta no aquário. Vou ao lado do recipiente e apago a luz dele para que eu não possa ver a pobre peixinha morta nas pedras rosa-pink, o zumbido do filtro fazendo parecer que ela está respirando quando não está. O corpo flácido está ficando branco – um sinal de apodrecimento –, e quando bato no vidro, ela não se mexe. Está morta. O peixe de Esther morreu. Há quanto tempo ela morreu?

Sussurro *Desculpe-me, peixinha*. Não tenho certeza do que fiz, mas sei que fiz alguma coisa errada.

Realizo uma terceira busca pelo apartamento, refazendo cada passo que já dei duas vezes. Estou ficando mais desesperada. Eu *estou* desesperada. Deve haver algo mais por aqui, algo que passou despercebido. Fuço de novo na escrivaninha e nas gavetas, espio dentro do guarda-roupa. Vou apanhando objetos aleatoriamente e os jogo no chão, sem me importar se estou fazendo uma bagunça. Amasso papéis, arranco as gavetas da escrivaninha IKEA e procuro por uma gaveta com fundo falso. Estou ofegante, trabalhando duro.

Não há nada ali.

Faço uma baderna no quarto dela. Jogo o pote de lápis no chão, com raiva e pressa. Dou uma olhada na pilha de livros e então eu os atiro para o lado, um a um, e eles atingem em cheio o piso de madeira, fazendo barulho. Lá embaixo a senhora Budny deve estar a dois segundos de alcançar seu esfregão, mas eu não me importo.

Meu celular toca – Ben, tenho certeza, retornando a minha ligação –, mas não posso parar. Preciso encontrar Esther. Quando chego ao final da pilha de livros, levanto-me e cruzo o quarto, pisando com os sapatos sujos no cobertor turquesa e no edredom laranja, deixando pegadas empoeiradas no tecido, e enquanto faço isso, sou lembrada das palavras dela: *O endro fica aqui. E a farinha de amendoim fica aqui.*

Ela não gostaria nem um pouco disso.

— Não há nada aqui — digo para mim em voz alta, mãos levantadas em sinal de derrota.

Ataco a sala e a cozinha com desejo de vingança, investigando cada gaveta, cada peça de mobília descombinada, atrás de porta-retratos, embaixo do tapete. Enfio a mão atrás das almofadas do sofá e procuro lá também. Dou pancadinhas na parede de gesso à procura de algum local oco, um esconderijo secreto. Olho dentro da saída de ar procurando por qualquer coisa, mas, no fim, não há nada. Apenas poeira, sujeira e ar estagnado.

E então tenho uma ideia, um lugar em que ainda não procurei. Subo no balcão da cozinha e procuro naqueles vãos de pouco mais de um centímetro por um esconderijo, uma última tentativa de encontrar alguma pista, qualquer tipo de pista. Qualquer uma. Deixo pegadas sujas na fórmica do balcão, mas não me importo.

Mesmo assim, não há nada aqui.

É de cima do balcão que eu a vejo, meu rosto vermelho e suado por andar pelo apartamento em outra busca frustrada, meu coração batendo depressa, minha respiração pesada e descontrolada. Enquanto estava enrolando as mangas do meu suéter até os cotovelos vejo a bolsa azul no chão, ao lado da porta, exatamente onde a deixei.

A bolsa da Esther.

Salto do balcão – meus joelhos rangendo – e corro até a bolsa. Como é possível que eu não tenha pensado em olhar dentro da bolsa? Virando-a de cabeça para baixo, jogo os pertences dela no chão, chacoalhando a bolsa para ter certeza de que tirei tudo. Eu a coloco de lado, não sem antes abrir e fechar os bolsos, tateando o tecido em busca de compartimentos secretos. Mas a única coisa que ficou para trás foi um chiclete.

É isto que encontro espalhado pelo chão de madeira do nosso apartamento: um kit de costura, uma faixa para cabelo, um espelho pequeno, três absorventes, balas Altoids, a carteira acolchoada azul-clara – para combinar com a bolsa –, lenços, um livro e algumas chaves. Uma chave para a porta principal, uma chave para a porta do apartamento, uma chave do cadeado do depósito.

E mais uma página de caderno datilografada, dobrada em três. Endereçada a *Meu bem,* e subscrita *Todo meu amor, EV*.

ALEX

Sou o primeiro a chegar à biblioteca, antes mesmo de abrir. Já estou esperando do lado de fora, no topo da pequena escadaria, ao lado das colunas brancas, quando a bibliotecária destranca a porta. Ela se demora encaixando a chave na fechadura e depois confere seu relógio, para ter certeza de que são nove horas. Nove horas e nem um momento antes. E então ela abre a porta e eu entro correndo, inalando o aroma de seu potente spray fixador, e ela me diz:

— O primeiro a chegar!

Como se isso não fosse óbvio, o fato de eu ser o primeiro a chegar, o *único* a chegar.

— Sim — murmuro rapidamente.

Apresso-me até um dos terminais de computador, que sequer me dei ao trabalho de reservar com antecedência. Nem passou pela minha cabeça fazer uma reserva. Apesar de eu ser o único por aqui, a bibliotecária ainda assim me segue e verifica meu cartão da biblioteca porque, como ela diz, *regras são regras*. E eu já quebrei uma das vinte e sete regras sobre o uso dos computadores da biblioteca. Ainda recebo um olhar de desaprovação, mas depois ela se afasta, saindo devagar do meu campo de visão. As únicas outras pessoas por aqui nesta manhã são as outras bibliotecárias, duas senhoras mais velhas que levam carrinhos cheios de livros devolvidos de volta para as estantes. Elas desaparecem pelos corredores, colocando os livros em seus lugares, por assunto e em ordem alfabética, para que mais tarde as pessoas possam vir e bagunçar tudo de novo. Isso deve deixá-las malucas.

Eu não tenho muita informação sobre por onde começar, mas sei que o túmulo no qual Genevieve deveria estar enterrada... está vazio. Eu procuro me lembrar das histórias que ouvi sobre a pequena Genevieve aos cinco anos, antes de ela se afogar na banheira. Eu ainda não tinha nascido, sequer estava no radar. Para mim ela sempre foi um fantasma. Ela nunca foi uma criança, mas sim um suposto espectro na janela da casa do outro lado da rua, uma aparição vestida de branco e vagando de quarto em quarto, chamando pela mãe. Mas, para outras pessoas, ela um dia foi uma criança.

Eu pesquiso on-line e o que aprendo é o seguinte. Por trinta e quatro dólares eu posso requerer certidões de nascimento e de óbito do departamento de registros do estado de Michigan, mas preciso enviar o pedido pelo correio, pagar mais vinte dólares por uma entrega expressa e então esperar. Não tenho tempo para esperar. Preciso de respostas agora. E mesmo assim, nada garante que o departamento de registros me envie as informações de que preciso, grande parte delas – certidões de nascimento em particular – é, aparentemente, confidencial. De qualquer forma, não preciso da certidão de nascimento de Genevieve, mas o atestado de óbito seria útil, talvez me ajude a entender por que aquele caixão está vazio.

Tento por outro caminho. Pesquiso a velha casa, tentando encontrar uma sequência de títulos de propriedade, para talvez localizar a família que um dia viveu ali. O problema é que aquela casa foi abandonada há tanto tempo que o fato precede a existência dos bancos de dados on-line. As falências e retomadas pelos bancos sobre as quais encontro informações aconteceram todas nos últimos anos, um duplex horrível na zona oeste da cidade, um cortiço na zona leste e algumas dúzias de outros imóveis entre uma coisa e outra. Sinal dos tempos, imagino. É triste, toda aquela gente expulsa de suas casas por não conseguir pagar as contas. Logo eu e Pops estaremos ali também, de pé em algum cruzamento carregando placas com os dizeres "Sem-teto" e "Nos ajude, por favor", sentindo-nos agradecidos por receber um dólar ou dois.

Eu faço uma busca on-line rápida nos obituários por Genevieve, na esperança de encontrar o nome de alguém da família. Mas eis o que encontro: nada, nadinha, coisa nenhuma. Eu digito seu nome seguido da palavra *obituário*, e então verifico duas vezes se escrevi corretamente as palavras. Acrescento o nome de nossa pequena cidade, para restringir mais a busca, mas o resultado volta zerado. Bem, não exatamente zerado, mas com um monte de lixo inútil: uma senhora de meia-idade em Hamilton, Ohio, uma freira dominicana em Nashville, Tennessee, falecida aos oitenta e dois anos. Não a minha Genevieve. Até onde consigo descobrir, não há obituário para a garotinha em lugar algum. Talvez seja porque ela morreu há vinte e tantos anos, talvez seja por outra razão.

Uma bibliotecária passa por mim e eu pergunto sobre microfilmes, talvez eu consiga localizar um obituário em um jornal local armazenado ali. Ela me olha, um par de bifocais pendurado por uma corrente dourada, seus cabelos como uma treliça branca. Ela talvez seja a pessoa mais velha que eu já vi. Eu a sigo pela biblioteca até o leitor de microfilme armazenado do outro lado. No caminho, cruzamos por duas bibliotecárias mais novas, sem dúvida mais velozes e mais familiarizadas com a tecnologia atual do que ela, e que devem estar pensando que isso é uma grande perda de tempo. Mas no fim ela é exatamente a pessoa que eu precisava.

Antes mesmo de chegarmos à máquina de microfilme, ela me pergunta:

— Fazendo uma pesquisa?

E eu respondo:

— Acho que podemos chamar assim.

— Que tipo de informação você está procurando?

Ela pergunta de uma maneira solícita, não intrometida, e embora eu hesite, digo a ela.

— Estou buscando alguma informação sobre aquela velha casa abandonada na avenida Laurel.

Ela para e pergunta novamente:

— Que tipo de informação você está procurando?

Eu chamei sua atenção, e nem sei se quero ou não atenção. Mas não tenho a menor ideia de como usar a máquina de microfilme, então acho que vou precisar de sua ajuda.

— Estou só tentando descobrir quem vivia ali — digo como quem não quer nada, como se não fosse nada importante. Mas a resposta dela é totalmente inesperada. Sua voz e sua postura mudam, e ela me olha como se eu fosse um completo idiota ou alguém vivendo em alguma caverna.

— Você não precisa da máquina de microfilme para isso — diz ela, inclinando-se na minha direção, o cheiro de seu fixador Aqua Net me dando enjoo. — Eu posso dizer para você quem morava naquela casa.

Seu rosto está a centímetros do meu, de modo que posso ver seus dentes estragados e a transparência de sua pele enrugada. E apesar de estar esperando o óbvio, que ela me diga alguma bobagem enigmática e obscura sobre o fantasma de Genevieve, o que ela diz vira meu mundo de cabeça para baixo e me faz questionar tudo que um dia pensei ser verdade.

Meu bem,

Você tirou minha família de mim e agora precisa descobrir como é perder algo que ama. Foi por sua culpa que eu tive de ir embora. Quero ter certeza de que você entende isso. Eles me disseram que eu tinha sido uma menina má e por isso não podia ficar. Mas nós duas sabemos que isso não é verdade.

Não foi culpa daquela garota. Você devia saber disso. Foi sua culpa. Eu gostaria de poder dizer que me importo que ela tenha ido, mas não me importo. Tinha de ser feito. Foi simples, de verdade, um truque de mágica: trocar as farinhas enquanto vocês estavam trabalhando. Você deveria colocar fechaduras melhores, querida. Não quer estranhos passeando pela casa quando você não está.

Foi indescritível, também, assistir de camarote a você servindo aquela farinha em uma tigela e dando para a sua amiga desavisada. Ela segurando o pescoço, vomitando, a cena rapidamente saindo de controle. Melhor do que eu poderia imaginar. Indescritível, de verdade. Completamente indescritível. Eu tive de esperar alguns dias até você dar aquela farinha trocada para ela, mas valeu a pena. Valeu esperar para ver aquela cena se desenrolar na minha frente, como se fosse uma peça que eu tivesse escrito. Absolutamente perfeita.

Pena, pena mesmo, que eu tenha sumido com a EpiPen daquela moça. Teria ajudado, não é? Está comigo agora.

É culpa sua eu ter voltado, sabe? Foi você quem me encontrou. Você podia ter me deixado em paz. Se não fosse por você, eu nunca teria descoberto que já estou morta.

Ah, se você pudesse me ver agora, querida Esther. Se você pudesse ver o que me tornei. Eu tenho observado você por algum tempo, o suficiente para conhecer seus hábitos, suas manias, sua rotina. Eu tenho seguido você até o trabalho, até a escola. Quando você sai para fazer compras. Você me vê? Você sabe que eu estava lá?

Eu faço compras nos mesmos lugares que você, eu me visto como você. Os mesmos sapatos, o mesmo casaco, o mesmo cabelo. Não foi difícil. Um dia você foi a única Esther Vaughan, mas agora eu sou Esther também.

Você achou que podia mudar de nome, que podia simplesmente desaparecer. Que podia me pagar para ir embora. Quanta ingenuidade.

Você sempre foi a preferida dela, mas se eu for você, então talvez ela me ame também.

Todo meu amor,

EV

ALEX

Apesar de me sentir anestesiado, corro o caminho todo, meus pés martelando o concreto. Eu não sinto nada.

Eu soco a porta assim que chego – uma, duas, três vezes –, vendo o batente metálico sair do lugar sob o impacto de minhas pancadas. E bato outra e outra vez.

Ela abre a porta com uma expressão intrigada no rosto e fica parada ali, seu cabelo puxado para trás, suas mãos delicadas juntas na frente de sua barriga.

— Alex — diz ela em um tom que é ao mesmo tempo de indagação e afirmação, enquanto entro e fecho a porta. — Você parece que viu um fantasma. Está tudo bem?

Eu não consigo responder. Estou sem palavras. Eu luto para recuperar o fôlego enquanto Ingrid segue pelo corredor e para a cozinha. Eu ouço o som de seus passos se afastando, incapaz de falar, não consigo controlar a respiração para falar. Eu me curvo, colocando as mãos suadas nos joelhos, e então, quando nem isso funciona, agacho no chão.

— Deixe-me pegar água para você — diz Ingrid de longe, e antes que eu consiga falar qualquer coisa, ouço o som da torneira na cozinha, a água vertendo sobre na pia; o som seco de cubos de gelo caindo do congelador para o copo; as gaivotas lá fora, gritando à distância acima do som de um caminhão que desce a rua deserta, os pneus batendo ao passar sobre os paralelepípedos.

— Respire — digo a mim mesmo. — Apenas respire.

— Eu não sabia que você viria hoje — fala Ingrid lá da cozinha. — Você devia ter avisado. Eu teria assado alguma coisa. Pão de banana, ou...

E sua voz continua, mas não consigo ouvir nada, as palavras da bibliotecária reverberando em minha cabeça – em tom de novidade e fofoca:

— *Ingrid Daube morava lá* — disse-me ela ali, na biblioteca, enquanto meu queixo caía. — *A casa era dela. Ela era Vaughan até o marido morrer, sabe, depois voltou a usar o nome de solteira, Daube. É holandês, acho, Daube. Claro, ninguém menciona o fato de aquela casa ter sido de Ingrid. Por causa da tragédia que aconteceu ali. Você sabe a história da garotinha, Genevieve?*

A bibliotecária continuou a tagarelar, mas naquela hora eu já tinha começado a correr, entendendo que todas aquelas vezes que Pearl se sentou à janela do café, olhando para o outro lado da rua, não era para o consultório do doutor Giles que ela olhava.

— Não estou com fome — foi tudo o que consegui dizer.

Eu me forço a me levantar e começo a andar na direção da cozinha, um passo de cada vez, a mão apoiada na parede para me equilibrar. A sala gira à minha volta. Sinto uma necessidade urgente de colocar a cabeça entre as pernas para forçar o sangue de volta para cérebro. Estou tonto, enjoado, quase incapaz de respirar.

Mas Ingrid não parece notar.

Eu não dei quatro passos quando a torneira da pia se fecha e a casa fica em silêncio, e é quando ouço o murmurar de uma canção, uma canção melancólica, uma canção sombria, uma canção que já ouvi Ingrid cantarolar antes.

Um dia ou dois atrás eu teria dito que não conhecia essa canção, mas agora conheço: eu reconheceria essa canção de ninar em qualquer lugar.

— *Não chore, não, volte a dormir pequeno* — eu digo, meus pés sobre a linha entre a cozinha e o corredor, olhando para Ingrid parada à minha frente com um copo de água na mão. Eu digo as palavras, mas não as canto, minha voz trêmula, apesar de eu tentar mascarar a ondulação me aprumando, como um gato assustado, arqueando minhas costas para parecer maior.

— Você conhece essa canção? — Ingrid me pergunta com um sorriso satisfeito, e quando balanço a cabeça, assentindo de uma forma penosa, submissa – exausto, assustado e confuso, tudo ao mesmo tempo –, ela continua: — Eu costumava cantar isso para as minhas meninas quando elas eram pequenas.

E sem perder o ritmo, ela canta alto, *Go to sleep, my little baby*, e tudo o que consigo ver é Pearl abraçando aquela velha boneca contra o peito, o balanço suave dos quadris enquanto ela oscilava para a frente e para trás nas tábuas gastas do piso da casa antiga. A antiga casa de Ingrid.

Antes que seus olhos a traiam, Ingrid dá as costas para mim e continua a cantarolar baixinho a canção de ninar tristonha que ela costumava cantar enquanto ninava suas filhinhas nos braços. Ela lava a louça na pia enquanto eu fico ali parado, indolente, ainda lutando para recuperar o fôlego, completamente incerto do que dizer ou fazer. Digo alguma coisa? *Faço* alguma coisa? Conto a Ingrid sobre a jovem morando em sua velha casa abandonada, a mulher que desenterrou um caixão vazio do túmulo de Genevieve e que canta a mesma canção de ninar que Ingrid está cantando?

Ou me viro e vou embora, fingindo não ver o que está na frente do meu nariz, o modo como os pontos se ligam, a forma como as peças se encaixam?

Meus pais me deram, Pearl me disse quando passeávamos pela rua, mas agora não tenho tanta certeza disso.

É meio-dia, o sol está no seu ponto mais alto no céu, a hora do dia em que ele entra pelas janelas sem ser convidado. Uma corrente de ar frio atravessa a casa de Ingrid enquanto nós estamos na cozinha. Acima do barulho da água correndo na pia, ouço a porta da frente ranger e abrir com a força do vento, fazendo gemer as paredes da casa.

— A porta, Alex — diz Ingrid, sobressaltada. O terror toma conta de seus olhos. — Você fechou a porta da frente? Você a trancou?

Mas não sei se fiz isso ou não.

Uma travessa ovalada escorrega das mãos molhadas de Ingrid e se parte em um milhão de pedaços no chão da cozinha, e ela grita.

— Esther — diz ela, olhos fixos em algo sobre meus ombros, e um gemido surdo escapa de seus lábios enquanto ela começa a recuar pela cozinha sobre os cacos de vidro. A água continua a correr da torneira, criando mil bolhas de sabão na pia, que ameaça transbordar. Bolhas como as de um banho de banheira. — Ah, não — geme Ingrid, uma mão segurando a garganta. — Não, não, não.

Eu me viro e atrás de mim está Pearl.

— Alex. Que bom que você veio — diz ela, sem nunca olhar para mim, seus olhos colados em Ingrid.

— Você é igualzinha a ela — lamenta-se Ingrid, sua voz distante como se ela estivesse submersa, como se ela estivesse se afogando na pia da cozinha. — Você é igualzinha a ela. Eu quase pensei que você fosse... — E ela avança, passa por mim e estende uma mão medrosa para tocar as mechas do cabelo *ombré*.

Pearl sorri satisfeita, como uma criança que fez um novo amigo. Ela passa a mão por toda a extensão de seu cabelo e se curva em um agradecimento teatral e exagerado, de modo que a cintura de seu casaco xadrez quase chega aos joelhos.

— Eu achei que você gostaria — diz ela, radiante. — Ela sempre foi a sua preferida, afinal. Achei que você gostaria mais de mim se eu fosse parecida com ela.

E então ela pega uma faca.

QUINN

Quando chego ao final da carta, solto um choro não reprimido. Não posso evitar. Simplesmente vem. A mão vai até a boca instintivamente.

Em minhas mãos, a carta treme como uma folha ao vento. Não consigo fazer minhas mãos pararem de tremer. Eu tento processar o que acabei de ler, *reler* a carta, mas as palavras se embaçam diante dos meus olhos até que eu não mais possa diferenciar os *as* dos *os* ou pronunciar as palavras. Letras e palavras se fundem perante meus olhos, virando uma coisa só. Elas rodopiam e disparam na página datilografada, desdenhando: *você não pode me pegar.*

Mas há duas lições que eu tiro da carta: quem quer que seja essa EV, ela matou Kelsey Bellamy, e é bem possível que tenha feito algo para machucar Esther. Ela está fingindo ser Esther, andando pela cidade, parecendo e agindo como Esther. Quem é ela? A carta menciona uma família: *Você tirou minha família de mim*, diz, mas não parece com algo que Esther faria. Ela nunca falou comigo sobre a família; se não fosse logisticamente impossível, diria que não tem uma, que foi criada por anões em uma cabana de madeira com telhado de palha. Esther se esquivava quando eu fazia perguntas; fechou a tampa da caixa de fotografias que abri por acaso no depósito, fotos de família, e quando perguntei quem eram as pessoas nas fotos, ela disse para mim: *Ninguém.*

Mas ficou claro que não eram ninguém. E agora estou desesperada para olhar outra vez aquelas fotos, desejando ver algumas imagens da família de Esther, imaginando se a pessoa que enviou a carta está ou não nas fotos. Eu preciso ver. Repasso as imagens que gravei na memória, mas eles não estão lá. Não consigo relembrar o que vi, não que Esther tenha me dado muita chance de estudar as fotos com atenção naquele dia de inverno no depósito, procurando pela árvore de Natal. Estava frio naquele dia, e lá fora a neve caía sem parar. Ficamos algum tempo no depósito gelado, e ainda que o prédio tivesse aquecimento, as paredes e o piso de concreto não eram de grande ajuda. *Eu acho que está aqui*, disse Esther a respeito da árvore de Natal, mas, em vez disso, eu ergui a tampa de uma caixa de sapatos com fotos. Eu estava bisbilhotando, sim, mas não sentia que estava bisbilhotando, com Esther bem ao meu lado.

Não achei que ela se importaria.

Mas ela se importou.

E agora meu coração bate rápido enquanto a sala aparece e desaparece na minha frente, o sofá rosa se afastando antes de se aproximar outra vez. De repente as janelas estão tão perto que posso tocá-las, e então, de uma hora para outra, somem. Minha audição vai e vem, também, como se eu estivesse presa embaixo d'água ou tivesse um caso grave de otite. Não consigo ouvir.

Eu nunca teria descoberto que já estou morta.

A frase dá várias voltas na minha cabeça. O que significa?

Baixo os olhos para os objetos espalhados no chão diante de mim, e ali vejo as chaves da Esther, as três, três chaves de latão niqueladas em um chaveiro: a chave da porta de entrada, uma chave para a porta do nosso apartamento, uma chave para o cadeado do depósito dela.

A chave para o cadeado do depósito dela.

Eu me levanto do chão e, trazendo a bolsa da Esther comigo, começo a correr, pensando em apenas uma coisa: aquelas fotos. Eu preciso ver aquelas fotos.

Corro pelas ruas de Chicago, passando por lojas, restaurantes e uma parada de ônibus coberta, um pequeno espaço que finge lutar contra o vento da cidade, sem sucesso. O vento sopra as páginas do *Chicago Tribune* esquecido no banco enquanto passo correndo por todo o caminho até o depósito na Clark Street. O depósito em si me assusta – muitas portas, espaços vazios, uma escassez de pessoas. Quase ninguém, salvo um funcionário introvertido mal remunerado sentado atrás da mesa da recepção que me apavora, também. Mas eu não posso deixar que isso tome o melhor de mim, não posso deixar que isso me detenha.

Uma vez lá, uso o cartão de acesso que encontrei na carteira de Esther para destrancar a porta do depósito e entrar. Há um homem em serviço, que fica atrás de um painel de vidro digitando palavras na tela de um computador. Ele não ergue os olhos para encontrar os meus.

É uma porta de correr cor de amêndoa atrás da outra, por todo o caminho do longo corredor vazio. O piso é algum tipo de concreto polido que não faz nada para mascarar o som dos meus passos pesados enquanto corro, mal conseguindo diferenciar uma porta da outra, embora eu já tenha vindo aqui. Torturo minha memória para lembrar qual unidade pertence a Esther. Insiro a chave em três pequenas travas de segurança consecutivas, mas nenhuma abre. Eu lembro a mim mesma: já estive aqui. Pense, Quinn, pense. Lembre. É *essa* porta amêndoa ou *aquela*? Deve haver uma centena delas, cem portas com aparência idêntica. Milhares delas! Todas parecem iguais para mim. Eu me transporto no tempo, tentando lembrar a vez em que estivemos aqui. Refaço nossos passos e sigo as pistas: a coleção de unidades menores com portas de armário, seguida pelas maiores com portas de garagem, a câmera de segurança na parede para a qual nós duas dançamos. Sorrio com a lembrança – Esther e eu dançando uma jiga irlandesa para o homem na mesa da recepção, rindo e nos divertindo muito.

E então vem a mim: unidade 203, o mesmo número da minha casa de infância, a em que meus pais ainda vivem. *Destino*, eu lembro que foi como Esther chamou, mas eu disse que estava mais para uma coincidência estúpida. Vejo os números na minha mente, quando estive lá em dezembro passado, a um metro de distância, vendo Esther abrir a porta.

Encontro a unidade 203.

Insiro a chave no cadeado, quando de repente ele se abre. *Ta-dá!* Estou dentro.

Ergo a porta pesada, dando uma olhada lá dentro. Grito. E não qualquer tipo de grito. Um falsete desesperado que chama a atenção do atendente, que aparece correndo pela porta de metal trancada e vem rápido na direção da unidade, mas não tão rápido para me alcançar antes que eu perca toda a percepção do mundo ao meu redor, caindo no chão de concreto com um estrondo.

Minhas chaves e o celular se espalham por todas as direções. Os músculos da minha bexiga se contraem enquanto a urina escorre por entre as minhas pernas, encharcando minhas coxas. Meu tornozelo torce com o peso de meu corpo se soltando sobre juntas e ossos, e é então que choro de dor. Minha cabeça bate no chão, quicando como uma bola de borracha. Com isso, não tenho tempo de reagir antes que me veja prostrada no chão, a centímetros de Esther, perto o bastante para tocá-la.

Ela ainda veste seu pijama, o confortável pijama de algodão que usava na última vez que nos falamos, quando ela estava acomodada debaixo do calor da manta verde na nossa sala e disse para mim: *Eu seria uma estraga-prazeres, Quinn. Vá sem mim. Você vai se divertir mais.*

Foi isso que ela disse, e então fui embora. Saí sem ela e me diverti. Mas agora eu me pergunto o que teria acontecido se eu tivesse ficado. Se ao menos tivesse ficado. Eu teria conseguido proteger Esther desse destino?

Meus olhos observam as caixas, abertas, seus pertences espalhados aleatoriamente ao redor do corpo. Álbuns de fotos. Diários. Os álbuns de bebê de Esther, que sua mãe montou meticulosamente quando ela era apenas uma menina, fotos de uma Esther criancinha, uma Esther bebê, uma Esther jovem. As fotos foram arrancadas dos protetores de plástico e rasgadas em pedacinhos. Quem faria tal coisa?

E então ali está Esther, é claro, deitada na minha frente, o corpo reclinado, os olhos bem fechados.

Pouco além do alcance de suas mãos brancas como giz há uma única fotografia de duas jovens, uma grande e uma pequena, e estas palavras rabiscadas com caneta preta no topo da imagem: *Genevieve e Esther.*

ALEX

O sangue coagula em minhas veias, deixando de fornecer oxigênio para meu corpo. Minhas pernas adormecem e começam a formigar. Meus joelhos amolecem, ameaçando ceder.

— Você não parece estar tão bem, Alex — diz ela empunhando a faca, uma faca brilhante, mais de trinta centímetros de aço duro com uma lâmina ultra-afiada. Uma faca de cozinheiro, retirada do jogo de facas de cozinha de Ingrid. Ela nos conduz, eu e Ingrid, até a sala, e nos obriga a sentar. Meus passos ressoam quando atravesso a sala, como uma rajada de tiros, explodindo a cento e cinquenta decibéis ou mais. Uma rolha voando da boca de uma garrafa de champanhe. Uma explosão supersônica. Trovões. A batida pesada da chuva sobre o capô de aço de um carro, oca e persistente e barulhenta.

— Você não quer fazer isso — digo a ela, parada no centro da sala com a faca nas mãos.

Há uma aura de certeza em volta dela – ela *quer* fazer isso – acompanhada por um furor, um ar delirante. Ela é maníaca. Genevieve é uma maníaca. Seus pés tamborilam no chão. Há um tremor em sua perna. Os olhos dão voltas em suas órbitas; suas mãos, as mesmas mãos que seguram uma arma, tremem. Ela não segura a faca como alguém prestes a cortar um pedaço de carne ou um bolo de aniversário, mas sim como alguém pronto para penetrar carne, carne humana. Sua empunhadura é firme, próxima ao corpo, as veias e artérias das mãos saltando na pele.

— Você estava lá, não estava? — diz Ingrid. — Eu vi você no mercado. Sei que era você.

— Claro que você sabe. Eu queria que você me visse — responde Genevieve.

— Depois de todos aqueles anos. Como você lembrou?

— Como eu poderia esquecer? Você é minha mãe — diz Genevieve. — Uma garota não se esquece da sua própria mãe.

E eu vejo a resignação nos olhos de Ingrid, como se ela soubesse que mais cedo ou mais tarde tudo terminaria assim. Seu segredo não poderia ficar escondido para sempre.

O mercado. O lugar onde Ingrid teve seu ataque de pânico. O último lugar público em que ela esteve antes de se trancar em casa. Quando Ingrid teve seu ataque de pânico, os fofoqueiros disseram que ela gritou: *Vá embora* e *Deixe-me em paz* e *Não toque em mim!*

— Eu segui você até lá — diz Genevieve, sua voz cansada, quase inaudível, flutuando pelo ar.

— Você estava diferente — diz Ingrid. — Você parecia com...

— Eu parecia comigo — interrompe Genevieve —, mas agora pareço com ela. Você gosta mais assim, não é? Você sempre a amou mais. Mas não quero falar sobre Esther. Não agora. Não ainda.

E daí ela começa a falar sobre aquele dia, o dia em que seguiu Ingrid até o mercado na cidade. Ela observou Ingrid andando para cima e para baixo pelos corredores, com uma cesta de compras nas mãos, diz ela, para cima e para baixo, para cima e para baixo. Ela a seguiu por um longo, longo tempo. Ela descreve o modo como Ingrid deixou cair a cesta quando a viu, Genevieve, do outro lado da loja: a queda da cesta, as mãos se fechando sobre o coração, o grito dissonante.

— Como você sabia que era eu? — pergunta Genevieve.

Ingrid responde, solene:

— Uma mãe nunca esquece sua filha.

Os pés de Genevieve a levam para lá e para cá pela sala, seus passos medidos, enquanto eu e Ingrid ficamos sentados no sofá. Ela está serena, eu estou tudo, menos sereno. Ingrid está assustada, sim, mas é um medo brando, uma aceitação da derrota. Ela desiste. Ela se senta de forma delicada, sua postura ereta, as mãos cruzadas sobre o colo. Seu cabelo está arrumado. Seus olhos permanecem sobre Genevieve o tempo todo, nunca se desviando, quase não piscando. Ela não chora. Ela não pede para ser libertada, enquanto eu, por outro lado, quero fazer todas essas coisas, mas não faço. Não consigo. Não consigo falar.

Agora noto o formato similar dos olhos e do nariz das duas, a mesma dificuldade de sorrir. Está lá, nos mínimos detalhes: os lábios finos com seus ângulos agudos, o nariz empinado. O mesmo losango no rosto, a estrutura angulada, as bochechas altas, o queixo pontudo. A cor dos olhos.

— Você precisa entender — diz Ingrid, sua voz tremendo como uma maraca de madeira. — Eu fiz o melhor que pude. Eu tentei tudo. Tudo — repete ela.

Os pés de Genevieve continuam a percorrer a sala. Eu poderia correr e derrubá-la, ou imobilizá-la de alguma forma, mas não dá para saber onde a faca iria parar. Em meus pulmões, em meus rins, na minha barriga.

— As coisas eram diferentes naquele tempo — diz Ingrid. — Hoje todas as crianças são diagnosticadas com alguma desordem. Autismo, Asperger, déficit de atenção. Mas não era assim naquela época. Naquele tempo essas crianças eram apenas crianças más. Você, Genevieve, era uma menina má. Hoje eu levaria você a um psicólogo, eles dariam para você um diagnóstico e a obrigariam a engolir umas pílulas. Mas não era assim naquela época, há mais de vinte anos. As pessoas falavam, Genevieve. Sobre as coisas que você fazia, as coisas que você não fazia. As coisas que você fazia com as outras crianças na escola. As pessoas falavam. *E ela só tem cinco anos*, elas diziam, imaginando o que aconteceria quando você crescesse e ficasse mais insensível e calculista. As pessoas tinham medo até de pensar. Eu tinha medo de pensar. E sabe o que eles faziam quando você se comportava mal? As professoras, os vizinhos. Eles me culpavam — explica Ingrid, enquanto uma lágrima escapa de seu olho e desce por sua bochecha.

A lágrima fica pendurada pelo queixo trêmulo, agarrando-se para não cair. Eu continuo assistindo, ainda tentando processar o arrependimento nas palavras de Ingrid, o fato de ela não se mostrar nem um pouco surpresa por uma Genevieve viva, respirando, estar parada aqui na sua frente, nesta sala. Ela sabia o tempo todo que a filha estava viva, que o corpo que ela supostamente trouxe de volta do hotel não era da sua filha morta. Ela deixou que os vizinhos enterrassem um caixão vazio, deixou que eles acreditassem que Genevieve estava morta. Ela deixou que eles sentissem pena dela.

Enquanto isso, ela simplesmente deu Genevieve para adoção.

Que tipo de mãe faz isso com a própria filha?

Não é fácil ser mãe, me disse ela.

— Já era difícil lidar com você — diz ela —, mas isso foi antes de eu ter Esther. Nós duas sabemos como você se sentia sobre Esther, Genevieve. As coisas que eu vi você fazer com aquela menina... Ela era só um bebê. Como você pôde fazer aquilo com Esther? — pergunta Ingrid e sua voz vai diminuindo até sumir. Virar apenas vapor. Ar. Ela não fala mais e por um momento a sala fica parada e silenciosa.

Depois de um tempo Ingrid continua, suas palavras saem entrecortadas, como o bater de teclas de uma máquina de escrever, batucando a história para mim. Genevieve era mais do que uma dor de cabeça para Ingrid. Estava mais para uma peste. Ela tinha um traço de maldade, um lado louco, um toque de fúria. É o que Ingrid diz.

— Você se lembra das coisas que você fez com Esther? — pergunta ela. — Claro que sim. Você precisa se lembrar.

E então Ingrid a faz recordar, caso ela de alguma forma tenha conseguido esquecer. Ela a lembra da vez que Genevieve tentou sufocar a bebê Esther, que dormia profundamente em seu berço. Por pura sorte, Ingrid foi até o berço naquele momento, ou a bebê teria sucumbido sob o peso do travesseiro, sem ar. É o que Ingrid conta com suas palavras cheias de raiva. Na hora, ela tentou com todas as forças arranjar desculpas, dizer a si mesma que Genevieve não sabia o que estava fazendo quando colocou o travesseiro sobre o rosto adormecido da irmã e apertou, mas, lá no fundo, tinha certeza de que Genevieve sabia exatamente o que estava fazendo. Mesmo tendo apenas quatro ou cinco anos, Genevieve sabia que aquele pequeno gesto poderia fazer com que aquela bebê desaparecesse. E era exatamente o que ela queria, que a bebê desaparecesse.

O silêncio toma conta da sala. Tudo está quieto. Tudo menos o som sutil do choro de Ingrid. Isso e o relógio na parede, o som dos velozes tic, tic, tic – acompanhando as batidas aceleradas de meu coração – enquanto aquele ponteiro de segundos se move em círculos pela superfície do relógio. E então, de repente, uma pequena porta se abre e dali sai um passarinho. Um relógio cuco, anunciando doze horas. É meio-dia. E a sala não está mais silenciosa. *Cuco. Cuco.* Doze vezes. Do outro lado da rua, imagino que o café está lotado, as pessoas indo e vindo, completamente alheias ao que se passa aqui. Minha única esperança está em Priddy. Que Priddy esteja embrulhando o almoço de Ingrid enquanto falamos: um sanduíche de bacon, alface e tomate com um monte de batatas fritas e uma porção de picles.

— Eu sabia que não podia ficar com você. Era perigoso para Esther, perigoso para mim. Eu fiz o melhor que pude. Encontrei uma boa agência de adoção e eles encontraram um bom lar para você. Sua família adotiva, Genevieve, eles eram boas pessoas. Eles podiam cuidar de você melhor do que eu jamais pude.

— Ou talvez você sequer tenha se dado ao trabalho de tentar — rebate Genevieve.

— Eu tentei — murmura Ingrid baixinho. — Ah, como eu tentei. Como você nos encontrou? — pergunta então Ingrid, estendendo seus dedos trêmulos para tocar a pulseira de pérolas no pulso fino de Genevieve. *Pearl.* O elástico da pulseira está completamente esticado, aparecendo entre as pedras, cortando sua pele. — Você a guardou? — pergunta ela, dizendo ou talvez lembrando Genevieve. — Eu fiz isso para você. Você era só uma garotinha. Você a guardou — diz ela, e desta vez não é uma pergunta. Ingrid fez a pulseira de pérolas para Genevieve quando ela era uma garotinha.

Genevieve ignora a pergunta. Ela recolhe a mão para longe do toque suave de Ingrid.

— O que você quer perguntar é como *Esther me* achou? Sim, foi isso. Foi Esther quem me encontrou. Ela me encontrou on-line. Ela entrou em contato, mas então, de repente, não queria mais saber de mim. Ela tentou me pagar para sumir. Você consegue acreditar nisso? Mas daí era eu que não queria ir embora. Eu queria estar com a minha família. Com você e Esther. E quando Esther me rejeitou, pensei que talvez eu pudesse ficar só com você. Se eu me parecesse com Esther, se agisse como Esther, então talvez você me amasse também. Especialmente se Esther não estivesse mais por aqui.

— O que você fez com Esther? — pergunta Ingrid desesperada.

Genevieve dá de ombros e responde:

— Você vai descobrir.

Em seguida ela manda Ingrid continuar, terminar sua história de como acabou trazendo um caixão falso do hotel para casa, alegando que a garotinha tinha morrido em um trágico acidente em uma banheira.

— Isso não muda o fato de que os seus potenciais pais adotivos, Genevieve, *seus* novos pais, eram exemplares. Eu vi os formulários. Eu estava lá, escondida, na primeira vez que vocês se encontraram. Ele era médico e ela, professora. Eles iam cuidar de você. Eu achei que era o melhor a fazer. Eu achei que eles cuidariam de você muito melhor do que eu jamais poderia.

— Você me disse que tinha que sair para fazer umas coisas. Deixou-me com um homem que eu não conhecia. *Seja uma boa menina*, você disse. E aí você desapareceu.

— Eu estava lá, Genevieve. Olhando pela janela. Eu os vi chegar e, logo depois, vi vocês saírem. Sua nova mãe pegou você pela mão. Ela levava você pela mão quando vocês partiram. E eu... — gagueja ela, e tenta novamente — Eu...

Sua voz desaparece antes de ela completar a frase, e Ingrid solta seu peso nas almofadas do sofá, seu corpo rígido ficando flácido.

— Eu nunca me senti tão aliviada. Você tinha ido embora — diz ela. — Tinha acabado.

— Nunca acabou — diz Genevieve se levantando do sofá e começando a andar pela sala. — Você me abandonou. Desistiu de mim. Escolheu Esther em vez de mim – foi isso mesmo que você fez. Você só se importava com a Esther. Esther, Esther, Esther, Esther. Nunca eu.

— Eu achei que você nunca ia se lembrar — confidencia Ingrid. — Você era muito nova para se lembrar do que eu fiz. Eu achei que você seria feliz.

— Eu nunca fui feliz — retruca Genevieve.

Eu avalio as minhas opções, tentando decidir se conseguiria ou não derrubar Genevieve. Estou pensando nos vasos sanguíneos que a faca romperia em sua trajetória através de minha pele elástica, o sangue se infiltrando do sistema vascular para outras partes de meu corpo. Estou pensando que teria sorte se a faca acertasse a aorta ou a artéria hepática, talvez, algo que causasse uma morte rápida, imediata, em vez do gotejar lento de sangue do fígado, dos rins ou dos pulmões.

Também estou pensando sobre minha nova amiga, Pearl. Sobre a parte de mim que ainda quer tocar seus cabelos, que quer segurar sua mão. Mas não posso fazer isso. Claro que não posso fazer isso, mas, lá no fundo, é exatamente o que quero fazer. Tocar seus cabelos, segurar sua mão, desaparecer pela porta da frente com Genevieve, de mãos dadas, correndo pelo meio da rua.

Ingrid inspira fundo, tentando desacelerar sua respiração, que vem aos solavancos, aos trancos, e algumas vezes parece que não virá. Há momentos em que uma expressão de terror cruza o rosto de Ingrid. Ela não encontra o ar, não consegue mais respirar, mas então passa e ela se acalma por algum tempo, ela pode respirar, ela diz para si mesma, colocando a mão trêmula sobre o peito e lembrando a si mesma como respirar.

Ingrid estremece quando Genevieve se senta ao seu lado, encosta o aço duro e frio contra seu pescoço e, ao mesmo tempo, arregaça a manga de sua blusa, revelando a teia de veias azul-acinzentadas sob a pele clara de Ingrid, prontas para serem devastadas. Morte por dessangramento. É como é chamada. Por definição, o escoamento do sangue. Genevieve se inclina para Ingrid e sibila ao seu ouvido:

— Fique parada. Você não quer que a minha mão escorregue. — E completa: — Por favor, não diga que você vai me rejeitar também, exatamente como Esther fez.

Eu não posso ficar aqui parado vendo isso acontecer. Ingrid é uma boa pessoa, lembro a mim mesmo, ainda que seja difícil acreditar nisso neste momento.

Apesar de estar morrendo de medo, tento de toda forma permanecer calmo, frio e sereno. No controle.

— Você não precisa ferir ninguém — racionalizo, falando com Genevieve, sem saber se isso é ou não verdade.

Por fora talvez eu até pareça relativamente calmo, tão calmo quanto possível, mas por dentro sinto que nunca mais serei o mesmo. Alguma coisa mudou. E isso não tem só a ver com Genevieve, a mulher que por quarenta e oito horas inteiras eu achei que fosse a mulher dos meus sonhos. Tem a ver com Ingrid também. Eu mudei.

— Ingrid está bem — digo a ela. — Eu e você estamos bem — e aponto o dedo primeiro para mim, depois para ela. Por dentro, entretanto, não sei ao certo se estou bem. — Você ainda pode mudar de ideia. Nem sei ao certo se você teria problemas, não depois do que ela fez com você, do que a sua mãe fez com você. Além do mais — continuo, apontando agora para o objeto afiado que brilha nas mãos dela —, isso aí nem é uma arma. É uma faca. Só uma faca. De cozinha. Você entende o que eu estou dizendo?

Permaneço sentado no sofá, ao lado de Ingrid.

— A polícia está a caminho — minto. — Eu deduzi tudo antes de chegar aqui. Chamei a polícia.

À distância, ouve-se o som de sirenes, mas elas não estão vindo para cá. Não chamei a polícia. Eu poderia ter chamado no caminho, quando estava vindo da biblioteca, mas não chamei. Eu vim direto para cá.

— A melhor coisa que você pode fazer é se render — digo, na esperança de que uma tática psicológica sutil funcione — ou fugir. Você poderia fugir — continuo. — Se você partir agora, eles nunca vão conseguir pegá-la. Eu tenho dinheiro — digo, enfiando a mão no bolso e depois a estendendo para ela.

Na minha mão há duas notas de vinte dólares. É tudo o que tenho. Mas acho que é mais do que ela tem. O suficiente para comprar uma passagem de trem para fora da cidade. Eu olho pela janela e vejo colunas grossas de uma densa fumaça negra subindo para o céu do outro lado da cidade. Um incêndio. Algo está pegando fogo.

Mas Genevieve só dá uma gargalhada, uma gargalhada terrível, indescritível, que vai para sempre assombrar meus sonhos. Seus olhos castanhos se movem entre mim e Ingrid.

— Ou eu poderia matar vocês dois agora — diz ela, suas palavras saindo rápido. — Só precisaria ser rápida. Fazer antes que a polícia chegue. Aí pego seu dinheiro e fujo — acrescenta, apontando o queixo em direção às notas na minha mão.

Eu balanço a cabeça. Meus joelhos começaram a tremer e eu não sei como vou conseguir me levantar daqui. Mas não posso pensar nisso agora. Agora preciso me concentrar na tarefa que tenho pela frente.

— Ou você poderia fazer isso mesmo — reconheço. Mas não é o que quero dizer. Claro que não. É uma estratégia, um plano. Estou tentando me aproximar de Genevieve, tentando ganhar sua confiança. Minhas palavras, meu tom de voz, são lentos e calmos, na esperança de que ela faça o mesmo. De que suas palavras – ou, mais importante, seus atos e seu comportamento – fiquem lentos e calmos como os meus. — Você tem todo o direito de estar zangada, Genevieve.

— Com certeza — diz Genevieve, aproximando-se de Ingrid, a faca na mão. Ela encara a mãe e diz: — Estou zangada.

E é a expressão de resignação nos olhos de Ingrid o que mais me aterroriza, o fato de que ela pode desistir agora mesmo. Deixar Genevieve tirar a sua vida. Ingrid parece cansada, prostrada, exausta. Seu corpo está mole, sua postura flácida, o sorriso forçado que normalmente domina seu rosto desapareceu. Ela não tem sequer energia ou vontade de fingir um sorriso. Ela passa as mãos pelos cabelos, alisando-os, e no espaço de dez ou vinte ou trinta minutos começa a envelhecer, envelhecer décadas de cada vez. Ingrid parece ter sessenta, então setenta, e daí oitenta anos, mudando bem diante dos meus olhos. Ela agora tem a aparência de uma velha decrépita.

— De qualquer jeito, não importa — diz Genevieve. — Aquelas sirenes não estão vindo para cá. — E seus olhos acompanham os meus através da janela, para a coluna de fumaça. O incêndio. Agora há chamas visíveis, e eu as imagino serpentes vermelhas e alaranjadas subindo aos céus a um ou dois quilômetros daqui. Mas, de onde estou, tudo o que vejo é fumaça. — Parece que alguém esqueceu o aquecedor ligado naquela casa velha e abandonada.

E então ela dá uma gargalhada.

Ela pôs fogo naquela maldita casa, acabou de vez com ela.

Então Ingrid pergunta:

— Onde está Esther?

Suas palavras saem em um sussurro desesperado, e Genevieve ri de novo.

— Esther está morta.

Esther. Está. Morta.

— Não — diz Ingrid. — Você não faria isso. Você não fez.

— Ah — diz Genevieve, um sorriso cruel nos lábios —, mas eu fiz, sim.

E é aí que a situação começa a se deteriorar rapidamente, qualquer esperança de salvação perdida. Ingrid começa a choramingar, lamuriando-se cada vez mais alto.

— Minha filhinha! Minha filhinha!

E Genevieve grita com ela, de um jeito descontrolado, falando que um dia também foi sua filhinha. Mas aí Ingrid a abandonou, e é como se aquela traição fosse reencenada uma, duas, três vezes, Genevieve perde toda a racionalidade, fica cada vez mais irritada, mais doida. Eu me esforço para chamar a sua atenção, para mudar de assunto. O dinheiro na minha mão, o fato de Genevieve ainda não ter ferido ninguém, de ela ainda poder fugir. É a primeira aula de "Como negociar com um terrorista": deixar Genevieve falar tudo o que quiser, mas mantê-la calma. Não deixar que ela exploda. Uma explosão de raiva leva à perda de controle, a um ímpeto, é um catalisador, o fator que pode incitá-la a enfiar a faca na barriga de Ingrid ou na minha, em um momento de paixão e descuido.

Mas Ingrid não está usando boas táticas de negociação. Ela fica desesperada ao descobrir, de repente, que Esther está morta. Ingrid berra:

— Você matou a minha filhinha.

Uma péssima escolha de palavras, que irritam ainda mais Genevieve.

Eu tento a todo custo desarmar a situação.

— Diga-me o que eu posso fazer por você, Genevieve. Você precisa de alguma coisa? Alguma coisa para ajudar você a fugir? — pergunto, minha voz mais alta que a delas, perdendo um pouco a compostura, mas é o que eu consigo, já que a cena à minha frente caminha bem rápido para o caos.

Eu digo a Genevieve que tenho um amigo piloto, um cara que tem um pequeno jato particular, e que poderia ajudá-la a fugir. Há um pequeno aeroporto regional em Benton Harbour, a apenas três ou quatro quilômetros daqui. Eu posso ligar para ele. Pedir ao meu amigo que nos encontre lá.

Genevieve olha para mim e retruca:

— Você está mentindo, Alex. Está mentindo. Você não tem amigos.

Eu perco a respiração, pensando que uma facada seria melhor que essas palavras.

Você era minha amiga, quero dizer a ela. *Eu achei que você era minha amiga*. Mas essas palavras não vão ajudar. Eu preciso me manter racional e esquecer que, no meio disso tudo, eu também fui ferido. Não é sobre mim. É sobre Ingrid, Genevieve e Esther. É a história delas, não a minha.

— Genevieve — digo então, tentando desviar sua atenção, como um jogo de capturar a bandeira.

Por um instante, pelo canto do olho, acho que vejo um vulto na janela, um par de olhos me encarando. Pele branca como giz, o cabelo tingido de um vermelho falso, um cigarro mentolado pendurado entre os lábios finos e rachados, nuvens de fumaça se misturando ao ar de outono. Red.

Mas aí ela desaparece.

— Genevieve — repito, tentando manejar meu tom de voz em meio aos lamentos de Ingrid, que só estão piorando as coisas. — Genevieve. Ouça-me, Genevieve. Eu vou ajudar você a sair daqui. Para onde você quer ir? Eu levo você para qualquer lugar que você queira. Eu posso levar você — digo uma vez, e então digo de novo, mais baixo da segunda vez. — Posso levar você.

Mas ninguém mais está prestando atenção no que eu digo. Toda a nossa atenção está voltada para Genevieve. Genevieve, que nos delicia com a história da noite em que subiu pela escada de incêndio de um prédio na zona norte em Chicago e forçou a entrada pela janela de um quarto. A janela estava fechada, mas ela conseguiu entrar mesmo assim, com a ajuda de uma chave de fenda chanfrada e de muita força no braço. Ela pulou a janela, entrou no quarto e lá estava ela, dormindo profundamente em sua cama, sua irmãzinha, Esther. Aquela não foi a primeira vez que elas se viram, claro. Elas tinham se encontrado antes, uma tentativa de reunião familiar que fracassou miseravelmente quando Genevieve ameaçou denunciar Ingrid. Daquele ponto em diante, Esther não quis mais saber dela. Queria que Genevieve desaparecesse. Mas Genevieve não queria ir embora. Ela queria que elas fossem uma família.

— Esther — diz Genevieve, a palavra como um xingamento. — Esther — repete ela em tom de repulsa. — Esther se negou. Ela não faria isso, ela disse que *não poderia* fazer isso com você — diz ela, olhos fixos na expressão desesperada de Ingrid. — Você ia ter problemas, disse ela, se as pessoas descobrissem que eu não estava nem morta. *O que as pessoas iam pensar se soubessem?*, Esther me perguntou. E você acha que eu me importo com o que as pessoas pensam? — completa Genevieve. — E então — admite ela, as mãos erguidas como se estivesse confessando algum descuido, uma negligência, um pequeno erro, uma desatenção como esquecer a caixa de leite no mercado ou uma vela acesa sozinha por muito tempo —, eu a matei.

Ela passa a faca por seu próprio pescoço – bem perto, mas não perto o suficiente para machucar a pele ou mesmo deixar uma marca.

— Assim. Foi o que eu fiz.

E então, por cinco longos segundos, a sala fica em completo silêncio.

Cinco, quatro, três, dois, um.

Bang.

Ingrid se move primeiro, correndo do sofá como um zagueiro enfurecido e se jogando contra Genevieve, mas nenhuma das duas cai no chão. Nenhuma das duas cai, e nem a faca se solta da mão de Genevieve. Eu olho e espero e torço para que se solte, para que se solte *logo*, mas isso não acontece. Elas lutam pela faca, duas mulheres atracadas em um abraço disforme, tentando pegar a arma. E quando não acontece, quando a faca não se solta, eu entendo que preciso me mover rápido, tenho que agir rápido, tenho que fazer alguma coisa. *Salve Ingrid!*, grita uma voz em meu ouvido. *Salve Ingrid!* Está perfeitamente claro para mim que Ingrid está à beira de perder essa luta. Eu não posso ficar aqui parado e ver Ingrid morrer. Ingrid é uma boa pessoa, ela é. Elas lutam por apenas um segundo antes que eu me junte à confusão, três corpos unidos com uma faca encravada em algum lugar entre eles.

É inevitável que alguém acabe se machucando.

Está claro que vai acontecer.

E então, quando a faca penetra minha pele com a facilidade de um pé entrando em uma meia ou em um sapato, eu ouço: o som sublime das sirenes da polícia berrando pelas ruas da cidade, vindo me salvar.

Quando o sangue começa a escorrer do rasgo em minha pele, eu a sinto: uma dor lancinante, que me imobiliza. Não consigo me mexer, apesar de à minha volta elas terem começado a recuar, olhando-me com grandes olhos arregalados, bocas abertas, dedos apontando. E bem na frente dos meus olhos, Ingrid e Genevieve, ambas, começam a desvanecer. A faca continua dentro de mim, enfiada em minha barriga, e quando a vejo eu lentamente abro um sorriso. Depois de toda aquela comoção, fui eu quem conseguiu ficar com a faca.

Eu sou o vencedor, uma vez na vida. Eu ganhei.

A sala ao meu redor começa a aumentar e a diminuir alternadamente, como o lago na maré alta. E é isso o que eu vejo: o lago, o lago Michigan, minha âncora. A pedra angular da minha existência, meu alicerce.

Dizem que toda a sua vida passa diante de seus olhos naqueles últimos minutos antes de você morrer.

Isso é o que eu vejo.

A sala à minha volta fica azul, as paredes começam a ondular e, pelo chão de madeira, uma onda se aproxima de mim, meus pés enterrados na areia. Eu afundo na água, a água azul do lago ameaçando me afogar, ou talvez me levar para casa. Casa. O lago, o lago Michigan, minha casa.

Antes que eu saiba o que está acontecendo, tenho três anos novamente, cambaleando ao longo da praia pela primeira vez, juntando pedras da praia em um balde de plástico. Geodos e pedregulhos e cristais de quartzo. Pedras, todas elas pedras, fazendo meu balde ficar cada vez mais pesado. Minha mãe está lá, sentada onde a água encontra a areia, na praia, seus pés perdidos na onda do lago. A areia gruda em seus pés, em suas pernas, em suas mãos. Ela está usando um shorts de brim e uma camiseta velha, que um dia foi de Pops. Ela mesma fez o shorts, cortando um par de jeans entre a cintura e os joelhos, de forma que a barra ficou desfiada. Os fios se penduram da bainha, linhas brancas caindo do shorts de brim, descendo por suas pernas finas.

Ela gosta dos cristais da praia, então, quando encontro algum, eu o pego em minha mão e corro para ela, pequenos fragmentos de cristal misturados em areia, azuis e esverdeados. Minha mãe sorri para mim, aquele sorriso tímido que indica que o sorriso não vem com facilidade. Mas ainda assim ela sorri, um sorriso forçado que me mostra que ela está tentando. Ela passa sua mão hesitante pela minha e pega o balde. Ela me diz para eu me sentar ao seu lado, e juntos nós examinamos as pedras, organizando primeiro por forma, depois por cor. Minha mãe me dá uma pedra também, um disco fino que ela coloca na palma da minha mão suada, dizendo, *Segure firme, não a perca*. Uma conta indiana, ela me diz. Crinoide. Eu sou jovem demais para esse tipo de palavra e, entretanto, elas são as que encontram o caminho até meu coração, como as raízes sinuosas de uma árvore, ancorando-me ao chão, alimentando minha alma.

Eu seguro firme. Não a perco.

E aí, de repente, tenho oito anos. Oito anos e sou triste e solitário e desajeitado, um menino muito alto para seu corpo magro. Sentado sozinho na praia, chutando a areia com os pés nus, os olhos obviamente procurando crinoides na areia. Observo como os grãos de areia sobem pelo ar e então caem, dispersando-se no ar como sementes de dente-de-leão. De novo e de novo e de novo. Subir e cair, subir e cair. Eu faço um buraco no chão com uma velha pá de plástico que alguma criança esqueceu. Eu penso em talvez me enterrar aqui. Quero me enterrar e nunca mais sair. Tudo o que eu queria é minha mãe, mas minha mãe não está aqui. Eu olho para o ponto onde a água encontra a areia, onde as ondas quebram na praia. Eu olho para ter certeza, mas, com certeza, ela não está ali. Ela não está em lugar algum.

Mas há outras mães que estão aqui, outras mães que eu adoto, uma por vez, desejando que cada uma delas seja minha.

E então é noite, e o mundo à minha volta está quase negro. Eu tenho doze anos, estou olhando pelas lentes de um telescópio, com Leigh Forney ao meu lado. Ela não encosta em mim, mas de alguma forma, de algum jeito, eu sinto sua pele, de leve, bem de leve, aquela sensação nebulosa de pele contra pele. Eu nunca tinha me sentido assim antes. Isso é diferente, isso é novo. E não é de forma alguma ruim. Eu gosto do modo como me sinto, em pé à beira do lago, olhando para o céu, ouvindo as ondas, lembrando-me de respirar de vez em quando. É uma noite gravada na memória, os detalhes armazenados em algum lugar seguro, para serem usados em momentos de necessidade. O macacão de Leigh, uma coisa roxo-acinzentada, shorts e camiseta unidos no centro por um cordão. Seus pés, nus. Um par de sandálias balançando por um único dedo, esticado demais para o lado. Em seu cabelo, uma fita. Em seus olhos, excitação e medo, como nos meus. A noite está escura, exceto pelas estrelas. A Lua está encoberta e vaga. E Leigh me diz, com uma voz ao mesmo tempo pura e brincalhona, *Aposto que chego antes de você no carrossel*, e em um instante estamos os dois correndo, pés afundando na areia, atravessando o estacionamento, sobre a cerca laranja e para dentro do carrossel adormecido. E é ali, quando entro na carruagem da serpente marinha e o carrossel começa a girar, que o mundo à minha volta some de vista.

A sala fica escura, o teto iluminado como um céu noturno, o sorriso medroso de minha mãe pintado no estuque, como uma constelação. Eu tenho cinco anos e o mundo à minha volta é escuro. Ainda é noite e eu estou dormindo em minha cama de menino crescido, insensível ao toque de uma mão hesitante que acaricia meu cabelo na escuridão, indiferente às terríveis palavras de minha mãe, sussurradas ao meu ouvido antes que ela vá embora. *Você merece alguém bem melhor que eu.*

Mas eu as ouço agora, palavras que emergem da memória quando a linha entre esta vida e a próxima se atenua e começa a desaparecer.

E eu caio.

QUINN

Estamos junto a um cruzamento. Há homens e mulheres de uniforme correndo ao nosso redor: policiais, paramédicos, detetives. Movem-se rápido, trotando entre pontos de encontro e reunião: seus carros, o interior do prédio de estuque de um andar, um posto de comando onde o detetive Davies fica e diz aos outros o que fazer. O depósito foi isolado com a fita amarela da polícia demarcando o espaço. "Limite da polícia", "Não atravesse", é o que diz. E ainda assim estou lá, embaixo de um grosso cobertor de lã áspera, e observo uma dúzia de homens e mulheres de uniforme cruzando a linha. Eu os vejo entrar e depois, então, eu os vejo sair, carregando um volume em uma maca, amarrado a ela com tiras elásticas e coberto com uma manta.

Esther.

Está anoitecendo rápido. Os carros nas ruas se multiplicam, o congestionamento normal do dia se transformando em engarrafamento na hora do rush em Chicago, agravado pela confusão naquele ponto da rua: os policiais, os paramédicos, os detetives, carros que passam e param para ver, complicando ainda mais o tráfego. Os carros apressados olham para mim, de pé sob a manta de lã áspera, segurando uma bolsa de gelo na cabeça. Olham para Esther sendo removida do depósito. Olham para as equipes de notícias completas com microfones e câmeras, homens e mulheres feitos para ficar atrás das demarcações da polícia, onde não podem alcançar os detetives, o funcionário do depósito – que veste seu próprio cobertor áspero de lã – ou a mim.

Carros buzinam.

Em Chicago, em novembro, a noite cai antes das cinco da tarde. O sol se põe no oeste, no subúrbio, em algum lugar acima da casa de dois andares dos meus pais, levando consigo a luz, deixando para trás traços escassos de brilho e o céu azul-cobalto. Ao meu lado está Ben, o braço no meu ombro, embora mal consiga sentir o seu peso. Eu não sei como ele chegou aqui, não me lembro de ter ligado. Mas talvez eu tenha feito isso.

Nada posso fazer além de olhar para Esther na maca enquanto ela tenta se sentar com pouca ou nenhuma força. O paramédico coloca uma mão gentil, mas forte, no ombro dela e ordena que não se mexa.

— Fique parada — diz ele — e relaxe.

Falar é fácil.

Esther ficou aprisionada nesse depósito por cinco longos dias. Por cinco dias a comida lhe foi negada, e só tomou água na única vez que sua captora passou ali.

— Ela estava lá, Genevieve — diz Esther, e não tenho certeza se ela estava mesmo lá ou foi apenas um sonho, uma ilusão, um truque da mente de Esther. — Ela me deu água. Água morna, para me torturar, uma provocação, um modo de prolongar o que deveria ser a morte certa.

Esther ficou no chão de concreto por dias, com frio, sozinha e aterrorizada. Foi o que ela me disse enquanto eu estava lá deitada também, no chão, com ela, esperando a chegada dos paramédicos, enrolando meu corpo ao redor do dela para tentar mantê-la aquecida. Ela não tinha noção de que dia era, ou que horas eram. Estava coberta por seus próprios dejetos e em sua boca havia uma mordaça para que não pudesse chorar ou gritar. Havia pouco que o funcionário do depósito pudesse fazer, embora ele tenha ligado para o 911 e aumentado o aquecimento, tentando elevar a temperatura do prédio para que ela parasse de tremer. Mas não deu certo. Não rápido o suficiente. Nós enrolamos Esther em nossos próprios suéteres e casacos, tudo que pudéssemos encontrar para aquecê-la. O homem ofereceu quantias insignificantes de água, pressionando uma garrafa contra os lábios dela, dizendo que água demais faria mal. Eu não sabia disso e, se dependesse de mim, teria deixado Esther beber toda a maldita garrafa.

E então os paramédicos chegaram, e a polícia, e um empregado do depósito, e mandaram que eu me afastasse.

Ali, na calçada, Ben passa os braços ao meu redor e me aproxima de seu corpo. Estou tremendo de frio, de medo. Ben me diz isso quando encosto nele, e imploro para que o vento pare.

— Você está tremendo — diz ele.

Meu cabelo se enrola em torno da minha cabeça, a temperatura despencando e me fazendo congelar até os ossos. É esperado que neve hoje, as primeiras poucas rajadas da estação. Nada que vá durar, mas vai nevar, ainda assim. Estou pensando no aquecedor no nosso pequeno apartamento, e se será suficiente para aquecer os quartos. Estou pensando no próprio apartamento, com todos os nossos pertences. Eu apoio a cabeça nos joelhos dobrados e começo a chorar. Um choro quieto. Uma lágrima ou duas que escorrem, descontroladas, dos meus olhos. Não acho que Ben tenha visto.

Não vou para casa esta noite; hoje ficarei com Esther.

— Ela está perguntando por você — diz uma voz, e quando me viro, ali está o detetive Robert Davies.

— Por mim? — pergunto, surpresa de alguma maneira, e meus olhos seguem os dele para onde Esther e a maca estão, dentro da ambulância com apenas uma porta aberta.

Um paramédico a atende, administrando fluidos. Logo ela será encaminhada ao hospital para mais exames e vai passar a noite lá.

Cruzo a área demarcada pela polícia e me aproximo da porta da ambulância.

— Como ela está? — pergunto ao paramédico que pressiona um estetoscópio no coração de Esther para ouvi-lo.

Ele me diz que ela vai ficar bem. Ainda não posso olhar Esther nos olhos. Não há feridas que eu possa ver, cortes ou sangue, mas, mesmo assim, imagino que tudo dentro dela está quebrado.

— Não tenho sido uma boa colega de apartamento — confesso, olhando de lado para ela, e o rosto cansado de Esther fica confuso.

Naquele momento ela parece tão fraca para mim, malnutrida e assustada. Delicada de um jeito que nunca soube que poderia ser. Os olhos parecem cansados, o cabelo – oleoso e imundo – apoiado por muito tempo nos ombros esqueléticos. Precisa ser cortado. Eu estico a mão e aliso o cabelo dela, achando impossível acreditar que há apenas vinte e quatro horas eu tinha certeza de que ela estava me perseguindo, que tentava tirar a minha vida.

Mas agora vejo: não a minha Esther. Não. Esther jamais faria algo para me machucar.

Só agora sei que é verdade.

— O que quer dizer? — pergunta ela, a voz quase um sussurro. Ela está inteira, mas perdeu a voz. Põe a mão na garganta, dói. — Você é uma boa colega de apartamento, Quinn, você é. Você me encontrou — ela respira —, você me salvou. — E na palavra *salvou* ela começa a tossir.

— Não precisamos falar disso agora — digo a ela. — Você deveria descansar. — Mas quando eu me viro para ir embora, ela alcança a minha mão.

— Não vá — diz ela.

Eu respiro fundo e admito as coisas que fiz, como ter vasculhado o quarto dela uma, duas, três vezes, como ter encontrado coisas que sei que ela jamais queria que eu visse. Eu não preciso contar o que encontrei, ela sabe. Ela assente, consciente, e eu pronuncio um nome: *Jane Girard*. O novo nome de Esther. Eu também confesso que atendi uma ligação de uma mulher chamada Meg, uma mulher que respondeu ao anúncio no *Reader*, uma mulher que queria ser a colega de apartamento dela no meu lugar. Eu tento não ser sentimental; Esther já sofreu o bastante. Mas ainda dói quando conto isso a ela, quando admito que sabia que ela queria me substituir por outra.

— Ah, Quinn... — diz ela, e com a pouca força que ainda tem, aperta a minha mão. — A colega era para você — diz Esther, as cinco palavras que me deixam completamente confusa. — Era eu quem ia embora.

E então ela explica.

Quando Esther era pequena, com apenas um ano mais ou menos, a irmã se afogou. Morreu. Esther não sabia nada sobre a irmã, embora houvesse fotos para serem vistas, e uma história que foi transmitida ao longo dos anos: estavam em um quarto de hotel, Esther, a mãe e a irmã, Genevieve, e quando Genevieve ficou sozinha no banheiro por um ou dois minutos, afundou na banheira e morreu. A razão pela qual foi deixada sozinha no banheiro? Esther. Foi a história que lhe contaram, embora a mãe sempre terminasse com um adendo: *Não é culpa sua, Esther. Você era apenas um bebê. Não poderia saber.*

E assim Esther cresceu acreditando que a culpa foi dela. Ela também cresceu sentindo que uma parte sua faltava. Por causa dela, a irmã estava morta. O luto era difícil de lidar; procurou ajuda, um psicólogo na cidade, de quem encontrei o cartão de visitas: Thomas Nutting. Ele ajudou, mas apenas um pouco, nunca o bastante. E a tristeza vinha e voltava, uma vez após a outra, colocando Esther para baixo. Ela não conseguia respirar. Até o dia em que a mãe admitiu que Genevieve não tinha mesmo morrido.

— Ela mentiu para mim — diz Esther. — Ela mentiu para todos. Nunca poderia perdoá-la pelo que fez.

E Esther, o tipo de pessoa que se entrega cento e dez por cento em tudo que faz, decidiu encontrar Genevieve, e conseguiu. Esther me conta que a encontrou há cerca de um ano e meio. Ela localizou a irmã em um site de adoção on-line, e as duas fizeram planos para se encontrar. Esther imaginava que seria uma feliz reunião de família. Estava cheia de alegria.

Em vez disso, a reunião foi recheada de chantagens e ameaças. Genevieve planejou expor a mãe pelo que ela fizera: a adoção, o acobertamento, o abandono. Ela começou a perseguir Esther, ligando diversas vezes, ainda que Esther tenha mudado duas vezes o número de seu celular. Genevieve continuava a encontrá-la. Ela aparecia na porta do apartamento, mandava cartas. Mas Esther não podia deixar isso acontecer, ela não faria parte do desmascaramento de sua mãe, não importava o quanto estivesse chateada. Genevieve disse que desejava que fossem uma pequena família feliz, mas Esther sabia que isso nunca poderia acontecer. E então Esther planejou sumir. Mudou de nome, conseguiu um passaporte. Queria ir embora em busca de uma vida nova, um recomeço sem sua mãe e Genevieve.

— Eu não poderia abandoná-la assim — diz para mim. — Eu não queria deixá-la sozinha. A colega de apartamento — explica Esther — era para você.

Esther estava entrevistando colegas de apartamento para encontrar uma perfeita para mim.

Ela queria ter certeza de que eu ficaria bem antes de ir embora. Agora isso soa como algo que Esther faria.

— Mas então Genevieve começou a mandar cartas.

Eram inofensivas a princípio, Esther diz, mas sempre estranhas. A maioria ela jogou fora, sem pensar que Genevieve tivesse a intenção de cumprir as ameaças. Genevieve estava louca, isso ela sabia, mas tinha certeza de que a irmã era apenas um aborrecimento. Inofensiva. Até que chegou a carta em que admitia ter matado Kelsey.

— Kelsey... — diz Esther, e com isso começa a chorar. Era culpa dela, acreditava, que Kelsey estivesse morta. Por serem amigas. Kelsey não tinha feito nada errado. — Foi aí que eu soube que precisava ir à polícia. A coisa toda estava fora de controle. Tinha ido longe demais. — E ela admite para mim que talvez sua mãe não estivesse errada, no fim das contas. Talvez tivesse razão em se livrar de Genevieve.

Sábado à noite, a noite em que a última carta chegou, ela contatou a senhora Budny para trocar as fechaduras do apartamento, para que Genevieve não pudesse entrar e fazer algo para me machucar também. Esther estava tentando me proteger. Ela ligou para o detetive Davies e disse a ele que precisavam se encontrar, que tinha algo para lhe mostrar. A carta.

E é nesse momento que tudo faz sentido.

Naquela noite, depois de Esther trancar as portas e ir para a cama, Genevieve tocou a campainha vezes e vezes sem conta, e quando Esther se recusou a atender, ela apareceu na janela do quarto e a arrastou.

— Ou você vem... — disse Genevieve para Esther enquanto a arrastava pela saída de incêndio, ou ela me machucaria também.

Genevieve tinha uma fotografia para provar que sabia onde me encontrar: eu andando pela rua com meu suéter ameixa, a foto que Genevieve colocou na fragmentadora antes de elas deixarem o apartamento. Ela estava me seguindo por aí. E Esther estava tentando me proteger.

Esther não fazia ideia de para onde estavam indo, mas sabia de uma coisa: Genevieve estava tentando se passar por ela.

— Ela estava tentando ser eu — disse Esther —, com esperanças de que nossa mãe pudesse amá-la mais do que a mim. *Você sempre foi a favorita*, ela me disse, mas como eu saberia? Eu era apenas um bebê quando ela foi embora. — Esther diz isso e chora.

Por cinco longos dias e noites Esther ficou no chão de concreto, respirando pelo nariz porque a mordaça na boca tornava impossível a passagem de ar. *Não pode haver duas de nós, pode?*, perguntou Genevieve antes de trancá-la no depósito. *Isso seria bem estranho.* E então Genevieve acabou com Esther para que pudesse ser Esther. EV. Esther Vaughan.

É então que o detetive Davies reaparece com o celular de Esther em suas mãos. O celular que ele confiscou mais cedo para que seus técnicos o examinassem.

— É para você — ele diz a ela com um sorriso rígido, exaurido, e pergunta se ela se sente bem para atender. Esther balança a cabeça e, espreitando em minha direção, pergunta se posso segurar o celular para ela.

— Estou cansada — confessa ela, uma revelação óbvia. — Estou tão cansada.

— Claro — digo, inclinando-me, pressionando o telefone na orelha de Esther, apenas o suficiente para que eu possa ouvir todas as palavras trocadas durante a ligação. É a mãe dela, a mãe de Esther, a pessoa de quem ela esteve afastada todos esses anos.

De Esther vem um grande suspiro de alívio ao ouvir o som da voz de sua mãe, e então ela começa a chorar.

— Pensei que tinha perdido você — diz ela, e a mãe de Esther, também chorando, diz o mesmo.

— Eu também pensei que tinha perdido você.

Desculpas são pedidas, promessas são feitas. Uma limpeza completa. Um novo começo.

Não escuto a conversa de propósito, mas, uma vez ali, e estando ao alcance do ouvido, entendo o seguinte. Depois que Genevieve trancou Esther dentro do depósito, ela procurou a mãe. A mãe de Esther e a mãe de Genevieve. Ela a ameaçou, disse para a mãe que sua outra filha estava morta. Um menino do bairro a salvou, dando sua própria vida por ela.

— Alex Gallo — diz a mãe. — Você se lembra dele?

Esther balança a cabeça, ela não se lembra dele.

— Ele é um herói. — Ouço a voz da mãe de Esther vinda do telefone, e ela concluiu: — Ele me salvou. Se não fosse por ele, eu estaria morta.

E então há um intervalo – um breve intervalo, cheio de soluços e pesar – antes que ela afirme:

— Genevieve nunca mais vai nos incomodar. Ela vai passar o resto da vida atrás das grades, cumprindo pena por assassinato.

— Precisamos levá-la ao hospital — diz o paramédico, e eu concordo. Afasto o telefone e digo à mulher do outro lado da linha que Esther vai chamá-la de volta assim que puder. Prometo a Esther que estarei lá, seguirei logo atrás dela. Ela não precisa passar por isso sozinha. Estou aqui.

Logo que volto para junto de Ben, o celular dele começa a tocar. É Priya. Ele tira o telefone do bolso, pede licença e se afasta, em busca de um lugar mais calmo onde possam conversar. Ben logo irá embora, e quando a polícia disser que estou dispensada, também irei. Vou para o hospital ficar com Esther.

Observo enquanto Ben e Priya conversam, sentindo-me mais sozinha do que jamais me senti, apesar de estar cercada por todas essas pessoas.

Quando Ben volta, digo a ele:

— Você não precisa ficar comigo — e, apontando para o celular na mão dele, continuo: — Tenho certeza de que Priya está esperando por você. — Ele assente de forma apática e relutante.

Priya está mesmo esperando por ele.

— Isso aí — concorda e, de novo, um casual: — Isso aí. Preciso ir embora — ele decide.

Priya fez o jantar, ele me diz. Ela está esperando. Mas não quero que ele vá embora. Quero que fique. *Fique*, imploro silenciosamente.

Mas Ben não fica.

Ele me envolve em um abraço final, apertando aqueles braços ao meu redor de uma maneira que me toma por inteiro, que me aquece. E então, a poucos centímetros de distância de mim, ele diz:

— Até mais.

E eu encaro seus olhos magníficos, a sombra tênue que agora é visível em seu queixo, o sorriso impressionante.

Mas eu me pergunto: é mais um *Adeus, meu amor* ou um *Vejo você mais tarde, amiga*?

Só o tempo dirá, suponho, enquanto me despeço e o observo indo embora, girando os calcanhares e afastando-se em direção ao cruzamento.

Então, de repente, ele se vira e faz o caminho de volta, e bem ali – na esquina de uma rua da cidade, cercados por homens e mulheres de uniforme, o engarrafamento da tarde, os jornalistas com câmeras filmando para as notícias da noite – nós nos beijamos pela primeira vez.

Ou talvez seja a segunda.

AGRADECIMENTOS

Obrigada à brilhante equipe editorial de Erika Imranyi e Natalie Hallak, cuja diligência e sábios conselhos ajudaram este romance a brilhar, e à minha agente, Rachael Dillon Fried, cujo apoio emocional incansável e o encorajamento me mantiveram seguindo em frente.

Obrigado às dedicadas equipes da Harlequin Books e da Harper-Collins por ajudar a trazer meu romance ao mundo, com agradecimentos especiais a Emer Flounders pela incrível publicidade e ao maravilhoso pessoal da Sanford J. Greenburger Associates.

Muito obrigada às famílias Kubica, Kyrychenko, Shemanek e Kahlenberg, e aos meus amigos queridos por todo o apoio e constante confiança: por ajudarem a cuidar da minha família quando eu não podia estar lá, por mostrarem seus rostos felizes e sorridentes em minhas sessões de autógrafos, por dirigirem centenas de quilômetros para me ouvir dizer as mesmas coisas de novo e de novo, por trazerem garrafas de vinho quando eu mais precisava delas e por aguentarem meus esquecimentos e minha constante falta de tempo. Não posso agradecer o suficiente por seu amor, apoio e paciência.

E, finalmente, ao meu marido, Pete, e a meus filhos, meus próprios Quinn e Alex, que me inspiram todos os dias. Eu não poderia ter feito isso sem vocês.

Leia também os outros livros da autora publicados pela Editora Planeta

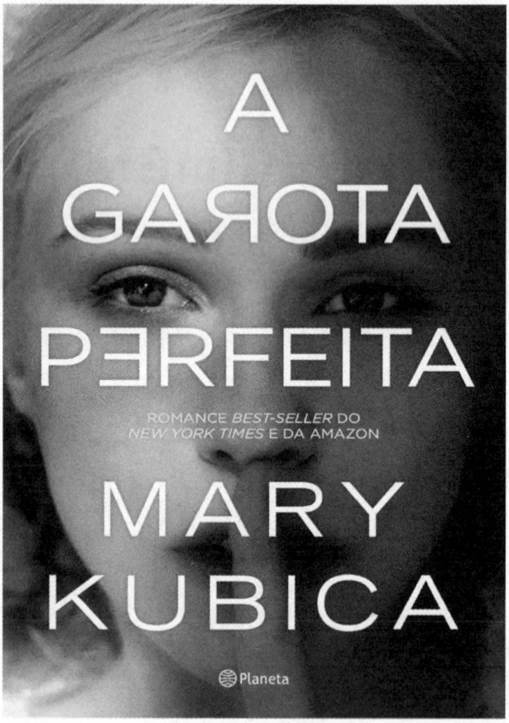

Uma noite, Mia Dennett, filha de um proeminente juiz de Chicago, entra num bar para encontrar o namorado, com quem tem uma relação conturbada. Como ele não aparece, ela resolve dar uma chance a um enigmático desconhecido, que a interpela e a convence a ir ao seu apartamento.

À primeira vista, Colin Thatcher é apenas mais um cara charmoso. Mas aquilo que prometia ser uma aventura se torna um pesadelo quando Mia descobre que ele foi enviado para sequestrá-la. E não a deixará mais tranquila o fato de, prestes a chegar ao cativeiro, Colin desistir de entregá-la ao homem que o contratou e resolver levá-la a uma cabana gelada em Minnesota.

Este viciante suspense psicológico vai revelar que todo mundo esconde segredos tenebrosos e que nem mesmo uma família perfeita é o que parece ser.

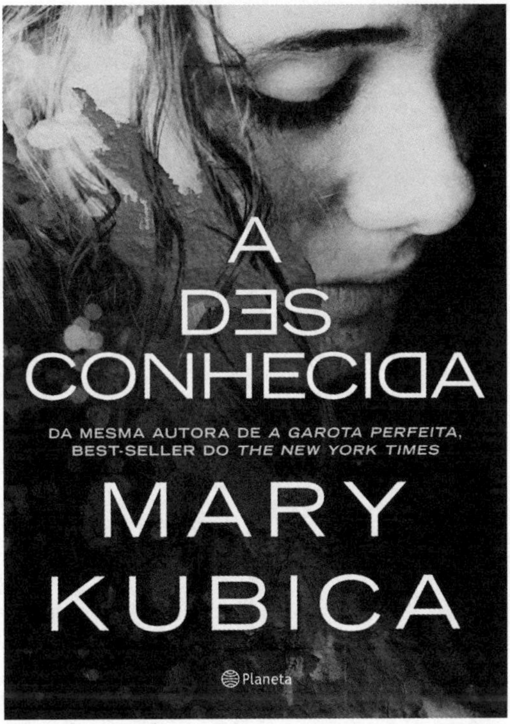

Todos os dias, a humanitária Heidi pega o trem suspenso de Chicago para ir ao trabalho, uma ONG que atende refugiados e pessoas em situação de risco. Em uma dessas viagens diárias, ela se compadece de uma adolescente, que vive zanzando pelas estações com um bebê, sofrendo com a fome e o frio intenso.

Heidi resolve acolher Willow, a garota, e Ruby, a criança, em sua casa, ainda que seu marido e sua filha pré-adolescente não gostem muito da ideia.

Arredia e taciturna, Willow não se abre e parece esconder algo sério... Ou estar fugindo de alguém. Heidi segue alheia ao perigo de abrigar uma total estranha em casa, mas Chris, seu marido, e Zoe, sua filha, têm plena convicção de que aquela desconhecida é um foco de problemas.

Em um clima crescente de tensão, capítulo após capítulo, a verdade é revelada, e cabe ao leitor descobrir quem tem razão.

Este livro foi composto em Fairfield LH e impresso pela RR Donnelley
para a Editora Planeta do Brasil em junho de 2018.